J.K. ROWLING

哈利·波特与密室

〔英〕J.K. 罗琳／著

马爱农 马爱新／译

WIZARDING WORLD

人民文学出版社
PEOPLE'S LITERATURE PUBLISHING HOUSE

著作权合同登记号　图字01-2018-5449

图书在版编目(CIP)数据

哈利·波特与密室 /(英)J. K.罗琳著;马爱农,马爱新译.—北京:人民文学出版社,2018
ISBN 978-7-02-014454-9

Ⅰ.①哈… Ⅱ.①J…②马…③马… Ⅲ.①儿童小说—长篇小说—英国—现代 Ⅳ.①I561.84

中国版本图书馆CIP数据核字(2018)第185132号

出版发行　人民文学出版社
社　　址　北京市朝内大街166号
邮政编码　100705
网　　址　http://www.rw-cn.com

策划编辑　王瑞琴
责任编辑　翟　灿　马　博
美术编辑　刘　静
责任印制　苏文强

印　　刷　三河市宏盛印务有限公司
经　　销　全国新华书店等

字　　数　245千字
开　　本　710毫米×1000毫米　1/16
印　　张　16.75　插页4
印　　数　1—70000
版　　次　2000年9月北京第1版　2018年10月北京第2版
印　　次　2018年10月第1次印刷

书　　号　978-7-02-014454-9
定　　价　43.00元

如有印装质量问题,请与本社图书销售中心调换。电话:010-65233595

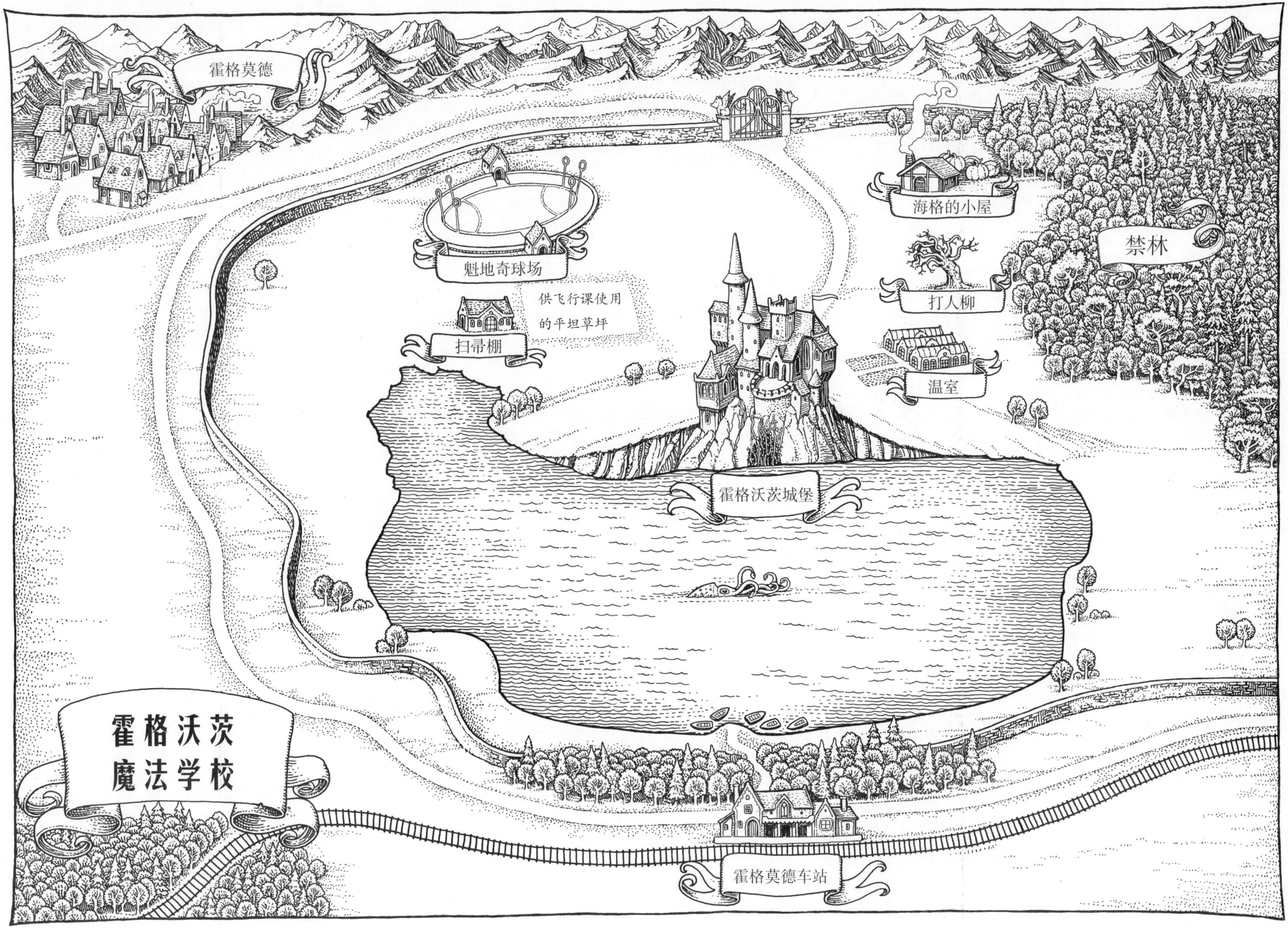
霍格莫德
海格的小屋
禁林
魁地奇球场
打人柳
供飞行课使用
的平坦草坪
扫帚棚
温室
霍格沃茨城堡
霍格沃茨
魔法学校
霍格莫德车站

主要人物表

哈利·波特	本书主人公，霍格沃茨魔法学校二年级学生
罗恩·韦斯莱	哈利在魔法学校的好朋友
赫敏·格兰杰	哈利在魔法学校的好朋友
纳威·隆巴顿	哈利在魔法学校的同学
德拉科·马尔福	哈利在魔法学校的同学
佩妮·德思礼	哈利的姨妈
弗农·德思礼	哈利的姨父
达力·德思礼	哈利的表哥，德思礼夫妇的儿子
鲁伯·海格	霍格沃茨魔法学校钥匙保管员，猎场看守
阿不思·邓布利多	霍格沃茨魔法学校校长
米勒娃·麦格	霍格沃茨魔法学校副校长
西弗勒斯·斯内普	霍格沃茨魔法学校魔药课教师
吉德罗·洛哈特	霍格沃茨魔法学校黑魔法防御术课教师
汤姆·里德尔	五十年前霍格沃茨魔法学校的学生

献　给

开车陪我兜风、

在坏天气里跟我做伴的

谢安·哈里斯

目录

第1章

最糟糕的生日

这一天，女贞路4号的早餐桌上又起了争执。一大早，弗农·德思礼先生就被他外甥哈利屋里的一阵高声怪叫吵醒了。

"这星期是第三次了！"他隔着桌子咆哮道，"如果你管不住那只猫头鹰，就让它滚蛋！"

哈利再次试图解释。

"它闷得慌，在外面飞惯了，要是我可以在晚上放它出去……"

"你当我是傻子啊？"弗农姨父吼道，一丝煎鸡蛋在他浓密的胡子上晃荡着，"我知道把一只猫头鹰放出去会有什么后果。"

他和妻子佩妮阴沉地交换了一下眼色。

哈利想反驳，但他的话被表哥达力一声又长又响的饱嗝淹没了。

"我还要一些腊肉。"

"煎锅里有的是，宝贝。"佩妮姨妈眼眶湿润地看着她的大块头儿子说道,“我们要抓紧时间把你养胖……学校的伙食让我听着不舒服……”

“胡说,我在斯梅廷上学时从来没饿过肚子。”弗农姨父情绪激动地说,“达力吃得不差,是不是,儿子?”

达力胖得屁股上的肉都从座椅的两边挂了下来。他咧嘴一笑,转身面对着哈利。

“把煎锅递过来。”

“你忘了说咒语。”哈利恼火地说。

这样简单的一句话,对家中其他人产生了不可思议的影响。达力倒吸一口冷气,从椅子上栽了下来,整个厨房都被震动了;德思礼太太尖叫一声,迅速捂住嘴巴;德思礼先生跳起来,太阳穴上青筋暴露。

“我的意思是‘请’!”哈利连忙说,“我不是指——”

“**我没跟你说吗**,”姨父厉声怒斥,唾沫星子溅到了桌上,“**在我们家不许说那方面的词**。”

“可我——”

“**你怎么敢威胁达力**!”弗农姨父捶着桌子咆哮。

“我只是——”

“**我警告过你!我不能容忍你在我家里提到你的特异功能!**”

“好吧,”哈利说,“好吧……”

弗农姨父坐了下来,像一头气短的犀牛一样喘着粗气,那双精明的小眼睛紧瞟着哈利。

自从哈利放暑假回家,弗农姨父一直把他当一颗定时炸弹看待,因为哈利不是一个正常的孩子。实际上,他相当不正常。

哈利·波特是一个巫师——刚在霍格沃茨魔法学校上完一年级。如果德思礼家对他回来过暑假感到不快,那么他们的不快和哈利的感觉相比根本不值一提。

哈利真想念霍格沃茨,想得五脏六腑都发痛。他想念那个城堡,想念那些秘密通道和幽灵,想念他的课程(也许除了魔药老师斯内普的课),还有猫头鹰捎来的信件、礼堂里的宴会,想念他宿舍楼里的四柱床,想念禁林边上那间小木屋和猎场看守海格,更想念魁地奇球——魔法世界里最流行的体育运动(六根高高的门柱、四个会飞的球、十四名骑着扫帚的球员)。

哈利刚一到家,弗农姨父就把他的咒语书、魔杖、长袍、坩埚和最先进的飞天扫帚的光轮2000锁进了楼梯下那又小又暗的储物间里。至于哈利会不会因为一个暑假没练习而被学院魁地奇球队开除,德思礼一家才不管呢。哈利的家庭作业一点都没做,回学校时无法交差,跟他们又有什么关系?德思礼一家是巫师们所说的“麻瓜”(血管里没有一滴巫师的血液)。在他们看来,家里有一个巫师是莫大的耻辱。弗农姨父甚至把哈利的猫头鹰海德薇也锁在了笼子里,不让它给魔法世界的任何人送信。

哈利跟这家人长得一点儿也不像。弗农姨父膀大腰圆,没有脖子,蓄着异常浓密的大胡子;佩妮姨妈长了一张马脸,骨节粗大;达力头发金黄,皮肤白里透红,体形肥胖。而哈利却身材瘦小,长着一双明亮的绿眼睛,漆黑的头发总是乱蓬蓬的,额头上还有一道细长的闪电形伤疤。

就是这道伤疤使哈利即使在巫师中也是如此与众不同。这道伤疤是哈利神秘过去留下的唯一痕迹,是推测他十一年前为什么会被放在德思礼家门槛上的唯一线索。

哈利一岁时,居然在中了伏地魔的咒语之后幸存下来。伏地魔是有史以来最厉害的黑巫师,大多数巫师都不敢提到他的名字。哈利的父母就死在这个黑巫师手下,可是哈利大难不死,只留下了这道闪电形伤疤。而且,不知怎的,好像自从那个恶毒的咒语在哈利身上失灵之后,伏地魔的法力就被摧毁了。

所以,哈利是由他的姨妈和姨父养大的。他在德思礼家住了十年,一直搞不懂他为什么能在无意中导致一些古怪的事情发生,因为德思礼一家只说他的父母死于车祸,他的伤疤也是那次车祸留下的。

一年前,霍格沃茨魔法学校写信给哈利,他才了解到自己的身世。他上了魔法学校,在那里他和他的伤疤赫赫有名……可现在学年结束了,他回到德思礼家过暑假,他们却把他当成一条在邋遢地方打过滚的狗来对待。

德思礼一家忘记了这一天恰好是哈利的十二岁生日。当然，哈利也没有寄予多么大的希望，他们从来不会送他什么像样的礼物，更别提生日蛋糕了——但是，完全忘掉未免……

正在这时，弗农姨父煞有介事地清了清嗓子，说道："我们都知道，今天是个非常重要的日子。"

哈利抬起头，简直不敢相信自己的耳朵。

"今天我可能会谈成平生最大的一笔交易。"弗农姨父说。

哈利低下头继续吃面包片。当然啦，他怨愤地想，弗农姨父是在讲那个愚蠢的晚宴。他两星期来张口闭口说的都是这件事。一个有钱的建筑商和他的妻子要来吃晚饭，弗农姨父希望那人能订他一大笔货（弗农姨父的公司是做钻机的）。

"我想我们应该把晚上的安排再过一遍，"弗农姨父说，"八点钟大家应该各就各位。佩妮，你应该——？"

"在客厅里，"佩妮姨妈应声说，"等着亲切地欢迎他们光临。"

"很好，很好。达力？"

"我等着给他们开门。"达力堆起一副令人恶心的做作笑容，"我替你们拿着衣服好吗，梅森先生和夫人？"

"他们会喜欢他的！"佩妮姨妈欣喜若狂地说。

"好极了，达力。"弗农姨父说。然后他突然转向哈利："那么你呢？"

"我待在我的卧室里，不发出一点儿声音，假装我不在家。"哈利声调平板地回答。

"不错。"弗农姨父恶狠狠地说，"我将把他们带到客厅，引见你——佩妮，并给他们倒饮料。八点一刻——"

"我宣布开饭。"佩妮姨妈说。

"达力，你要说——"

"我领您上餐厅去好吗，梅森夫人？"达力一边说，一边把他的胖胳膊伸给那位看不见的女士。

"多标准的小绅士！"佩妮姨妈吸着鼻子说。

"你呢？"弗农姨父凶巴巴地问哈利。

"我待在我的卧室里，不发出一点声音，假装我不在家。"哈利无精打采地说。

"对了。现在，我们应该在餐桌上说一些赞美的话。佩妮，你有什么建议吗？"

"梅森先生，弗农跟我说您高尔夫球打得棒极了……梅森夫人，请告诉我您的衣服是在哪儿买的……"

"非常好……达力？"

"这样行不行：'梅森先生，老师要我们写一写自己最崇拜的人，我就写了您。'"

这可让佩妮姨妈和哈利都受不了。佩妮高兴得眼泪直流，紧紧搂住了儿子。哈利则把头藏到了桌子底下，怕他们看到他大笑的样子。

"你呢，哈利？"

哈利直起身，努力绷住脸。

"我待在我的卧室里，不发出一点声音，假装我不在家。"

"这就对了。"弗农姨父用力地说，"梅森夫妇根本不知道你，就让这种状况保持下去。佩妮，晚饭之后你领梅森夫人回客厅喝咖啡，我把话题引到钻机上。要是走运的话，在十点钟的新闻之前我就可以把签字盖章的订单拿到手。明天这个时候我们就能选购马约卡岛的别墅了。"

哈利并不怎么兴奋。他不认为德思礼一家到了马约卡岛就会比在女贞路多喜欢他一点儿。

"好——我去城里取达力和我的礼服。你呢，"他对哈利吼道，"不要在你姨妈洗衣服的时候去碍手碍脚的。"

哈利从后门出来。外面天气晴朗，阳光灿烂。他穿过草坪，一屁股坐在花园长凳上，压着嗓子唱了起来："祝我生日快乐……祝我生日快乐……"

没有贺卡，没有礼物，今晚他还要假装自己不存在。他悲伤地注视着树篱。他从没有感到这样孤独。他分外想念他最好的朋友罗恩·韦斯莱和赫敏·格兰杰，胜过想念霍格沃茨其他的一切，甚至包括魁地奇球。可他们好像一点儿也不想他。整个暑假谁都没有给他写信，罗恩还曾说要请哈利去他家做客呢。

一次又一次，哈利差点儿要用魔法打开海德薇的笼子，让它捎封信给罗恩和赫敏。但这太冒险了。未成年的巫师是不能在校外使用魔法的。哈利没有把这个规定告诉德思礼一家，他知道，这家人只是害怕他把他们全变成金龟子，才没有把他本人和魔杖、飞天扫帚一起关进楼梯下的储物间里。回家后的头两个星期，哈利喜欢假装嘴里念念有词，然后看达力拼命搬动他那两条胖腿，尽快往屋外跑。可是罗恩和赫敏迟迟不给他来信，使哈利觉得自己和魔法世界断了联系，连捉弄达力也失去了乐趣——现在罗恩和赫敏连他的生日都忘了。

只要能换得霍格沃茨的一点儿音信，不管来自哪个巫师的，他什么都会豁出去。他甚至乐意看一眼他的仇敌德拉科·马尔福，只要能证明这一切不是一场梦……

他在霍格沃茨的这一年并不都是好玩有趣的。上学期末，哈利与伏地魔本人正面相遇。伏地魔虽然大不如从前，但依然狠毒可怕，阴险狡猾，并决心要恢复自己的法力。哈利又一次逃脱了伏地魔的魔爪，但是很险。即使现在，已经过去好几个星期了，哈利还会在半夜惊醒，浑身冷汗，想着伏地魔这时会在哪里，记起他那青灰色的脸、圆睁的疯狂的眼睛……

哈利突然坐直了身子。他一直心不在焉地注视着树篱——可现在树篱正注视着他。树叶丛中闪动着两只大得出奇的绿眼睛。

哈利跳了起来，这时草坪对面飘过来一声嘲笑。

“我知道今天是什么日子。”达力摇摇摆摆地走过来。

那对大眼睛忽闪几下，消失了。

“什么？”哈利说，眼睛还盯着那个地方。

“我知道今天是什么日子。”达力又说了一遍，走到他旁边。

“很好，”哈利说，“你终于学会了数星期几。”

“今天是你的生日！”达力讥讽地说，“你居然没有收到贺卡？你在那个鬼地方连个朋友都没有吗？”

“最好别让你妈妈听到你说我的学校。”哈利冷冷地说。

达力提了提裤子,那裤子顺着他的胖屁股正在往下滑。

“你盯着树篱干什么?”他怀疑地问。

“我在想用什么咒语使它燃烧起来。”哈利说。

达力踉踉跄跄倒退了几步,胖脸上显出惊恐的表情。

“你不—不能—我爸说过不许你施魔法—他说要把你赶出去—你没有地方去—没有朋友收留你——”

“吉格利玻克利!”哈利厉声说道,“霍克斯波克斯……奇格利鬼格利……”

“**妈—妈!**”达力号叫起来,跌跌撞撞地朝屋里奔去,“**妈—妈!** 他又在干那个了!”

哈利为这片刻的开心付出了很大的代价。由于达力和树篱都安然无恙,佩妮姨妈知道哈利并没有真的施魔法,但她仍然用沾着肥皂水的煎锅朝哈利劈头打来,幸亏哈利躲得快。然后她支使哈利去干活,不干完不许吃东西。

达力吃着冰淇淋,在一旁晃来晃去地看着哈利擦窗户,洗汽车,修整草坪,整理花圃,给玫瑰剪枝浇水,重新油漆花园的长凳。烈日当头,晒得哈利后脖颈发烫。哈利知道他不应该上达力的钩,可是达力说中了哈利的心事……也许他在霍格沃茨根本没有朋友……

“但愿他们能看到大名鼎鼎的哈利·波特现在的样子。”往花坛里撒粪肥的时候,哈利发狠地想道。他腰酸背疼,汗水顺着脸颊往下流。

一直到晚上七点半,才终于听到佩妮姨妈喊他,他已经精疲力竭。

“进来! 踩着报纸走!”

哈利高兴地走进阴凉的、擦得闪闪发亮的厨房。冰箱顶上放着今天晚餐的布丁:好大一堆掼奶油,还放了撒糖霜的堇菜。一大块烤肉在烤箱里嘶嘶作响。

“快吃! 梅森他们快要来了!”佩妮姨妈严厉地说,指着厨房桌子上的两块面包和一堆奶酪。她已经穿上了一件浅橙色的鸡尾酒会礼服。

哈利洗了手,匆匆吞下了他那点可怜的晚饭。他刚一吃完,佩妮姨妈就把盘子收走了。“上楼! 快!”

经过客厅门口时，哈利瞥了一眼穿着礼服、打着领结的弗农姨父和达力。他刚走到楼上，门铃就响了，弗农姨父凶巴巴的脸出现在楼梯下。

“记着，小子——你要敢发出一点儿声音……”

哈利踮着脚走到自己卧室门口，悄悄溜进去，关上门，转身想要一头扑倒在床上。

问题是，他的床上已经坐了一个人。

第2章

多比的警告

哈利差一点儿叫出声来。床上的那个小怪物长着两只蝙蝠似的大耳朵,一对突出的绿眼睛有网球那么大。哈利马上想到,这就是早上在花园树篱外看他的那双眼睛。

他们对视着。哈利听到达力的声音从门厅传来。

"我替你们拿着衣服好吗,梅森先生和夫人?"

那怪物从床上滑下来,深深鞠了一躬,细长的鼻子都碰到了地毯上。哈利注意到他身上穿的像一个旧枕套,在胳膊和腿的地方开了几个洞。

"哦——你好。"哈利不自然地说。

"哈利·波特!"那怪物尖声叫道,哈利想楼下肯定能听到,"多比一直想见您,先生……不胜荣幸……"

"谢——谢谢。"哈利贴着墙壁挪动,坐到他桌前的椅子上,挨着在大笼子里睡觉的海德薇。他想问:“你是什么”,但觉得这听起来太不礼貌,就改口问:“你是谁?”

“多比,先生。我叫多比,家养小精灵多比。”那怪物说。

“哦——是吗?”哈利说,“哦——我不想失礼,可是——此刻在我的卧室里接待一位家养小精灵有些不太合适。”

客厅里传来了佩妮姨妈虚伪的高声大笑。小精灵垂下了头。

“我不是不高兴见你,”哈利赶忙说,“可是,哦,你来这儿有什么特别的原因吗?”

“哦,有的,先生,”多比热切地说,“多比来告诉您,先生……不好说,先生……多比不知道从哪里说起……”

“坐下吧。”哈利指了指床,礼貌地说。

没想到小精灵突然痛哭流涕,把哈利吓了一跳,他哭的声音很大。

“坐—坐下!”多比呜咽道,“从来……从来没有……”

哈利仿佛听到楼下的说话声变得有些结巴。

“对不起,”他小声说,“我没想冒犯你。”

“冒犯多比!”小精灵哽咽地说,“从来没有一位巫师让多比坐下——像对待平等的人那样——”

哈利竭力在说“嘘”的同时做出抚慰的表情,领多比回到床上坐下。多比坐在那儿打嗝,看上去像个丑陋的大娃娃。最后他终于控制住自己,用他那双泪汪汪的大眼睛充满敬意地凝视着哈利。

“你大概没遇到多少正派的巫师吧。”哈利想让他高兴一些。

多比摇了摇头,然后冷不防跳了起来,用脑袋疯狂地撞着窗户,嘴里喊着:“坏多比!坏多比!”

“别这样——你这是干什么?”哈利着急地小声说,跳起来把多比拉回床上。海德薇被吵醒了,发出一声格外响亮的尖叫,在笼子里疯狂地乱扑乱撞。

“多比要惩罚自己,先生。”小精灵说,他的眼睛已经有点儿对在一起了,“多比几乎说了主人家的坏话,先生……”

“主人家?”

“多比服侍的那个巫师家，先生……多比是家养小精灵——必须永远服侍一户人家……”

“他们知道你在这儿吗？”哈利好奇地问。

多比哆嗦了一下。

“哦，不，先生，他们不知道……多比因为来见您，要对自己进行最严厉的惩罚。多比要把自己的耳朵夹在烤箱门里。万一给他们知道，先生——”

“可如果你把耳朵夹在烤箱门里，他们不会发现吗？”

“多比猜想不会，先生。多比总是为一些事惩罚自己，先生。他们让多比这样做，先生。有时候他们提醒我更厉害地惩罚自己……”

“那你为什么不离开呢？不逃走呢？”

“家养小精灵必须由主人放走。可主人永远不会放走多比……多比将在主人家做到死，先生……”

哈利目瞪口呆。

“要我在这儿多待四个星期，我都觉得受不了。”他说，“这样比起来，德思礼一家还算是有些人情味的。没有人能帮你吗？我能帮你吗？”

哈利几乎立刻就后悔说了这句话。多比再次感动得呜呜大哭。

“拜托你，”哈利紧张地说，“小点儿声。要是给德思礼一家听到，要是他们知道你在这儿……”

“哈利·波特问能不能帮助多比……多比早就听说了您的伟大，先生，可您的仁慈，多比以前还不了解……”

哈利感到脸上发烧，忙说：“你听到的那些都是胡说，我在霍格沃茨连年级第一名都排不上，第一名是赫敏，她——”

但他很快住了口，一想起赫敏他就感到痛苦。

“哈利·波特这样谦虚，”多比崇敬地说，两只大圆眼睛闪着光，“哈利·波特不说他战胜那个连名字都不能提的人的事。”

“伏地魔？”哈利说。

多比用手捂住耳朵，呻吟道：“啊，别说那个名字，先生！别说那个名字！”

“对不起，”哈利马上说，“我知道许多人都不喜欢他——我的朋友罗恩……”

他又停住了。想到罗恩也让人痛苦。

多比凑近哈利，他的眼睛大得像车灯。

“多比听说，”他声音嘶哑地说，“哈利·波特几星期前又遇见了那个黑魔王……哈利·波特再次逃脱了。”

哈利点了点头。多比顿时热泪盈眶。

“啊，先生，”他抽抽搭搭，用肮脏破烂的枕套一角抹了抹脸，“哈利·波特英勇无畏！他已经闯过了这么多的险关！可是多比想来保护哈利·波特，来给他报个信，即使多比过后真的必须把自己的耳朵夹在烤箱门里……多比想说，哈利·波特不能回霍格沃茨了。”

屋里一片安静，只听见楼下刀叉叮当之声，还有弗农姨父的咕噜声。

“什—什么？”哈利大吃一惊，“可我必须回去——九月一号开学，这是我生活的希望。你不知道我在这里过的是什么日子。我不属于这儿。我属于你们的世界——属于霍格沃茨。”

“不，不，不，”多比尖声说，用力摇着头，把耳朵甩得啪哒啪哒直响，“哈利·波特必须待在安全的地方。他这么伟大，这么仁慈，我们不能失去他。如果哈利·波特回到霍格沃茨，他将会有生命危险。”

“为什么？”哈利惊讶地问。

“有一个阴谋，哈利·波特。今年霍格沃茨魔法学校会有最恐怖的事情发生。”多比压低声音说，突然浑身发抖，“多比知道这件事已经有几个月了，先生。哈利·波特不能去冒险。他太重要了，先生！”

“什么恐怖的事情？”哈利马上问，“是谁在策划？”

多比发出一声滑稽的哽咽，然后疯狂地把脑袋往墙上撞。

“好了！”哈利叫起来，抓住小精灵的胳膊，不让他去撞墙，“我知道你不能说。可你为什么要来警告我呢？”突然一个不愉快的念头在他脑海中一闪，“等等——这不会和伏——对不起——和你知道的那个神秘人有关吧？你只要摇头或点头。”他赶忙加上一句，因为多比的脑袋又令人担心地靠向了墙壁。

多比缓缓地摇了摇头。

“不是——不是那个连名字都不能提的人，先生。”

可是多比的眼睛瞪大了，似乎想给哈利一个暗示，但哈利心里一片茫然。

“他没有兄弟吧？”

多比摇摇头，眼睛瞪得更大。

“那我就想不出还有谁能在霍格沃茨制造恐怖事件了。”哈利说，“我是说，第一，有邓布利多——你知道邓布利多吧？”

多比低下头。

“多比知道，阿不思·邓布利多是霍格沃茨建校以来最伟大的校长。多比听说邓布利多的法力能与那个连名字都不能提的人最强大的时候相匹敌。可是先生，”多比急促地小声说，“有些法力邓布利多也不……没有一个正派的巫师能……”

哈利制止不及，多比跳下床，抓起哈利的台灯往自己的脑袋上乱敲，伴着一声声凄厉的惨叫。

楼下突然一阵沉寂，两秒钟后，心脏怦怦乱跳的哈利听到弗农姨父走到门厅里，喊道：“达力准是又忘记关电视机了，这个小淘气！”

“快！衣柜里！”哈利小声说。他把多比塞进衣柜，关上柜门，刚扑倒在床上，门把手就转动了。

“你——到底——在——搞——什么鬼？”弗农姨父咬牙切齿地说，把脸凑到哈利面前，近得可怕，“我正讲到日本高尔夫球手的笑话中最关键的地方，都被你给搅了……再发出一点儿声音，我就让你后悔生下来，小子！”

他重重地跺着地板走了出去。

哈利哆嗦着把多比从衣柜里拉了出来。

“看到这里的情况了吧？知道我为什么必须回霍格沃茨了吧？我只有那个地方可去——我想我在那儿有些朋友。”

“什么朋友，连信都不给哈利·波特写一封？”多比狡黠地说。

“我想他们只是——慢着，”哈利皱起眉头，“你怎么知道我的朋友没给我写信?”

多比把脚在地上蹭来蹭去。

“哈利·波特不要生多比的气——多比都是为了……”

“你截了我的信?”

“信在多比这儿,先生。”小精灵说。他敏捷地跳到哈利抓不到的地方,从身上穿的枕套里面抽出厚厚的一沓信。哈利认出了赫敏工整的字体、罗恩龙飞凤舞的笔迹,甚至还有一种潦草的手书,好像是霍格沃茨的猎场看守海格写的。

多比焦急地眨巴着眼睛仰视哈利。

“哈利·波特不要生气……多比原本希望……如果哈利·波特以为他的朋友把他忘了……哈利·波特也许就不想回学校了,先生……”

哈利没心思听,伸手去抢信,可多比一跳,闪开了。

“哈利·波特先要向多比保证不回霍格沃茨。哎呀,先生,您千万不能去冒这个险!说您不会回去,先生!”

“不,”哈利生气地说,“把我朋友的信给我!”

“那么多比就没有别的选择了。”小精灵悲哀地说。

哈利还没反应过来,多比已经冲到门边,拉开门,飞快地奔下楼。

哈利嘴里发干,五脏六腑都搅在了一起。他急忙跳起来追赶,尽量不弄出声响。他一下蹦过最后六级台阶,猫一样地落在门厅地毯上,东张西望地寻找多比。他听到餐厅里弗农姨父正在说:“……梅森夫人,给佩妮讲讲那些美国管子工的笑话吧,她一直想听……”

哈利穿过门厅跑进厨房,觉得心里一阵发空。

佩妮姨妈的杰作布丁、堆得高高的奶油和撒了糖霜的堇菜,正在天花板下边飘浮。多比蹲在墙角的碗柜顶上。

“不要,”哈利压低嗓门说,“求求你……他们会杀了我的……”

“哈利·波特必须保证不回学校——”

“多比……求求你……”

“保证吧,先生……”

“我不能!”

多比悲哀地看了他一眼。

“那多比只能这么做了，先生，这是为哈利·波特好。”

布丁盘子当啷一声摔到地上，哈利觉得他的心跳停止了。盘子摔得粉碎，奶油溅得墙上、窗户上都是。随着一声抽鞭子似的噼啪巨响，多比不见了。

餐厅里发出尖叫声，弗农姨父冲进厨房，发现哈利呆若木鸡地站在那里，从头到脚溅满了佩妮姨妈的布丁。

开始，弗农姨父似乎还可以把这件事掩饰过去(“我家外甥——脑子有点儿毛病——见到生人就紧张，所以我们让他待在楼上……”)。他把受惊的梅森夫妇哄回餐厅，对哈利说等客人走后非把他揍个半死，又丢给他一个拖把。佩妮姨妈从冰箱里挖出一些冰淇淋。哈利开始擦洗厨房，身体还在打着哆嗦。

要不是那只猫头鹰，弗农姨父也许还能谈成他的生意。

佩妮姨妈正在分发一盒餐后薄荷糖，突然一只猫头鹰旋风般从餐厅窗口飞进来，把一封信丢在梅森夫人的头上，又旋风般飞走了。梅森夫人尖声怪叫，马上逃出了这所住宅，口里喊着疯子、疯子。梅森先生多站了片刻，告诉德思礼家人，他太太对各种各样、大大小小的鸟都怕得要命，并问这是不是他们故意安排的玩笑。

哈利站在厨房里，攥紧拖把支撑着自己的身体。弗农姨父朝他逼了过来，小眼睛里闪着恶魔般的凶光。

“读读这个！”他挥舞着猫头鹰送来的那封信，恶毒地说，“拿去——读啊！”

哈利接过信，那里面并没有生日祝词。

波特先生：

我们接到报告，得知今晚九点十二分你在住处用了一个悬停咒。

你知道，未成年的巫师不许在校外使用魔法，你如再有此类行为，将有可能被本校开除(《对未成年巫师加以合理约束法》，一八七五年，第三款）。

另外请记住，根据《国际巫师联合会保密法》第十三条，任何可能引起非魔法界成员（麻瓜）注意的魔法活动，均属严重违法行为。

祝暑期愉快！

马法尔达·霍普柯克
魔法部
禁止滥用魔法办公室

哈利抬起头，喉咙噎住了。

“你没告诉我们你不能在校外使用魔法，”弗农姨父说，眼里闪着疯狂的光，“忘说了……丢到脑后了吧，我猜……”

他像一条大斗牛狗那样向哈利压下来，牙齿全露在外面。“啊，我有消息要告诉你，小子……我要把你关起来……你永远别想回那个学校……永远……如果你用魔法逃出去——他们会开除你的！”

弗农姨父说到做到。第二天，他就找了个人给哈利的窗户上安了铁条。他亲自在卧室门上装了一个活板门，一天三次送一点儿食物进来。他们每天早晚让哈利出去上厕所，其他时间都把他锁在屋里。

三天后，德思礼一家还没有任何发慈悲的迹象，哈利想不出脱身的办法。他躺在床上看太阳在窗栅后面落下，悲哀地想着自己今后的命运。

如果会被霍格沃茨开除，那用魔法逃出去又有什么意义呢？可是女贞路的生活实在是过不下去了。现在，德思礼一家知道他们不会一觉醒来变成蝙蝠了，哈利失去了唯一的武器。多比也许使哈利躲过了霍格沃茨的可怕劫难，可是照现在这样下去，他可能会饿死。

活板门一响，佩妮姨妈的手从洞口推进来一碗罐头汤。哈利早就饿得肚子疼了，赶紧跳下床捧起那只碗。汤是冰凉的，可他一口气喝下了半碗。然后他走到海德薇的笼子旁，把碗底那几根泡了水的蔬菜倒进它空空的食盘里。海德薇竖起羽毛，厌恶地看了哈利一眼。

“别把你的鸟嘴翘得老高，我们只有这些。”哈利板着脸说。

他把空碗放回活板门旁，重新躺到床上，感觉比喝汤前更饿了。

假设他四星期后还活着，却没去霍格沃茨报到，那会怎么样呢？他们会不会派人来调查他为什么没回去？他们能使德思礼一家放他走吗？

屋里黑下来了，哈利精疲力竭，饥肠辘辘，脑子里翻来覆去地转着那些没有答案的问题。他不知不觉睡着了，睡得很不安稳。

他梦见自己被放在动物园里展览，笼子上的卡片写着“小巫师”。人们隔着铁栅栏看他，他躺在稻草上，饿得奄奄一息。他在人群中看到了多比的面孔，忙喊多比来救他，可多比叫道：“哈利·波特在那儿是安全的，先生！”说完就消失了。接着他又看到德思礼一家，达力摇着铁笼栏杆嘲笑他。

“住手，”哈利含糊不清地说，那嘎啦嘎啦的声音震动着他疼痛的神经，“别吵我……停下……我想睡觉……”

他睁开眼，月光从窗栅间照进来，有人隔着铁栅栏瞪视着他：一个雀斑脸、红头发、长鼻子的人。

罗恩·韦斯莱正在哈利的窗户外面。

第3章

陋　　居

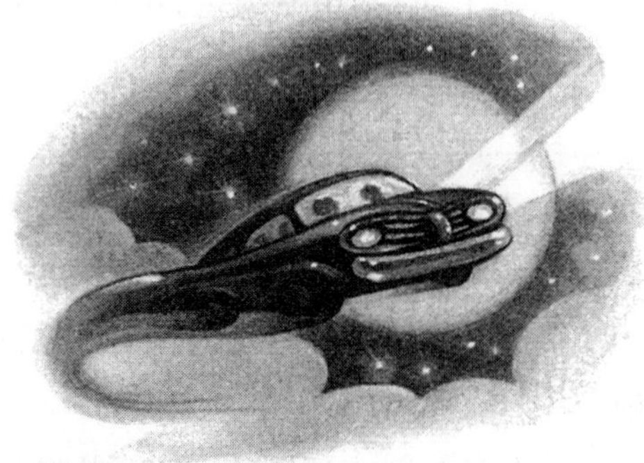

“罗恩!”哈利轻声叫道，蹑手蹑脚地走到窗前，把窗户推上去，这样他们好隔着铁栅栏说话，“罗恩，你怎么——这是——?”

看清眼前的情景之后，哈利张大了嘴巴。罗恩正从一辆青绿色轿车的后车窗探身看着他，轿车停在半空中，罗恩的那对双胞胎哥哥弗雷德和乔治坐在前排，朝他咧嘴笑着。

“怎么样，哈利?”

“怎么回事?”罗恩说，“你为什么一直不给我回信? 我邀请了你十二次，然后爸爸回来说你在麻瓜面前使用魔法，受到了警告……”

“不是我——他是怎么知道的?”

“他在部里工作。”罗恩说，“你知道我们不能在校外使用魔法——”

“你说得真对。”哈利盯着那辆悬空的汽车说。

“哦，这不算，”罗恩说，“我们只是借用，这是爸爸的车，我们没有对它施魔法。可是你对同一屋檐下的麻瓜使用魔法……”

“我跟你说了，我没有——可是现在没时间解释。你能不能跟学校说一声，德思礼一家把我关起来了，不让我回学校。我显然不能用魔法逃出去，因为部里会认为我三天里两次使用魔法，所以——”

“别废话了，”罗恩说，“我们是来接你回家的。”

“可你们也不能用魔法——”

“我们不需要，”罗恩把头朝前排一摆，笑着说，“你忘了我和谁在一起了。”

“把它系在铁栅栏上。”弗雷德说着，扔给哈利一截绳子。

“要是德思礼一家人醒过来，我就没命了。”哈利说着，把绳子牢牢系在一根铁条上，弗雷德发动了汽车。

“别担心，”弗雷德说，“靠后站。”

哈利退到阴影里，靠近了海德薇。猫头鹰似乎也知道事关重大，在笼子里一动不动。汽车马达声越来越响，突然嘎啦啦一声，铁栅栏被连根拔起，弗雷德开车笔直地朝天上冲去——哈利跑到窗前，看见窗栅在离地面几英尺的地方晃荡着。罗恩喘着粗气把它拽进车里。哈利担心地听了听，德思礼他们的卧室里没什么动静。

窗栅被安全地放到罗恩旁边的座位上，弗雷德把车倒回来，尽可能靠近哈利的窗户。

“上车。”罗恩说。

“可我上学的东西……魔杖……飞天扫帚……”

“在哪儿？”

“锁在楼梯下的储物间里，我出不了门——”

“那好办，”坐在驾驶座旁边的乔治说，“闪开点儿，哈利。”

弗雷德和乔治小心地从窗户爬进哈利的房间。乔治从口袋里掏出一只普通的发夹，开始撬锁。真是不得不佩服他们，哈利想。

“许多巫师认为学这种麻瓜的把戏是浪费时间，”弗雷德说，“可我们觉得这也是一门技术，虽然慢了点儿。”

咔嗒一声轻响，门一下子开了。

“现在——我们去拿你的箱子——你赶快拣点你要用的东西，递给罗恩。”乔治小声说。

“当心最底下一段楼梯，会响的。”哈利小声叮嘱，双胞胎消失在黑暗的楼梯口。

哈利在屋里跑来跑去，收拾了一些东西从窗口递给罗恩，然后去帮弗雷德和乔治抬箱子。哈利听到弗农姨父咳了一声。

三个人气喘吁吁，终于把箱子抬到了楼上，又一直抬到哈利房间的窗口。弗雷德爬回车里，和罗恩一起拉，哈利和乔治在屋里推，箱子一点儿一点儿地朝窗外滑动。

弗农姨父又咳了一声。

“再加把劲，”弗雷德一边拉一边喘着气说，“猛推一把……”

哈利和乔治用肩膀猛力朝箱子撞去，箱子从窗口滑到汽车后座上。

“好啦，我们走吧。”乔治小声说。

可是当哈利爬上窗台时，身后突然响起一声尖厉的鸣叫，紧接着是弗农姨父的咆哮。

“**这该死的猫头鹰！**”

“我忘了海德薇！”

楼梯口的灯亮了，哈利迅速折回屋内，抓起海德薇的笼子，冲到窗前，把笼子交给罗恩。他正在重新爬上五斗橱时，弗农姨父捶响了那扇没锁好的门——门开了。

一时间，弗农姨父在门口呆住了，然后像一头发怒的公牛般大吼一声，扑向哈利，抓住了他的脚脖子。

罗恩、弗雷德和乔治抓住哈利的胳膊使劲往外拉。

“佩妮！”弗农姨父喊道，“他要跑了！**他要跑了！**”

韦斯莱兄弟拼命一拽，哈利的腿挣脱了弗农姨父的手掌。哈利钻进车里，撞上车门，罗恩马上喊道：“快踩油门，弗雷德！”汽车猛地向着月亮冲去。

哈利不敢相信——他自由了。他摇下车窗，晚风拍打着他的头发，女贞路的屋顶在下面渐渐变小，弗农姨父、佩妮姨妈和达力还在窗口呆呆地探身望着。

“明年夏天见！”哈利喊道。

韦斯莱兄弟哈哈大笑，哈利靠在椅背上，乐得合不拢嘴。

“把海德薇放出来吧，”他对罗恩说，“它可以跟在我们后面飞。它好久没舒展翅膀了。”

乔治把发夹递给罗恩，不一会儿，海德薇快乐地飞出了车窗，像幽灵一样在他们旁边滑翔。

“可以告诉我们了吧，哈利？”罗恩迫不及待地说，“到底发生了什么事？”

哈利原原本本地向他们讲了多比、他给哈利的警告、被摔得一塌糊涂的堇菜布丁。他讲完后，车里好长时间一片沉默。

“很可疑。”弗雷德终于说。

“显然非常蹊跷，”乔治附和道，“他甚至不肯告诉你是谁在策划这些？”

“我想他是不能说。”哈利说，“我刚才说了，每次他快要吐露出什么时，就拿脑袋撞墙。”

他看到弗雷德和乔治对视了一下。

“怎么，你们认为他是在骗我？”哈利说。

“嗯，”弗雷德说，“这样说吧——家养小精灵的魔法也很了得，但没有主人的允许，他们一般不能使用魔法。我想多比是被人派来阻止你回霍格沃茨的，有人想捉弄你。你在学校有什么仇人吗？”

“有。”哈利和罗恩立刻同时说。

“德拉科·马尔福，”哈利解释说，“他恨我。”

“德拉科·马尔福？”乔治转过身问，“是不是卢修斯·马尔福的儿子？”

“大概是的，这个姓不常见，对吧？”哈利说，“怎么啦？”

“我听爸爸说起过他，”乔治说，“卢修斯·马尔福是神秘人的死党。”

“神秘人消失后，”弗雷德扭头看着哈利说，“卢修斯·马尔福回来说那件事与他无关，这是鬼话——爸爸猜他是神秘人的心腹。”

哈利听到过关于马尔福家的这些传言，所以一点儿也不觉得惊奇。

和马尔福比起来，达力简直是个忠厚懂事的孩子。

“我不知道马尔福家有没有小精灵……”哈利说。

“有小精灵的人家肯定是个古老的巫师家族，而且很富有。”弗雷德说。

“对，妈妈一直希望能有一个小精灵帮我们熨衣服，”乔治说，“可是我们只有阁楼上那个讨厌的食尸鬼和满花园的地精。小精灵只有那种古老的大庄园和城堡里才有，在我们家可找不到……”

哈利沉默了。德拉科·马尔福用的东西总是最高级的，他家有的是魔币。他能想象出马尔福在一所大庄园住宅里趾高气扬地走来走去，派仆人来阻止哈利回霍格沃茨也很像是马尔福干的事情。哈利把多比的话当真，是不是太傻了？

“不管怎么说，我很高兴我们来接你。”罗恩说，“你一封信都不回，我真着急了。一开始我以为是埃罗尔出了问题——”

“埃罗尔是谁？”

“我们的猫头鹰。它上了年纪，以前送信时就累垮过。所以我想借赫梅斯——”

“谁？”

“珀西当上级长后，爸爸妈妈给他买的那只猫头鹰。”坐在前面的弗雷德说。

“可珀西不肯借给我，”罗恩说，“说他自己要用。”

“珀西今年暑假一直非常古怪，”乔治皱着眉头说，“他发了好多信，还老一个人关在屋里……我不明白，级长的徽章要擦那么多遍吗……你向西开得太远了，弗雷德。”他指着仪表盘上的一个指南针说。弗雷德把方向盘转了转。

“那你们把车开出来，你们的爸爸知道吗？”其实哈利已经猜到了实情。

“哦，不知道，”罗恩说，“他今晚加班。但愿我们能悄悄把车开进车库，不让妈妈发现。”

“你爸爸在魔法部做什么工作？”

“他在一个最无聊的部门，”罗恩说，“禁止滥用麻瓜物品办公室。”

“什么？”

“就是禁止对麻瓜制造的东西施用魔法，怕它们万一又回到麻瓜的商店或家里。就像去年，有个老巫婆死了，她的茶具被卖到一个古董店，一位女麻瓜买下了这套茶具，回家请朋友喝茶，真是一场噩梦啊——爸爸连着加了好几个星期的班。”

“怎么回事？”

“茶壶突然发起疯来，滚烫的茶水四处乱喷，一个男人住进了医院，方糖的钳子夹住了他的鼻子。爸爸忙得不可开交，办公室里只有他和一个叫珀金斯的老巫师。他们不得不用遗忘咒和各种办法来把这件事掩盖过去……”

“可你爸爸……这车子……”

弗雷德笑了。“是啊，爸爸迷上了和麻瓜有关的一切，我们的棚里堆满了麻瓜的东西。爸爸把它们拆开，施上魔法，再重新组装起来。如果他到我家抄查，他只好把自己抓起来。妈妈为这都快急疯了。”

“那是大路，”乔治透过挡风玻璃望着下面说，“我们十分钟就能到那儿……还好，天快亮了……”

东方地平线上出现了一抹淡淡的红霞。

弗雷德把车降低了一些，哈利看到一片片田地和一簇簇树木组成的深色图案。

“我们在村子外面一点儿，”乔治说，“就是奥特里·圣卡奇波尔村……”

车子越飞越低，树丛间一轮红日已经露头了。

“着陆！”弗雷德喊道，车子轻轻一震，触到了地面。他们降落在一个破破烂烂的车库旁边，周围是个小院子。哈利第一次打量着罗恩家的房子。

房子以前似乎是个石头垒的大猪圈，后来这里那里添建了一些房间，垒到了几层楼那么高，歪歪斜斜，仿佛是靠魔法搭起来的（哈利提醒自己这很有可能）。红房顶上有四五根烟囱，屋前斜插着一个牌子，写着“陋居”。大门旁扔着一些高帮皮靴，还有一口锈迹斑斑的坩埚。几只褐色的肥鸡在院子里啄食。

“不怎么样吧?”罗恩说。

“太棒了。”哈利快乐地说,他想起了女贞路。

大家下了车。

“现在,我们悄悄地上楼,”弗雷德说,“等妈妈来叫我们吃早饭。然后罗恩连蹦带跳地跑下楼,说:‘妈妈,你看谁来了!’妈妈看到哈利一定很高兴,谁也不会知道我们用了车。”

“好的。”罗恩说,“来吧,哈利,我睡在——”

罗恩的脸一下子绿了,眼睛直勾勾地盯着房子的方向。其他三个人转过身去。

韦斯莱夫人从院子那头快步走来,小鸡儿四散奔逃。令人惊奇的是,她这么个胖墩墩、慈眉善目的女人,居然会那么像一头露着利齿的老虎。

“啊。”弗雷德说。

“天哪。”乔治说。

韦斯莱夫人停在他们面前,叉着腰,挨个儿审视一张张愧疚的面孔。她穿着一条印花的围裙,兜里插着一根魔杖。

“行啊。”她说。

“早上好,妈妈。”乔治用他显然以为是轻松可爱的语调说。

“你们知道我有多着急吗?”韦斯莱夫人用令人心惊肉跳的低沉声音说。

“对不起,妈妈,可是我们必须——”

韦斯莱夫人的三个儿子都比她高,可她的怒火爆发时,他们都战战兢兢。

“床空着!没留条子!车也没了……可能出了车祸……我都急疯了……你们想到过吗?……我这辈子从来没有……看你们的爸爸回来怎么收拾你们吧,比尔、查理和珀西从没出过这种事儿……”

“模范珀西。”弗雷德咕哝道。

“你该学学他的样儿!”韦斯莱夫人戳着弗雷德的胸口嚷道,“你们可能摔死，可能被人看见，可能把你们的爸爸的饭碗给砸了——”

好像过了几个小时，韦斯莱夫人把嗓子都喊哑了，才转向哈利。哈利后退了两步。

“我很高兴看到你，亲爱的哈利，”她说，“进屋吃一点儿早饭吧。”

她转身回屋，哈利紧张地瞄了一眼罗恩，见罗恩点头，他才跟了上去。

厨房很小，相当拥挤，中间是一张擦得干干净净的木头桌子和几把椅子。哈利坐在椅子上，屁股只沾了一点边儿。他打量四周，以前他从没进过巫师的家。

对面墙上的挂钟只有一根针，没标数字，钟面上写着“煮茶”“喂鸡”“你要迟到了”之类的话。壁炉架上码着三层书：《给你的奶酪施上魔法》《烤面包的魔法》《变出一桌盛宴》等——都是魔法书！哈利简直怀疑自己的耳朵欺骗了他，他听见水池旁的旧收音机里说：“接下来是‘魔法时间’，由著名的女巫歌唱家塞蒂娜·沃贝克表演。”

韦斯莱夫人在丁零当啷地做早饭。她漫不经心地把香肠扔进煎锅，不时气呼呼地瞪儿子们一眼，嘴里还咕哝着一些话：“不知道你们是怎么想的。”“真是不敢相信。”

“我不怪你，亲爱的。”她把八九根香肠倒进哈利的盘里，安慰他说，“亚瑟和我也为你担心。昨天晚上我们还说要是你再不给罗恩回信，我们就亲自去接你。可是，”(她又往哈利盘子里加了三个荷包蛋)“开着一辆非法的汽车飞过半个国家——谁都可能看见你们——”

她用魔杖朝水池里的碗碟随意一点，那些碗碟就自己清洗起来，叮叮当当的声音像是一种背景音乐。

“情况很不好，妈妈！”弗雷德说。

“吃饭的时候不要说话！”韦斯莱夫人厉声说。

“他们不给他饭吃，妈妈！”乔治说。

“你也闭嘴！”韦斯莱夫人说，可是她动手给哈利切面包涂黄油时，脸上的表情已稍稍温和了一些。

这时，一个穿着长睡衣的红头发小人儿跑进厨房，尖叫了一声，又跑了出去。

“金妮，”罗恩低声对哈利说，“我妹妹。她一暑假都在念叨你。”

“可不，她想要你的签名呢，哈利。”弗雷德笑道，但一看到母亲的眼神，马上埋头吃饭，不再说话。几个人闷声不响，不一会儿四个盘子便一扫而空。

“啊，好累呀，”弗雷德放下刀叉说，“我想我要去睡觉了——”

“不行，”韦斯莱夫人无情地说，“一晚上没睡是你自找的。现在你要给我去清除花园里的地精。它们又闹得不可收拾了。”

“哦，妈妈——”

“你们两个也有份儿。”她瞪着罗恩和乔治说。她又对哈利说：“你可以去睡觉，亲爱的，你并没有叫他们开那辆破车。”

可哈利觉得一点儿也不困，忙说：“我帮罗恩一块儿干吧，我还没见过怎么清除地精呢——”

“真是个好孩子，可这是个枯燥的活儿。”韦斯莱夫人说，“现在，我们来看看洛哈特是怎么说的。”

她从壁炉架上抽出一本大厚书，乔治呻吟了一声。

“妈，我们知道怎么清除花园里的地精。”

哈利看到那本书的封面上用烫金的花体字写着：吉德罗·洛哈特教你清除家里的害虫。书名下有一幅大照片，是个长得很帅的巫师，波浪般的金发、明亮的蓝眼睛。魔法世界的照片都是会动的，照片上的这个巫师（哈利猜想他就是吉德罗·洛哈特）放肆地朝他们眨着眼睛。韦斯莱夫人笑吟吟地低头看着他。

“哦，他很了不起。”她说，“了解家里的害虫，这是一本好书……”

“妈妈崇拜他。”弗雷德低声说，但听得很清楚。

“别瞎说，弗雷德。”韦斯莱夫人的脸红了，“好啦，你们要是觉得自己比洛哈特懂得还多，那就去干吧。不过，如果我检查时发现花园里还有一个地精，你们就等着瞧吧。”

韦斯莱兄弟打着哈欠，发着牢骚，懒洋洋地走了出去，哈利跟在后面。花园很大，而且正是哈利心目中的花园的样子。德思礼一家肯定不会喜欢——这里杂草丛生，草坪也需要修剪了——但是墙根有许多盘根错节的树木围绕着，各种哈利从没见过的植物从每个花圃里蔓生出来，还有一个绿色的大池塘，里面有好多青蛙。

"知道吗，麻瓜花园里也有地精的。"穿过草坪时，哈利对罗恩说。

"啊，我见过麻瓜以为是地精的那种玩意儿，"罗恩一边说，一边弯下腰把头埋进牡丹丛里，"像胖乎乎的小圣诞老人，扛着鱼竿……"

一阵猛烈的挣扎声，牡丹枝子乱颤，罗恩直起腰来。"这就是地精。"他板着脸说。

"放开我！放开我！"地精尖叫道。

它一点儿也不像圣诞老人。小小的身体，皮肤粗糙坚韧，光秃秃的大圆脑袋活像一颗土豆。罗恩伸长手臂举着它，因为它用长着硬茧的小脚朝罗恩又踢又蹬。罗恩抓住它的脚脖子，把它倒提起来。

"你得这样做。"他说，把地精举过头顶（"放开我！"），开始像甩套索那样划着大圈挥动手臂。看到哈利吃惊的表情，罗恩说："不会伤害它们的——你得把它们转晕，这样它们就找不到地精洞了。"

他手一松，地精飞出去二十英尺，扑通落在树篱后面的地里。

"差劲，"弗雷德说，"我保证能扔过那个树桩。"

哈利很快就不再同情那些地精了。他本来决定把他捉到的第一个地精轻轻丢在树篱外面，可是那地精感觉到对方的软弱，便用锋利的牙齿狠狠咬住了哈利的手指，他怎么抖也抖不掉，最后——

"哇，哈利——你那一下准有五十英尺……"

花园中很快就地精满天飞了。

"你瞧，它们不大机灵，"乔治说，他一把抓住了五六个地精，"一听说在清除地精，就都跑过来看，到现在还没学聪明一点儿。"

不久，地里那一群地精耸着小肩膀，排着稀稀拉拉的队伍走开了。

"它们会回来的，"他们看着那些地精消失在田地那头的树篱后，罗恩说，"它们喜欢这儿……爸爸对它们太宽容了，觉得它们很有趣……"

正在这时，大门砰的一响。

"回来了！"乔治说，"爸爸回来了！"

他们急忙穿过花园回屋。

韦斯莱先生瘫在厨房的椅子上，摘掉了眼镜，两眼闭着。他是个瘦瘦的男人，有点谢顶，可他剩下的那点头发和孩子们的一样红。他穿着一件绿色的长袍，显得风尘仆仆。

“这一晚上真够呛！”他咕哝着，伸手去摸茶壶，孩子们都在他身边坐下，“抄查了九家。蒙顿格斯·弗莱奇这老家伙想趁我转身时对我用魔法……”

韦斯莱先生喝了一大口茶，舒了口气。

“搜到了什么东西吗，爸爸？”弗雷德急切地问。

“只有几把会缩小的房门钥匙和一只会咬人的水壶。”韦斯莱先生打着哈欠说，“有一些很恶心的东西，但不归我的部门管。在莫特莱克家发现了一些非常古怪的雪貂，他被带去问话了，可那是咒语实验委员会的事，谢天谢地……”

“为什么有人要做会缩小的钥匙呢？”乔治问。

“为了捉弄那些麻瓜，”韦斯莱先生叹息道，“卖给麻瓜一把钥匙，最后钥匙缩到没有，要用时就找不到了……当然，这很难让人相信，因为没有一个麻瓜会承认自己的钥匙越缩越小——他们会坚持说钥匙丢了。这些麻瓜，他们永远对魔法视而不见，哪怕魔法明明就摆在他们面前……可被我们的人施了魔法的那些东西，你简直不能相信——”

“比如汽车，对吗？”

韦斯莱夫人走了进来，手里举着一根拨火棍，像举着一把剑。韦斯莱先生张大了嘴巴，心虚地看着他的妻子。

“汽—汽车，莫丽，亲爱的？”

“对，亚瑟，汽车。”韦斯莱夫人眼里冒着火，“想想看，一个巫师买了辆生锈的旧汽车，对妻子说他只想把它拆开，看看内部构造，可实际上他用魔法把它变成了一辆会飞的汽车。”

韦斯莱先生眨了眨眼。

“哦，亲爱的，我想你会发现他这样做并没有违法，尽管他也许应该事先把真相告诉妻子……法律中有个漏洞，你会发现……只要不打算用于飞行，汽车会飞这一事实并不——”

“亚瑟·韦斯莱，你写法律的时候故意留了一个漏洞！”韦斯莱夫人嚷道，“就为了能在你的棚子里捣鼓那些麻瓜的东西！告诉你，今天早上哈利就是坐那辆你不打算用于飞行的汽车来的！”

“哈利？”韦斯莱先生茫然地问，“哪个哈利？”

他环顾四周，看到哈利，马上跳了起来。

“上帝啊，是哈利·波特吗？见到你非常高兴，罗恩对我们讲了你的那么多——”

“你儿子昨晚开着那辆车，飞到哈利家把他接了过来！”韦斯莱夫人嚷道，“你有什么话说，嗯？”

“真的吗？”韦斯莱先生忙问，“它飞得好吗？我—我是说，”看到韦斯莱夫人眼里射出的怒火，他连忙改口，“这是很不对的，孩子们，非常非常不对……”

韦斯莱夫人像牛蛙似的鼓起胸脯。“让他们去吵吧，”罗恩悄悄对哈利说，“来，我带你去看我的卧室。”

他们溜出厨房，穿过窄窄的过道，来到一段高低不平的楼梯前。楼梯曲折盘旋，在第三个楼梯平台，有一扇门半开着。哈利刚瞥见一双明亮的棕色眼睛在盯着他，门就咔嗒一声关上了。

“是金妮，”罗恩说，“她这样害羞真是莫名其妙，她平常从来不关门的……”

他们又爬了两段楼梯，来到一扇油漆剥落的房门前，门上有块小牌子写着罗恩的房间。

哈利走了进去，倾斜的天花板几乎碰到了他的头。他觉得有点晃眼，好像走进了一个大火炉：罗恩房间里所有的东西看上去都是一种耀眼的橙黄色：床罩、墙壁，甚至天花板。然后哈利发现，原来罗恩把旧墙纸的几乎每寸地方都用海报贴住了，所有的海报上都是同样的七位女巫和男巫，穿着一色的橙黄色艳丽长袍，扛着飞天扫帚，兴高采烈地挥着手。

“你的魁地奇球队？”哈利说。

“查德里火炮队，”罗恩一指橙黄色的床罩，那上面鲜艳地印着两个巨大的字母C[①]，还有一枚疾飞的炮弹，“俱乐部中排名第九。”

罗恩的魔法课本零乱地堆在屋角，旁边是一些连环画册，好像都是《疯麻瓜马丁·米格斯历险记》。罗恩的魔杖搁在窗台上的一口大鱼缸上，缸里养了很多蛙卵。他的灰毛胖老鼠斑斑躺在鱼缸旁的一片阳光里打着呼噜。

哈利跨过地板上一副自动洗牌的纸牌，朝小窗外面望去。他看见在下面的地里，一群地精正在一个接一个地偷偷钻进韦斯莱家的树篱。然后他转过身来，发现罗恩正有点紧张地看着他，好像等着他的评价。

“小了点儿，”罗恩急急地说，“比不上你在麻瓜家的那间。我上面就是阁楼，里面住着那个食尸鬼，他老是敲管子，哼哼叽叽……”

可是哈利愉快地笑了，说：“这是我见过的最好的房间。”

罗恩的耳朵红了。

---

① “查德里火炮队”的英文是两个以C开头的单词。

第4章

在丽痕书店

陋居的生活和女贞路的生活有着天壤之别。德思礼一家喜欢一切都井井有条，韦斯莱家却充满了神奇和意外。厨房壁炉架上的那面镜子就把哈利吓了一跳。他第一次照镜子时，镜子突然大叫起来："把衬衫塞到裤腰里去，邋里邋遢！"阁楼上的食尸鬼只要觉得家里太安静了，就高声号叫，哐啷哐啷地敲管子。弗雷德和乔治卧室中小小的爆炸声被认为是完全正常的。但是在哈利看来，罗恩家的生活最不寻常的地方不是会说话的镜子，也不是敲敲打打的食尸鬼，而是这里所有的人好像都很喜欢他。

韦斯莱夫人为他补袜子，每顿饭都逼着他添四次。韦斯莱先生喜欢让哈利吃饭时坐在他身边，并一个劲儿地向哈利打听麻瓜的生活，问他插头和邮局是怎么回事。

"太妙了！"哈利给他讲完怎样使用电话之后，他叹道，"真是天才，麻瓜想出了多少不用魔法生活的办法啊。”

到陋居大约一星期后，在一个晴朗的早晨，哈利收到了霍格沃茨的来信。那天他和罗恩下楼吃早饭，发现韦斯莱夫妇和金妮已经坐在餐桌旁了。金妮看见哈利后，不小心把她的粥碗碰翻在地，弄出了很大的响声。好像每次哈利一进屋，金妮总要碰倒什么东西。她钻到桌子底下去捡碗，出来时脸红得像晚霞一样。哈利装作没看见，坐了下来，接过韦斯莱夫人递给他的面包片。

“学校来信了。”韦斯莱先生说。哈利和罗恩都拿到了一个黄色羊皮纸信封，上面的字是绿色的。“哈利，邓布利多已经知道你在这儿了——这个人哪，什么也瞒不过他。你们俩也有。”弗雷德和乔治慢慢地踱了进来，身上还穿着睡衣。

一时间没有人说话，大家各自看信。哈利的信让他九月一日仍旧从国王十字车站搭乘霍格沃茨特快列车去学校。信里还列出了他这一年要用的新书的书单。

二年级学生要读：

《标准咒语，二级》，米兰达·戈沙克著

《与女鬼决裂》，吉德罗·洛哈特著

《与食尸鬼同游》，吉德罗·洛哈特著

《与母夜叉一起度假》，吉德罗·洛哈特著

《与巨怪同行》，吉德罗·洛哈特著

《与吸血鬼同船旅行》，吉德罗·洛哈特著

《与狼人一起流浪》，吉德罗·洛哈特著

《与西藏雪人在一起的一年》，吉德罗·洛哈特著

弗雷德读完了他自己的单子，伸头来看哈利的。

“你也要买吉德罗·洛哈特的书！”他说，“新来的黑魔法防御术课老师一定是他的崇拜者——没准是个女巫。”

弗雷德看到母亲的目光，赶忙低头专心吃他的橘子酱。

“那些书可不便宜，”乔治迅速地看了父母一眼说，“吉德罗·洛哈特的书真够贵的……”

“哦，我们会有办法的，”韦斯莱夫人说，可是看上去有点发愁，“我想金妮的许多东西可以买二手货。”

“哦，你今年也要上霍格沃茨了？”哈利问金妮。

金妮点点头，红色头发的发根都红了，胳膊肘碰到了黄油盘里。幸好除了哈利之外没有别人看见，因为这时罗恩的哥哥珀西正好走了进来。他已经穿戴整齐，级长的徽章别在针织短背心上。

“大家早上好。”珀西轻快地说，“天气不错。”

他坐到仅剩的一把椅子上，但马上又跳了起来，从屁股下拉出一把掉毛的灰鸡毛掸子——至少哈利以为那是把鸡毛掸子，随即发现它居然在呼吸。

“埃罗尔！”罗恩大叫起来。他接过珀西手里那只病恹恹的猫头鹰，从它翅膀下抽出一封信。“它终于带来了赫敏的回信。我写信告诉赫敏，我们要去德思礼家把你救出来。”

他把埃罗尔抱到后门旁的一根栖木跟前，想让它站在上面，可埃罗尔又扑腾着掉了下来。罗恩只好把它放在滴水板上，嘴里嘟哝着“可怜可怜”。然后他撕开赫敏的信，大声读道：

亲爱的罗恩，还有哈利，如果你也在：

祝一切都好，祝哈利平安，希望你们救他的时候没有做什么违法的事情，因为那也会给哈利惹麻烦的。我真是担心极了，要是哈利还好，请马上告诉我。不过你最好换一只猫头鹰，恐怕再送一回信你这只鸟就没命了。

我当然在忙着做功课——“她怎么可能这样？”罗恩大吃一惊，“现在是暑假啊！”——我下星期三要去伦敦买课本。我们在对角巷见面如何？

尽快把你们的情况告诉我，好友，赫敏。

“正巧，我们也在那天去买东西。”韦斯莱夫人开始收拾桌子，“你们今天都有什么活动？”

哈利、罗恩、弗雷德和乔治打算到山上韦斯莱家的一块围场上去，那儿周围都是树，不会被下边村子里的人看见。他们可以在那里练习打魁地奇，只要不飞得太高就行。但是不能用真正的魁地奇球，如果不小心让它们飞到村子上空，那就说不清楚了，所以他们只是互相抛接苹果。他们轮流骑坐哈利的光轮2000，它比另外几个人的飞天扫帚都要好得多，罗恩的那把“流星”经常被蝴蝶甩在后面。

五分钟后，四个人扛着飞天扫帚朝山上爬去。他们原想邀珀西一起去，可珀西说没空。到现在为止，哈利只在吃饭时才能看到珀西。

“我真想知道他在干什么，”弗雷德皱着眉头说，“他最近很反常。你来的前一天他拿到了考试成绩，十二个O.W.L.证书，却没看出他怎么得意。”

“O.W.L.代表普通巫师等级考试。”看到哈利不解的表情，乔治解释说，“比尔也得过十二个，如果我们不留神点儿，家里可能会再出现一个男生学生会主席，我可丢不起这份儿人。”

比尔是韦斯莱兄弟中的老大，他和老二查理都已离开了霍格沃茨。哈利从没见过他们，但知道查理在罗马尼亚研究火龙，比尔在埃及为古灵阁即巫师银行工作。

“不知道爸爸妈妈到哪里弄钱给我们买今年的学习用品，”乔治过了一会儿说，“五套洛哈特的书！金妮还需要长袍和魔杖什么的……”

哈利没有说话。他觉得有点尴尬。他父母留给他的一点财产，存在古灵阁的地下金库里。当然，他的钱只能在巫师界里使用，不能在麻瓜的商店里用加隆、西可和纳特买东西。哈利从没向德思礼一家提起过他在古灵阁的存款，他认为他们虽然惧怕与魔法有关的一切，但这种恐惧大概不会扩展到一大堆金币上。

到了星期三，韦斯莱夫人一大早就把他们叫醒了。每人匆匆吃了五六块咸肉三明治，然后穿好外套。韦斯莱夫人从厨房壁炉架上端起一只花盆，朝里面看了看。

“不多了，亚瑟，”她叹了口气，“今天得去买点儿……好吧，客人先请！哈利，你先来！”

她把花盆送到哈利面前。

哈利愣住了，大家都看着他。

“我—我应该怎么做？”他结结巴巴地问。

“他从来没用过飞路粉旅行。”罗恩突然说，“对不起，哈利，我忘记了。”

“从来没用过？”韦斯莱先生问，“那你去年是怎么到对角巷去买学习用品的？”

“我坐地铁去的——”

“是吗？”韦斯莱先生兴致勃勃地问，“有电梯子吗？到底怎么——”

“现在别问了，亚瑟。”韦斯莱夫人说，“哈利用飞路粉要快得多，可是，天哪，要是你从前没用过——”

“他没问题的，妈妈。”弗雷德说，“哈利，先看我们怎么做。”

他从花盆里捏起一撮亮晶晶的粉末，走到火炉前，把粉末丢进火焰里。

呼的一声，炉火变得碧绿，升得比弗雷德还高。弗雷德径直走进火里，喊了一声“对角巷！”眨眼间就不见了。

“你必须把这几个字说清楚，孩子，”韦斯莱夫人对哈利说，乔治也把手伸进了花盆，“出来时千万别走错炉门……”

“别走错什么？”哈利紧张地问，火焰呼啸着蹿起，把乔治也卷走了。

“你知道，魔火有很多种，你必须选准，但只要你口齿清楚——”

“他不会有事的，莫丽，别这么紧张。”韦斯莱先生说着，也取了一些飞路粉。

“可是亲爱的，如果他走丢了，我们怎么跟他的姨父姨妈交代啊？”

“他们不会着急的。”哈利安慰她说，“达力会觉得，我在烟囱里失踪是一个绝妙的笑话，您不用担心。”

“那……好吧……你在亚瑟后面走。”韦斯莱夫人说，“记住，一走进火里，就说你要去哪儿——”

“胳膊肘夹紧。”罗恩教他。

“闭上眼睛，”韦斯莱夫人说，“有煤烟——”

“不要乱动，”罗恩说，“不然你可能从别的炉门跌出去——”

“但也不要慌里慌张，不要出来得太早，要等你看到了弗雷德和乔治。”

哈利拼命把这些都记在心里，伸手取了一撮飞路粉，走到火焰边。他深深吸了一口气，把粉末撒进火里，向前走去；火焰像一股热风，他一张嘴，马上吸了一大口滚烫的烟灰。

“对—对角巷。”他咳嗽着说。

他仿佛被吸进了一个巨大的插座孔里。身子好像在急速旋转……耳旁的呼啸声震耳欲聋……他拼命想睁开眼睛，可是飞旋的绿色火焰让他感到眩晕……有什么坚硬的东西撞到了他的胳膊肘，他紧紧夹住双臂，还是不停地转啊转啊……现在好像有冰凉的手在拍打他的面颊……他眯着眼透过镜片看去，只见一连串炉门模糊地闪过，隐约能瞥见壁炉外的房间……咸肉三明治在他的胃里翻腾……他赶忙闭上眼，祈求快点停下来，然后——他脸朝下摔到了冰冷的石头地上，感觉他的眼镜片碎了。

他头晕目眩，皮肤青肿，满身煤灰，小心翼翼地爬起来，把碎裂的眼镜举到眼前。他是独自一人，然而这是什么地方呢？他不知道。好像是站在一个宽敞而昏暗的巫师商店的石头壁炉前——可是这里的东西似乎没有一样可能列在霍格沃茨学校的购物单上。

旁边一个玻璃匣里的垫子上，有一只枯萎的人手、一沓血迹斑斑的纸牌和一只呆滞不动的玻璃眼球。狰狞的面具在墙上朝下睨视，柜台上摆着各种各样的人骨，生锈的尖齿状的器械从天花板挂下来。更糟糕的是，哈利可以看出，满是灰尘的商店橱窗外那条阴暗狭窄的小巷，肯定不是对角巷。

要尽快离开这里。鼻子还火辣辣地痛，哈利迅速轻手轻脚地向门口走去，可是还没走到一半，门外出现了两个人——其中一个是哈利此刻最不想遇到的人:德拉科·马尔福。啊,可不能让马尔福看到他迷了路,满身煤灰,戴着破眼镜。

哈利迅速朝四下一望,看到左边有一个黑色的大柜子,便闪身钻了进去,掩上柜门,只留了一条细缝。几秒钟后,铃声一响,马尔福走进了店里。

他身后的那个男人只能是他的父亲,也是那样苍白的尖脸,那样冷漠的灰眼睛。马尔福先生穿过店堂,懒洋洋地看着陈列的物品,摇响了柜台上的铃铛,然后转身对儿子说:“什么都别碰,德拉科。”

马尔福正要伸手摸那只玻璃眼球,一边说:“我以为你要给我买件礼物呢。”

“我是说要给你买一把比赛用的飞天扫帚。”他父亲用手指叩着柜台说。

“如果我不是学院队的队员,买飞天扫帚又有什么用?”马尔福气呼呼地说,“哈利·波特去年得了一把光轮2000,邓布利多特许他代表格兰芬多学院比赛。他根本就不配,不就是因为他有些名气……因为他额头上有一个愚蠢的伤疤……”

马尔福弯腰仔细查看满满一个架子的头盖骨。

“……所有的人都觉得他那么优秀,了不起的哈利·波特和他的伤疤,还有他的飞天扫帚——”

“你已经跟我讲了至少有十遍了,”马尔福先生看了儿子一眼,制止他再说下去,“我要提醒你,当大多数人都把哈利·波特看成是赶跑黑魔王的英雄时,你不装作喜欢他是不—不明智的。——啊,博金先生。”

一个弓腰驼背的男人出现在柜台后面,用手向后捋着油光光的头发。

“马尔福先生,再次见到您真让人愉快。”博金先生用和他的头发一样油滑的腔调说道,“非常荣幸——还有马尔福少爷——欢迎光临。我能为您做些什么?我一定要给您看看,今天刚进的,价钱非常公道——”

“我今天不买东西,博金先生,我是来卖东西的。”马尔福先生说。

“卖东西?”博金先生脸上的笑容稍稍减少了一些。

“你想必听说了，部里加紧了抄查。”马尔福先生说着，从衣服内侧的口袋里摸出一卷羊皮纸，展开给博金先生看，“我家里有一些——啊——可能给我造成不便的东西，如果部里来……”

博金先生戴上一副夹鼻眼镜，低头看着清单。

“想来部里不会去打搅您吧，先生？”

马尔福先生撇了撇嘴。

“目前还没有来过。马尔福的名字还有一点威望，可是部里越来越好管闲事了。据说要出台一部新的《麻瓜保护法》——一定是那个邋里邋遢的蠢货亚瑟·韦斯莱在背后搞鬼，他最喜欢麻瓜——”

哈利觉得怒火中烧。

“——你知道，这上面的有些毒药可以让它看上去——”

“我明白，先生，这是当然的。”博金先生说，“让我看看……”

“能把那个给我看看吗？”德拉科指着垫子上那只枯萎的人手问道。

“啊，光荣之手！”博金先生叫道，丢下马尔福先生的单子，奔到德拉科面前，“插上一支蜡烛，只有拿着它的人才能看见亮光！是小偷和强盗最好的朋友！您的儿子很有眼力，先生。”

“我希望我的儿子比小偷和强盗多有点儿出息，博金。”马尔福先生冷冷地说。

博金先生马上说：“对不起，先生，我没有那个意思——”

“不过要是他的成绩没有起色，”马尔福先生语气更冷地说，“他也许只能干那些勾当。”

“这不是我的错，”德拉科顶嘴说，“老师们都偏心，那个赫敏·格兰杰——”

“一个非巫师家庭出身的女孩回回考试都比你强，我还以为你会感到羞耻呢。”马尔福先生怒气冲冲地说。

“哈哈！”看到德拉科又羞又恼的样子，哈利差点笑出声来。

“到处都是这样，”博金先生用他那油滑的腔调说，“巫师血统越来越不值钱了。”

“我不这样认为。”马尔福先生说，他的长鼻孔扇动着，喷着粗气。

“彼此彼此，先生。”博金先生深鞠一躬说。

“那么，也许我们可以接着看我的单子了。”马尔福先生不耐烦地说，“我时间不多，博金，今天还有重要的事情要办。”

他们开始讨价还价，德拉科随心所欲地观看店里出售的物品，眼看着就要接近哈利的藏身之处，哈利的心提了起来。德拉科停下来研究一根长长的绞索，又傻笑着念一串华贵的蛋白石项链上的牌子：当心：切勿触摸，已被施咒——曾夺走十九位麻瓜的生命。

德拉科转过身，看到了那个柜子。他走上前……手伸向了门把手……

“成了，”马尔福先生在柜台那边说，“过来，德拉科！”

德拉科转身走开了，哈利用衣袖擦了擦额头。

“再见，博金先生，明天我在家里等你来拿货。”

门一关，博金先生立刻收起了他那谄媚的腔调。

“再见吧，马尔福先生，如果那些传说是真的，你卖给我的东西还不到你宅子里私藏的一半……”

博金先生愤愤地嘀咕着，走进后房去了。哈利等了一会儿，怕他还会出来。然后，他尽可能悄无声息地钻出柜子，走过那些玻璃柜台，溜出了店门。

他把破眼镜摁在眼睛上，往四下里张望，眼前是一条肮脏的小巷，两旁似乎全是黑魔法的店铺。他刚刚出来的那一家叫博金-博克，好像是最大的，但对面一家的橱窗里阴森森地陈列着一些萎缩的人头。隔着两家门面，一个大笼子里黑压压地爬满了巨大的黑蜘蛛。在一个阴暗的门洞里，有两个衣衫褴褛的巫师正看着他窃窃私语。哈利感到毛骨悚然，想要赶快离开这里。他一路努力把眼镜片扶正，心中抱着一线希望，但愿能摸出去。

一家卖毒蜡烛的店铺前挂着块旧木头街牌，告诉他这是翻倒巷。这没有用，哈利从来都没听说过这个地方。他想，可能是在韦斯莱家火炉里时吞了满嘴烟灰，没有把地名说清楚。他竭力保持镇静，思索着该怎么办。

“不是迷路了吧，亲爱的？”耳边忽然响起一个声音，把他吓了一跳。

一个老女巫站在他面前，托着一碟酷似整片死人指甲的东西。她乜斜着哈利，露出长着苔藓的牙齿，哈利慌忙后退。

"我很好，谢谢。"他说，"我只是——"

"**哈利**！你在这里干什么？"

哈利的心怦怦跳起来，那女巫也惊得一跳，指甲纷纷洒落到她的脚背上。她诅咒着，只见海格——那魁梧的猎场看守，正大步向他们走来，甲虫般乌黑晶亮的眼睛在大胡子上边炯炯放光。

"海格！"哈利心里一宽，沙哑着嗓子喊道，"我迷路了……飞路粉……"

海格揪住哈利的后脖颈把他从老女巫身边拉开，又一挥手打落了老巫婆手里的盘子。她的尖叫声一直追着他们穿过曲曲折折的小巷，直到他们来到明亮的阳光下。哈利远远地看到了一个熟悉的雪白色大理石建筑：古灵阁银行。海格直接把他带到了对角巷。

"看你这样子！"海格粗声粗气地说，用力给哈利掸去身上的煤灰，他手脚很重，差点把哈利搡进一家药店外的火龙粪桶里，"在翻倒巷里瞎转，你不知道——那不是个好地方，哈利，别让人看见你在那儿——"

"我也看出来了，"哈利见海格又要来替他掸灰，连忙躲开，"跟你说我迷路了嘛——你在那儿干什么？"

"我在找一种驱除食肉鼻涕虫的药，"海格粗声粗气地说，"它们快把学校的卷心菜糟蹋光了。你不是一个人吧？"

"我现在住在韦斯莱家，可是我们走散了，"哈利解释说，"我得去找他们……"

他们一起朝前走去。

"你怎么一直不给我回信？"海格问，哈利在他身边一溜小跑（他三步才能赶上海格那双大皮靴的一步）。哈利把多比和德思礼一家的情况都跟他说了。

"可恶的麻瓜，"海格咆哮道，"要是我知道——"

"哈利！哈利！快过来！"

哈利一抬头，看见赫敏·格兰杰站在古灵阁的白色台阶上。她跑下来迎接他们，蓬松的棕发在身后飞扬。

“你的眼镜怎么了？你好，海格……哦，又看到你们俩了，真是太好了……你去古灵阁吗，哈利？”

“我找到韦斯莱一家之后就去。”哈利说。

“你不用找多久的。”海格笑道。

哈利和赫敏环顾四周，看见罗恩、弗雷德、乔治、珀西和韦斯莱先生正从拥挤的街上快步跑来。

“哈利，”韦斯莱先生喘着气说，“我们但愿你只错过了一个炉门……”他擦了擦亮晶晶的秃顶。

“莫丽都急疯了——她马上就来。”

“你从哪儿出来的？”罗恩问。

“翻倒巷。”海格板着脸说。

“太棒了！”弗雷德和乔治一起叫了起来。

“大人们从来不让我们去的。”罗恩羡慕地说。

“我想最好别去。”海格粗声说。

韦斯莱夫人急急地向这边跑来，手里拎着的手提包剧烈摆动；金妮拉着她的另一只手吃力地跟着。

“哦，哈利——哦，亲爱的——天知道你跑哪儿去了——”

她上气不接下气地从包里拿出一把大衣刷，开始掸扫哈利身上没被海格拍掉的煤灰。韦斯莱先生接过哈利的眼镜，用魔杖一点，还回来的眼镜像新的一样。

“哦，我得走了。”海格说，他的手正被韦斯莱夫人紧紧攥着（“翻倒巷！多亏你发现了他，海格！”），“霍格沃茨见！”他大步流星地走了，比街上所有的人都高出一个头和一个肩膀。

“你们猜我在博金-博克店里看到谁了？”走上古灵阁的台阶时，哈利问罗恩和赫敏，“马尔福和他爸爸。”

“卢修斯·马尔福买什么东西了吗？”韦斯莱先生在他们身后警惕地问。

“没有，他去卖东西了。”

“他害怕了，”韦斯莱先生严肃而满意地说，“哦，我真想抓到卢修斯·马尔福的证据……"

"当心点儿,亚瑟。"韦斯莱夫人告诫他说,一位妖精躬着身子把他们引进银行,"那一家人可不好惹,别去咬你啃不动的骨头。"

"你认为我斗不过马尔福?"韦斯莱先生愤愤地说,可是他的注意力马上被转移了,因为他看见赫敏的父母局促地站在横贯整个大理石大厅的柜台旁,等着赫敏给他们作介绍。

"啊,你们是麻瓜!"韦斯莱先生高兴地说,"我们一定要喝一杯去!你手里拿的那个是什么?哦,你们在兑换麻瓜货币。莫丽,你瞧!"他兴奋地指着格兰杰先生手里那张十英镑的钞票说。

"一会儿还在这儿见。"罗恩对赫敏说,韦斯莱一家和哈利由另一个古灵阁妖精领着,前往他们的地下金库。

由妖精驾驶的小车在小型铁轨上穿梭飞驰,穿过银行的地下通道到达各个金库。哈利觉得那一路风驰电掣的感觉十分过瘾,可是当韦斯莱家的金库打开时,他感到比在翻倒巷时还可怕。里面是很不起眼的一堆银西可,只有一个金加隆。韦斯莱夫人连边边角角都摸过了,最后把所有的硬币都拨拉到她的包里。哈利到了自己的金库,感觉更难堪了。他尽量不让别人看到,匆匆地把几小把硬币扫进一个皮包。

他们在银行外的大理石台阶上分手。珀西嘀咕着要买一支新羽毛笔,弗雷德和乔治看到了他们在霍格沃茨学校的朋友李·乔丹。韦斯莱夫人和金妮要去一家卖旧袍子的商店。韦斯莱先生坚持要带格兰杰夫妇去破釜酒吧喝一杯。

"一小时后在丽痕书店集合,给你们买课本。"韦斯莱夫人一边交代,一边带着金妮动身离开。"不许去翻倒巷!"她冲着双胞胎兄弟的背影喊。

哈利、罗恩和赫敏在卵石铺成的曲折街道上溜达。那些金币、银币和铜币在哈利兜里愉快地响着,大声要求把它们花掉。于是他买了三块大大的草莓花生黄油冰淇淋。他们惬意地吃着冰淇淋在巷子里闲逛,浏览着琳琅满目的商店橱窗。罗恩恋恋不舍地盯着魁地奇精品店橱窗里陈列的全套查德里火炮队的队服,直到赫敏拉他们到旁边一家店铺里去买墨水和羊皮纸。在蹦跳嬉闹魔法笑话商店,他们碰到了弗雷德、乔治和李·乔丹。他们在大量购买"费力拔博士自动点火、见水开花神奇烟火"。一家旧货铺里堆满破破烂烂的魔杖、摇摇晃晃的铜天平和药渍斑斑的旧斗篷,他们发现珀西正在聚精会神地读一本非常枯燥的书:《级长怎样获得权力》。

"霍格沃茨的级长和他们离校后从事的职业,"罗恩大声念着封底的说明,"听起来蛮吸引人的……"

"走开。"珀西没好气地说。

"当然啦,珀西是有野心的,他都计划好了……他要当魔法部长……"他们离开珀西时,罗恩低声对哈利和赫敏说。

一小时后,他们向丽痕书店走去,去书店的人远不止他们几个。他们惊讶地发现店门外挤了一大群人,都想进去。楼上窗户前拉出了一条大横幅:

吉德罗·洛哈特

签名出售自传

《会魔法的我》

今日下午12:30—16:30

"我们可以当面见到他啦!"赫敏叫起来,"我是说,书单上的书几乎全是他写的呀!"

人群中似乎大部分都是韦斯莱夫人这个年纪的女巫。一位面色疲惫的男巫站在门口说:"女士们,安静……不要拥挤……当心图书……"

哈利、罗恩和赫敏从人缝里钻了进去。弯弯曲曲的队伍从门口一直排到书店后面,吉德罗·洛哈特就在那里签名售书。他们每人抓了一本《与女鬼决裂》,偷偷跑到韦斯莱一家和格兰杰夫妇排队的地方。

"哦,你们可来了,太好了。"韦斯莱夫人说。她呼吸急促,不停地拍着头发,"我们一会儿就能见到他了……"

渐渐地,他们望见吉德罗·洛哈特了。他坐在桌子后面,被自己的大幅照片包围着,照片上的那些脸全都在向人群眨着眼睛,闪露着白得耀眼的牙齿。洛哈特本人穿着一件跟勿忘我花一样蓝色的长袍，与他的蓝眼睛正好相配。尖顶巫师帽俏皮地歪戴在一头波浪般的金发上。

一个脾气暴躁的矮个子男人举着一个黑色的大照相机，在他前前后后跳来跳去地拍照。每次闪光灯炫目地一闪，相机里便喷出几股紫色的烟雾。

"闪开！"他对罗恩嚷道，一边后退着选择一个更好的角度，"这是给《预言家日报》拍的。"

"真了不起。"罗恩揉着被那人踩痛的脚背说。

吉德罗·洛哈特听到了。他抬起头来，看到了罗恩，接着又看到了哈利。他盯着哈利看了一会儿，跳起来喊道："这不是哈利·波特吗？"

人群让开了一条路，兴奋地低语着。洛哈特冲上前来，抓住哈利的胳膊，把他拉到前面，全场爆发出一阵掌声。哈利脸上发烧，洛哈特握着他的手让摄影师拍照。矮个子男人疯狂地连连按动快门，阵阵浓烟飘到韦斯莱一家身上。

"笑得真漂亮，哈利。"洛哈特自己也展示着一口晶亮的牙齿，"我们俩可以上头版。"

当他终于放开哈利的手时，哈利的手指都麻木了。他想溜回韦斯莱一家那里，可洛哈特的一只胳膊还搭在他肩上，把他牢牢夹在身边。

"女士们先生们，"洛哈特大声说，挥手让大家安静，"这是多么不同寻常的一刻！我要借这个绝妙的场合宣布一件小小的事情，这件事我已经压了有些日子，一直没有说。

"年轻的哈利今天走进丽痕书店时，只是想买我的自传——我愿意当场把这本书免费赠送给他——"又是一片掌声，"——可他不知道，"洛哈特继续说，并摇晃了哈利一下，弄得哈利眼镜滑到了鼻尖上，"他不久将得到比拙作《会魔法的我》更有价值的东西，实际上，他和他的同学们将得到一个真正的、会魔法的我。不错，女士们先生们，我无比愉快和自豪地宣布，今年九月，我将成为霍格沃茨魔法学校的黑魔法防御术课教师！"

人群鼓掌欢呼，哈利发现自己拿到了吉德罗·洛哈特的全套著作，沉得他走路都有点摇晃了。他好不容易才走出公众注意的中心，来到墙边，金妮正站在她的新坩埚旁。

“这些给你，”哈利把书倒进坩埚里，含糊不清地对她说，“我自己再买——”

“你一定很喜欢这样吧，波特？”一个他绝不会听错的声音说。哈利直起腰，与德拉科·马尔福打了个照面，对方脸上挂着惯常的那种嘲讽人的笑容。

“著名的哈利·波特，”马尔福说，“连进书店都免不了成为头版新闻。”

“别胡说，他不想那样！”金妮说。这是她第一次当着哈利的面主动说话，对马尔福怒目而视。

“波特，你找了个女朋友！”马尔福拖长了音调说。金妮的脸红了，罗恩和赫敏挤过来，每人都抱着一摞洛哈特的书。

“哦，是你，”罗恩看着马尔福，仿佛看到了鞋底上什么恶心的东西，“你在这儿看到哈利一定很吃惊吧，嗯？”

“更让我吃惊的是，居然看到你也进了商店，韦斯莱。”马尔福反唇相讥，“我猜，为了买这些东西，你爸爸妈妈下个月要饿肚子了吧。”

罗恩涨红了脸，把书丢进坩埚，就要朝马尔福冲去。哈利和赫敏从后面紧紧拽住他的衣服。

“罗恩！”韦斯莱先生带着弗雷德和乔治挤过来，“你在干什么？这里太乱了，我们出去吧。”

“哎呀呀——亚瑟·韦斯莱。”

是马尔福先生。他一只手搭在德拉科的肩上，脸上挂着和他儿子一模一样的讥笑。

“卢修斯。”韦斯莱先生冷冷地点头说。

“听说老兄公务繁忙得很哪，”马尔福先生说，“那么多的抄查……我想他们付给你加班费了吧？”

他把手伸进金妮的坩埚，从崭新光亮的洛哈特著作中间抽出了一本破破烂烂的《初学变形指南》。

“看来并没有。我的天哪，要是连个好报酬都捞不到，做个巫师中的败类又有什么好处呢?”

韦斯莱先生的脸比罗恩和金妮红得还厉害。

“我们对于什么是巫师中的败类看法截然不同，马尔福。”他说。

“那当然。”马尔福先生说。他浅色的眼珠子一转，目光落到了提心吊胆地看着他们的格兰杰夫妇身上。“看看你交的朋友，韦斯莱……我本以为你们一家已经堕落到极限了呢。”

哐啷一声，金妮的坩埚飞了出去。韦斯莱先生朝马尔福先生扑过去，把他撞到一个书架上，几十本厚厚的咒语书掉到他们头上。弗雷德和乔治大喊：“揍他，爸爸！”韦斯莱夫人尖叫：“别这样，亚瑟，别这样！”人群惊慌后退，撞倒了更多的书架。“先生们，行行好——行行好。”店员喊道。然后一个大嗓门压过了所有的声音：“散开，先生们，散开——”

海格踏着满地的书大步走过来，一眨眼就把韦斯莱先生和马尔福先生拉开了。韦斯莱先生嘴唇破了，马尔福先生一只眼睛被《毒菌大全》砸了一下，手里还捏着金妮那本破旧的变形术课本。他把书往金妮手里一塞，眼里闪着恶毒的光芒。

“喏，小丫头——拿着你的书——这是你爸爸能给你的最好的东西——”

他挣脱了海格的手臂，向德拉科一招手，冲出了店门。

“你不该理他，亚瑟，”海格伸手替韦斯莱先生把袍子抹平，差点把他整个人举了起来，“这家伙坏透了，他们全家没一个好人，所有的人都知道。马尔福一家人的话根本不值得听。他们身上的血是坏的，就是这么回事。走，我们出去吧。”

店员似乎想拦住他们，可是他的个头才到海格的腰部，所以没敢造次。他们快步走到街上，格兰杰夫妇吓得浑身发抖，韦斯莱夫人则气得发狂。

“给孩子们带的好头……当众打架……吉德罗·洛哈特会怎么想……”

“他可高兴了，”弗雷德说，“咱们出来时你没听见吗？他问《预言家日报》的那个家伙能不能把打架的事也写进报道——他说这能造成轰动。”

不过回到破釜酒吧的壁炉旁时，大伙儿已经平静多了。哈利、韦斯莱一家和买的东西都要用飞路粉运回陋居。格兰杰一家要回酒吧另一边的麻瓜街道。他们在酒吧道别，韦斯莱先生想问问他们汽车站是什么样的，可是看到韦斯莱夫人的表情，只好赶快把嘴闭上。

哈利摘下眼镜，小心地放进口袋里，才去取飞路粉。这显然不是他最喜欢的旅行方式。

第5章

打 人 柳

哈利觉得暑假结束得太快了。他盼望回到霍格沃茨,可是在陋居的一个月是他一生中最快乐的时光。想到德思礼一家和他下次回女贞路时可能受到的待遇,他没法不嫉妒罗恩。

最后一天晚上,韦斯莱夫人变出了一桌丰盛的晚饭,都是哈利最喜欢吃的东西,最后一道是看了就让人流口水的蜜汁布丁。弗雷德和乔治的费力拔烟火表演使这个夜晚更加完美。厨房里满是红色和蓝色的星星,在天花板和墙壁之间蹦来蹦去至少有半个小时之久。尽兴之后,每人喝了一杯热巧克力,就上床睡觉去了。

第二天早上动身花了很长时间。鸡一叫他们就起床了,可是仍然好像有很多事情要做。韦斯莱夫人冲来冲去地寻找备用的袜子和被子,心情烦躁。大家老是在楼梯上撞在一起,衣服穿了一半,手里拿着吃剩的一点儿面包。韦斯莱先生把金妮的箱子扛到车上时,在院子里被一只鸡绊了一下，差点儿摔断了脖子。

哈利心里纳闷，这八个人、六只大箱子、两只猫头鹰和一只老鼠，怎么可能塞进一辆小小的福特安格里亚车里呢？当然，他没有考虑到韦斯莱先生添加的那些设计。

“别告诉莫丽。”他打开行李箱，向哈利展示它怎样被神奇地扩大了，足以放下那些箱子。

当他们终于都坐进车里后，韦斯莱夫人朝后排看了一眼，哈利、罗恩、弗雷德、乔治和珀西舒适地并排坐在那里。她和金妮坐在前面，那个座位也被加长到像公园里的长凳一样。“麻瓜真是比我们想象的聪明，”她说，“我是说，从外面看不出车里有这么宽敞，是不是？”

韦斯莱先生发动引擎，汽车开出了院子。哈利回头看了这所房子最后一眼。他还没来得及想什么时候才能再见到它，他们又回来了：乔治把他的费力拔烟火忘在家里了。五分钟之后，汽车又在院子里刹住，好让弗雷德跑回去拿他的飞天扫帚。快上高速公路时，金妮又尖叫起来，说她忘带日记本了。等她爬进汽车时，时间已经很晚，大家的火气也已经很旺。

韦斯莱先生看了一眼手表，然后看着他的妻子。

“莫丽，亲爱的——”

“不行，亚瑟。”

“没人会看见的。这里有个小按钮，是我安装的隐形助推器——它能把我们送到天上——然后我们在云层上面飞，十分钟就到了，谁也不会知道……”

“我说了不行，亚瑟，在这种光天化日之下。”

他们差一刻十一点到了国王十字车站。韦斯莱先生冲过马路去找运行李的小车，大家匆匆跑进车站。

哈利去年乘过霍格沃茨特快列车。窍门是要登上$9\frac{3}{4}$站台，这个站台是麻瓜看不见的。你得穿过第9和第10站台之间的隔墙，一点儿也不痛，可是要小心别让麻瓜看到你消失了。

"珀西第一个。"韦斯莱夫人紧张地看着挂钟说。他们必须在五分钟内装作漫不经心地穿墙而过。

珀西快步走过去,消失了。韦斯莱先生跟着也过去了,接着是弗雷德和乔治。

"我带着金妮,你们俩紧紧跟上。"韦斯莱夫人对哈利和罗恩说完,抓住金妮的手走向前去,一转眼就消失了。

"我们俩一起过吧,只有一分钟了。"罗恩说。

哈利看了看海德薇的笼子是否在箱子顶上插牢了,然后把小行李车转过来对着隔墙。他非常自信,这远不像用飞路粉那样难受。他们俩弓着腰,坚定地推着车子朝隔墙走去,逐渐加快步伐。离墙还有几英尺时,他们跑了起来——

哪!

两辆车撞在隔墙上弹了回来。罗恩的箱子重重地砸到地上,哈利被撞倒了;海德薇的笼子弹到了光亮的地板上,滚到一边;海德薇愤怒地尖叫起来。许多人围着他们看,旁边一个警卫喊道:"你们到底在搞什么名堂?"

"车子脱手了。"哈利喘着气说,捂着肋骨爬了起来。罗恩跑过去捡起海德薇,它还在那里大吵大叫,使得许多围观的人说他们虐待动物。

"我们为什么过不去?"哈利小声问罗恩。

"我不知道……"

罗恩焦急地看看四周,还有十几个人在好奇地注视着他们。

"我们要误车了,"罗恩小声说,"我不明白通道为什么自己封上了……"

哈利抬头看看大钟,他有些眩晕,感觉仿佛要吐。十秒……九秒……

他小心地把车子抵到墙边,使出全身力气一推,隔墙还是纹丝不动。

"完了,"罗恩呆呆地说,"火车开了。如果爸爸妈妈不能过来接我们怎么办?你身上带着麻瓜的钱吗?"

哈利干笑了一声:"德思礼一家六年没给我零花钱了。"

罗恩把耳朵贴到冰冷的隔墙上。

“什么声音也没有，”他紧张地说，“我们怎么办呢？不知道爸妈要多久才能回来找我们。”

他们朝四周望望，还有一些人在看他们，这主要是由于海德薇在不停地尖叫。

“我想我们最好回汽车旁边等着，”哈利说，“这里太招人注——”

“哈利！”罗恩眼睛一亮，叫道，“汽车！”

“怎么了？”

“我们可以开车飞到霍格沃茨！”

“可是我想——”

“我们被困住了，对吧？我们必须赶回学校，是不是？在真正紧急的情况下，未成年的巫师也可以使用魔法的。那个什么‘限制法令’第十九款还是第几款有规定……”

哈利由惊慌一下子转为兴奋。

“你会开吗？”

“没问题。”罗恩说着，把小车掉头朝向出口，“快走吧，要是赶一赶，我们还能跟得上霍格沃茨特快列车。”

他们快步穿过好奇的人群，走出车站，回到停在辅路上的那辆老福特安格里亚车旁边。

罗恩用魔杖连点几下，打开了宽敞的行李箱。他们把箱子搬了进去，把海德薇放在后排座位上，自己坐进前排。

“看一眼有没有人在注意我们。”罗恩说，又用魔杖一点，发动了汽车。哈利把头伸出窗外：干道上有隆隆行驶的车辆，可他们这条街上空空荡荡。

“没人。”

罗恩按下仪表板上的一个小小的银色按钮。他们的汽车消失了——他们俩也消失了。哈利能感到座位在震动，能听到引擎的声音，能感到他的双手放在膝盖上，眼镜戴在鼻梁上，他能看到一切。但他自己只剩下了一双眼睛，离地面几英尺，在一条停满汽车的脏兮兮的街道上方飘浮。

“起飞。”罗恩的声音在他右边响起。

两旁的地面和肮脏的建筑物沉落下去，一会儿就看不见了。汽车越升越高，几秒钟后，整座伦敦城展现在他们下方，烟雾蒙蒙，微微地闪着亮光。

突然噗的一声，汽车、哈利和罗恩又重新显现了。

“哎呀，”罗恩捅着隐形助推器说，“这开关有毛病……”

他们一起猛敲那个按钮。汽车消失了，但很快又闪闪烁烁地现了形。

“坐好！”罗恩喊了一声，猛踩油门，他们笔直射入低空棉絮状的云层里，一切都暗淡模糊起来。

“现在怎么办？”哈利问，从四面压过来的云块让他感到有些晃眼。

“我们需要看到火车才能知道往哪个方向走。”罗恩说。

“还是降下去——快——”

他们重新降到云层下面，扭过身体眯眼向地面搜寻。

“看到了！”哈利喊道，“就在前面——那儿！”

霍格沃茨特快列车像一条红蛇在他们下方疾驰。

“正北，”罗恩说着对了对仪表板上的罗盘，“好，只要每半小时下来看一眼就行了。坐好……”汽车急速钻入云层。一分钟后，他们就冲进了炫目的阳光里。

这是另一个世界。车轮掠着松软的云海飞行，在耀眼的白日映照下，天空一片明亮蔚蓝，无边无际。

“现在只要当心飞机就可以了。”罗恩说。

他们仿佛进入了一个神话般的梦境。哈利想，这无疑是最好的旅行方式：坐在一辆洒满阳光的汽车里，在旋涡状、塔林状的白云间穿行，仪表板下边有一大包太妃糖，还可以想象当他们神奇地从天而降、平稳地停在霍格沃茨城堡前的大草坪上时，弗雷德和乔治脸上嫉妒的表情。

他们一直朝北飞去，隔一段时间就核对一下火车行驶的方向，每次下降都可以看到一幅不同的景象。伦敦很快被远远地甩在后面，代替它的是平整的绿色田野，然后是广阔的紫色沼泽、一座座村庄，村里的教堂像是小孩子的玩具，接着是一个繁忙的大城市，无数车辆像密密麻麻的彩色蚂蚁。

可是，几小时之后，哈利不得不承认一些乐趣在逐渐消失。太妃糖使他们口渴难当，又没有水喝。哈利和罗恩都脱掉了外衣，可他的T恤湿得贴在椅背上，眼镜老往鼻尖上滑。他已经无心欣赏那些云彩的奇幻形状，而是想念起数十英里之下的火车来，那里有胖胖的女巫推着小车叫卖冰镇南瓜汁。他们为什么没能进入$9\frac{3}{4}$站台呢？

“不会有多远了吧？”又过了一个小时，罗恩声音沙哑地说。太阳开始沉到云层之下，把云海染成一片粉红。“再下去看一眼火车好吗？”

火车还在他们下方，正蜿蜒绕过一座白雪覆盖的高山。在云层下面，天色要暗得多。

罗恩踩住油门，又向上升去，可是引擎开始发出哀鸣。

哈利和罗恩不安地面面相觑。

“也许它只是累了，”罗恩说，“它从来没走过这么远……”

随着天空越来越暗，哀鸣声也越来越响，他们都假装没有注意。夜幕中亮起了点点繁星，哈利穿上外衣，尽量装作没看见挡风玻璃上的雨刷在无力地摆动，好像是一种抗议。

“不远了，”罗恩不像是对哈利说，而像是对汽车说，“现在不远了。”他紧张地拍了拍仪表板。

过了一会儿，他们又飞到云层之下，眯起眼在黑暗中寻找一个熟悉的地面目标。

“那儿！”哈利喊道，把罗恩和海德薇都吓了一跳，“就在前面！”

在黑暗的地平线上，在湖对面高高的悬崖顶端，耸立着霍格沃茨城堡的角楼和塔楼的剪影。

可是汽车开始颤抖并逐渐减速。

“帮帮忙，”罗恩好言好语地哄劝着，并轻轻摇了摇方向盘，“差不多到了，帮帮忙……”

引擎呻吟着，引擎罩下喷出一股股蒸汽。他们朝湖上飞去时，哈利不禁攥紧了座椅边沿。

汽车剧烈地摇晃了一下。哈利瞥了一眼窗外，看见了一英里之下平静漆黑、光滑如镜的水面。罗恩握着方向盘的手指关节都发白了。汽车又摇晃起来。

“帮帮忙。”罗恩喃喃道。

他们飞过湖面……城堡就在前方……罗恩踩下油门。

哐啷一响，接着噼啪一声，引擎彻底熄火了。

“哎呀。”罗恩在一片寂静中说。

车头朝下一倾，他们开始坠落，速度越来越快，直朝着城堡的围墙撞去。

“不——！”罗恩大喊，拼命转动方向盘。汽车拐了一个大圆弧，擦墙而过，飞过黑乎乎的温室、菜地，飞到外面黑色的草坪上方，还在坠落。

罗恩干脆放开方向盘，从背后的衣袋里拔出魔杖。

“**停下！停下！**”他抽打着仪表板和挡风玻璃高喊，可是他们还在快速下落，地面向他们扑来……

“**当心那棵树！**”哈利大叫，扑过去抓方向盘，可是太晚了——

咔啦啦。

一阵金属与树木撞击的巨响，他们撞上了粗大的树干，落到地上，车身猛地一震。变了形的引擎盖下面冒出滚滚蒸汽；海德薇在惊恐地尖叫；哈利的头撞到了挡风玻璃上，鼓起一个高尔夫球那么大的肿包；罗恩在他右边绝望地低声呻吟。

“你没事吧？”哈利着急地问。

“我的魔杖，”罗恩声音颤抖着说，“看看我的魔杖。”

魔杖几乎断成了两截，上端耷拉下来，只有几丝木片连着。

哈利刚想说到了学校一定能把它修好，可是还没有来得及说出口，什么东西撞上了他这边的车身。那股力量大得像一头猛冲的公牛，把他撞得倒向罗恩，这时车顶又被同样重重地撞了一下。

“怎么回——？”

罗恩倒吸一口冷气，盯着挡风玻璃；哈利转过头，刚好看见一条像蟒蛇那么粗的树枝撞到玻璃上。是车子撞到的那棵树在袭击他们。树干弯成弓状，多节的树枝猛打着车身上它能够到的每一块地方。

“啊——！”罗恩叫道，又一根扭曲的粗枝把车门砸了一个大坑，无数手指关节般粗细的小树枝发动了雹子般的猛烈敲击，震得挡风玻璃瑟瑟颤抖，一根有攻城槌那么粗的树枝正在疯狂地捣着车顶，车顶好像凹陷下来了——

“快跑！”罗恩大喊一声，使出浑身力气推门。可是就在这时，另一根树枝给了他一记狠毒的上勾拳，把他打得跌倒在哈利的腿上。

“我们完了！”他看着车顶塌陷下来，呻吟道。可是车底突然震动起来——引擎重新发动了。

“倒车！”哈利大喊，汽车嗖地朝后退去。那棵树还想打他们，拼命用枝条朝迅速逃离的车子抽来。它弯着身子向前够着，几乎把树干都要撕裂了。他们能听见树根在嘎吱作响。

“妈呀，真悬哪。”罗恩气喘吁吁地说，“好样的，汽车。”

可是，汽车的忍耐已经到了极限。嘭嘭两声，车门弹开，哈利感到座椅朝旁边一歪，还没弄清是怎么回事，他已经趴在潮湿的土地上。重重的响声告诉他汽车把他们的行李也抛出来了。海德薇的笼子飞到空中，笼门开了；海德薇飞了出来，愤怒地高叫一声，头也不回地朝城堡飞去。然后，汽车坑坑洼洼，带着遍体的伤痕，冒着蒸汽，隆隆驶进黑暗中，尾灯还在愤怒地闪烁着。

“回来！”罗恩挥舞着破魔杖在它后面喊，“爸爸会杀了我的！”

可是汽车的排气管最后喷了一口气，消失在视线之外。

“你能相信有这么倒霉的运气吗？”罗恩苦着脸说，俯身抱起他的老鼠斑斑，“那么多的树，咱们偏偏撞上了会打人的那棵。”

他回头看着那棵古树，树还在威胁地挥动着它的枝条。

“走吧，”哈利疲惫地说，“咱们最好进学校去……”

完全不是他们原先想象的胜利抵达，他们四肢僵硬，身上又冷又痛。两人抓起摔破的箱子，开始往草坡上拖，朝着那两扇橡木大门走去。

“我想宴会已经开始了。”罗恩把他的箱子丢在台阶脚下，悄悄走到一扇明亮的窗户前,向里面窥视,“嘿,哈利,快来看——在分院呢!”

哈利赶过去,和罗恩一起往大礼堂里看。

无数根蜡烛停在半空中,照着四张围满了人的长桌,照得那些金色的盘子和高脚杯闪闪发光。天花板上群星璀璨,这天花板是被施了魔法的,永远能够反映出外面的天空。

越过一片密密麻麻的黑色尖顶霍格沃茨帽,哈利看到新生们排着长队提心吊胆地走进礼堂。金妮也在其中,她那头韦斯莱家特有的红发十分显眼。与此同时,戴着眼镜、头发紧紧地束成一个小圆髻的麦格教授,把那顶著名的霍格沃茨分院帽放在新生面前的凳子上。

每年,这顶打着补丁、又脏又破的旧帽子把新生分到霍格沃茨的四个学院(格兰芬多、赫奇帕奇、拉文克劳和斯莱特林)。哈利清楚地记得一年前他戴上这顶帽子时的情形:他惶恐地听着帽子在耳边嘀嘀咕咕,等待帽子做出决定。有几秒钟,他恐惧地以为帽子要把他分到斯莱特林,这个学院出的黑巫师比其他学院都多——可后来他被分到了格兰芬多,和罗恩、赫敏以及韦斯莱兄弟在一起。上学期,哈利和罗恩为格兰芬多赢得了学院杯冠军,这是他们学院七年来第一次打败斯莱特林。

一个非常瘦小的灰头发男孩被叫到前面,戴上了分院帽。哈利的目光移到了坐在教工席上观看分院仪式的邓布利多校长身上,他银白的长须和半月形的眼镜在烛光下闪闪发亮。再过去几个座位,哈利看到了穿一身水绿色长袍的吉德罗·洛哈特。最顶头坐着身材庞大、须发浓密的海格,正举着杯子大口地喝酒。

“等等……”哈利低声对罗恩说,“教工席上有一个位子空着……斯内普哪儿去了?”

西弗勒斯·斯内普教授是哈利最不喜欢的老师,而哈利碰巧又是斯内普最不喜欢的学生。斯内普为人残忍刻薄,除了他自己学院(斯莱特林)的学生以外,大家都不喜欢他。他教授的是魔药学。

“也许他病了!”罗恩满怀希望地说。

“也许他走了,”哈利说,“因为他又没当上黑魔法防御术课教师!”

“也许他被解雇了!”罗恩兴奋地说,“你想,所有的人都恨他——”

“也许，”一个冰冷的声音在他们背后说，“他在等着听你们两个说说为什么没坐校车来。”

哈利一转身，西弗勒斯·斯内普就站在眼前，黑袍子在凉风中抖动着。他身材枯瘦，皮肤灰黄，长着一个鹰钩鼻，油油的黑发披到肩上。此刻他脸上的那种笑容告诉哈利，他和罗恩的处境非常不妙。

“跟我来。”斯内普说。

哈利和罗恩都不敢看斯内普，跟着他登上台阶，走进点着火把的空旷而有回声的门厅。从大礼堂飘来了食物的香味，可是斯内普带着他们离开了温暖和光明，沿着狭窄的石梯下到了地下教室里。

“进去！”他打开阴冷的走廊上的一扇房门，指着里面说道。

他们哆嗦着走进斯内普的办公室。四壁昏暗，沿墙的架子上摆着许多大玻璃罐，罐里浮着各种令人恶心的东西，哈利此刻并不想知道它们的名字。壁炉空着，黑洞洞的。斯内普关上门，转身看着他们俩。

“啊，”他轻声说，“著名的哈利·波特和他的好伙伴韦斯莱嫌火车不够过瘾，想玩个刺激的，是不是？”

“不，先生，是国王十字车站的隔墙，它——”

“安静！”斯内普冷冷地说，“你们对汽车做了什么？”

罗恩张口结舌。斯内普又一次让哈利感到他能看穿别人的心思。可是不一会儿疑团就解开了，斯内普展开了当天的《预言家晚报》。

“你们被人看见了，”他无情地说，并把报上的标题给他们看：**福特安格里亚车会飞，麻瓜大为惊诧**。他高声念道：“伦敦两名麻瓜确信他们看到了一辆旧轿车飞过邮局大楼……中午在诺福克，赫蒂·贝利斯夫人晒衣服时……皮伯斯的安格斯·弗利特先生向警察报告……一共有六七个麻瓜。我记得你父亲是在禁止滥用麻瓜物品办公室工作吧？”他抬眼看着罗恩，笑得更加阴险，“哎呀呀……他自己的儿子……”

哈利感到肚子好像被那棵疯树的大枝猛抽了一下。要是有人发现韦斯莱先生对汽车施了魔法……他没有想过这一点……

“我在检查花园时发现，一棵非常珍贵的打人柳似乎受到了很大的损害。”斯内普继续说。

“那棵树对我们的损害比——”罗恩冲口而出。

“安静!”斯内普再次厉声呵斥,“真可惜,你们不是我学院的学生,我无权做出开除你们的决定。我去把真正拥有这个愉快特权的人找来。你们在这儿等着。”

哈利和罗恩脸色苍白地对望着。哈利不再觉得饿了,他感到非常不舒服,尽量不去看斯内普桌后架子上那个悬浮在绿色液体里的黏糊糊的大东西。如果斯内普把麦格教授找来,也好不到哪儿去。麦格教授可能比斯内普公正一点儿,可是同样严厉得要命。

十分钟后,斯内普回来了,旁边果然跟着麦格教授。哈利以前看见麦格教授发过几回火,可他也许是忘了她发火时嘴唇抿得有多紧,也许是从没见过她像现在这样生气。总之,麦格教授的模样令哈利觉得陌生。她一进屋就举起了魔杖,哈利和罗恩都退缩了一下,可她只是点了一下空空的壁炉,炉里立即燃起了火苗。

“坐。”她说,他们俩都退到炉边的椅子上。

“解释吧。”她的眼镜片不祥地闪烁着。

罗恩急忙讲起来,从车站的隔墙不让他们通过说起。

“……我们没有别的办法,教授,我们上不了火车。”

“为什么不派猫头鹰送信给我们呢?我相信你是有一只猫头鹰的吧?”麦格教授冷冷地对哈利说。

哈利张口结舌。经她一提,用猫头鹰送信好像是很容易想到的办法。

“我……我没想……”

“那是很容易想到的。”麦格教授说。

有人敲门,斯内普过去开门,脸上的表情更加愉快了。门外站着他们的校长,邓布利多教授。

哈利全身都麻木了。邓布利多的表情异常严肃,目光顺着他歪扭的鼻梁朝下看着他们。哈利突然希望他和罗恩还在那里遭受打人柳的殴打。

长久的沉默。然后邓布利多说:“请解释你们为什么要这么做。”

他要是大声嚷嚷还好一些，哈利真怕听到他那种失望的语气。不知为什么，他不能正视邓布利多的眼睛，只好对着他的膝盖说话。他把一切都告诉了邓布利多，只是没提那辆车是韦斯莱先生的，好像他和罗恩是碰巧发现了车站外有一辆会飞的汽车。他知道邓布利多一眼就会看穿，但邓布利多没有问汽车的问题。哈利讲完后，他只是继续透过眼镜盯着他们。

"我们去拿东西。"罗恩绝望地说。

"你在说什么，韦斯莱？"麦格教授喊道。

"我们被开除了，是不是？"罗恩说。

哈利赶紧去看邓布利多。

"今天没有，韦斯莱先生，"邓布利多说，"但我必须让你们感受到自己行为的严重性，我今晚就给你们家里写信。我还必须警告你们，要是再有这样的行为，我就只能开除你们了。"

斯内普的表情，就好像是听说圣诞节被取消了一样。他清了清喉咙，说："邓布利多教授，这两个学生无视《对未成年巫师加以合理约束法》，对一棵珍贵的古树造成了严重的损害……这种性质的行为当然……"

"让麦格教授来决定对这两个学生的惩罚，西弗勒斯，"邓布利多平静地说，"他们是她学院里的学生，应当由她负责。"他转向麦格教授，"我必须回到宴会上去了，米勒娃，我要宣布几个通知。来吧，西弗勒斯，有一种蛋奶果馅饼看上去很不错，我想尝一尝。"

斯内普恶狠狠地瞪了哈利和罗恩一眼，被拉出了办公室。屋里只剩下他们两个和麦格教授。她仍然像愤怒的老鹰一样盯着他们。

"你最好去趟学校医院，韦斯莱，你在流血。"

"没什么。"罗恩赶紧用衣袖擦擦眼睛上的伤口，"教授，我想看看我妹妹的分院——"

"分院仪式已经结束了。"麦格教授说，"你妹妹也在格兰芬多。"

"哦，太好了。"罗恩说。

"提起格兰芬多——"麦格教授严厉地说，可哈利插了进来："教授，我们坐上汽车的时候还没有开学，所以——所以不应该给格兰芬多扣分，对不对？”他说完后，急切地看着她。

麦格教授严厉地看了他一眼，可是他认为麦格教授似乎有了点笑容。反正，她的嘴唇不再抿得那么紧了。

“我不会给格兰芬多扣分的。”她说，哈利心里轻松了许多，“但你们要被关禁闭。”

这比哈利预料的好多了。至于邓布利多写信给德思礼夫妇，那完全没有关系。哈利知道他们只会遗憾打人柳没有把他打扁。

麦格教授又举起魔杖，朝斯内普的桌子一指，桌上出现了一大盘三明治、两只银杯子和一壶冰镇南瓜汁。

“你们就在这里吃，然后直接回宿舍。”她说，“我也必须回宴会上去了。”

门关上后，罗恩轻轻地吹了一声长长的口哨。

“我以为我们要倒霉了。”他抓起一块三明治说。

“我也是。”哈利也抓了一块。

“可你能相信我们的运气这么背吗？”罗恩嘴里塞满了鸡肉和火腿，含混不清地说，“弗雷德和乔治肯定坐着那车飞过五六次了，可没有一个麻瓜看见他们。”他把嘴里的食物咽下去，又咬了一大口，“我们为什么过不了那隔墙？”

哈利耸耸肩。“不过，以后可得注意一点儿了，”他轻松地痛饮了一口南瓜汁说，“真希望能到宴会上去……”

“麦格教授不想让我们去炫耀，”罗恩明智地说，“不想让别人觉得，开一辆会飞的汽车来上学是一件很光彩的事。”

他们吃到肚皮里实在装不下了（盘里的三明治一吃掉马上会自动添满），然后离开办公室，踏着熟悉的小径走向格兰芬多塔楼。城堡里静悄悄的，宴会好像结束了。他们走过自言自语的肖像和嘎吱作响的盔甲，爬上一段窄窄的石阶，来到了通向格兰芬多塔楼的秘密入口的走廊里，那个入口藏在一幅油画后面，画上有一位穿着粉红色绸衣的胖夫人。

“口令？”他们走近时，胖夫人问。

“哦——”哈利答不上来。

他们还没有碰到一位格兰芬多的级长，所以不知道新学年的口令，但救星几乎马上就到了。他们听见身后有急促的脚步声，回头一看，是赫敏在朝他们奔来。

“你们俩在这儿！你们上哪儿去了？大家都在纷纷议论，说法可荒唐了——有人说你们开了一辆会飞的汽车，被学校开除了。”

“我们没被开除。”哈利安慰她说。

“你难道是说你们*真的是*飞来的？”赫敏的口气几乎和麦格教授一样严厉。

“别给我们上课了，”罗恩不耐烦地说，“把口令告诉我们吧。”

“口令是‘食蜜鸟’，”赫敏不耐烦地说，“可问题不在这儿——”

但是她的话被打断了，胖夫人的肖像应声旋开，里面爆发出一阵雷鸣般的掌声。好像格兰芬多学院的同学们都还没睡，全挤在圆形的公共休息室里等着他们。好多双手从洞口伸出来，把哈利和罗恩拉了进去，赫敏只好自己爬了进去。

“太妙了！”李·乔丹高呼，“真了不起！多精彩的方式！开着会飞的汽车撞到打人柳上，会被人议论很多年的！”

“好样的，”一个从来没和哈利讲过话的五年级学生说；有人拍着哈利的后背，好像他刚获得了马拉松第一名似的；弗雷德和乔治挤到跟前，一起问：“为什么不把我们叫回去呢？”罗恩满面通红，难为情地笑着，但哈利看得出有一个人满脸不高兴。珀西站在一些兴奋的新生身后，似乎正要挤过来数落他们。哈利捅了捅罗恩的肋部，把头朝珀西那边一点，罗恩立刻会意。

“要上楼去了——有点儿累。”他说。两人朝房间另一头的门口挤去，门外有螺旋形楼梯通到他们的卧室。

“晚安。”哈利回头对赫敏喊道，她和珀西一样绷着脸。

他们终于挤到了休息室的另一头，这时还有人在拍着他们的后背。门外是僻静的楼梯，两人一口气跑上楼，来到他们以前的宿舍门前，门上现在有一块牌子写着*二年级*。他们走进熟悉的圆形房间，重新看到了那五张装饰着红天鹅绒的四柱床，以及那几扇又高又窄的窗子。他们的箱子已经搬上来了，就放在床头。

罗恩惭愧地朝哈利笑着。

“我知道我不应该感到得意，可是——”

宿舍门一下子开了，另外几个格兰芬多的二年级男生冲了进来，他们是西莫·斐尼甘、迪安·托马斯和纳威·隆巴顿。

“真不敢相信！”西莫眉开眼笑。

“酷。”迪安说。

“太惊人了。”纳威敬佩地说。

哈利再也忍不住，他也笑了。

第6章

吉德罗·洛哈特

可是第二天，哈利几乎一整天都没露过笑容。从早晨在大礼堂吃早饭起，境况就开始走下坡路了。在施了魔法的天花板（今天是阴天的灰色）下面，四个学院的长桌上摆着一碗碗粥、一盘盘腌鲱鱼、堆成小山的面包片和一碟碟鸡蛋和咸肉。哈利和罗恩在格兰芬多的桌子前坐下，旁边是赫敏，她的《与吸血鬼同船旅行》摊开搁在一个牛奶壶上。她说"早上好"时有一点生硬，哈利知道她仍然对他们来校的方式怀有不满。纳威·隆巴顿却兴高采烈地和他们打了个招呼。纳威是一个老爱出事故的圆脸男孩，哈利从没见过记性像他这么差的人。

"邮差马上就要到了——我想奶奶会把几样我忘带的东西寄来的。"

哈利刚开始喝粥，果然听见头顶上乱哄哄的。上百只猫头鹰拥了进来，在礼堂里盘旋，把信和包裹丢到正在交谈的人群中。一个鼓鼓囊囊的大包裹掉到纳威的头上，紧接着又有一个灰乎乎的大家伙落进了赫敏的壶里，牛奶和羽毛顿时溅了他们一身。

“埃罗尔！”罗恩喊道，提着那只湿漉漉的猫头鹰的爪子把它拉了出来。埃罗尔瘫在桌上，两条腿伸在空中，嘴里还叼着一个打湿了的红信封。

“哦，不——”罗恩失声叫道。

“没事的，它还活着。”赫敏说，轻轻用指尖戳了戳埃罗尔。

“不——是那个。”

罗恩指着红信封。那信封在哈利看来很平常，可是罗恩和纳威却好像觉得它会爆炸似的。

“怎么啦？”哈利问道。

“她——妈妈给我寄了一封吼叫信。”罗恩有气无力地说。

“你最好打开它，罗恩，”纳威害羞地小声说，“不打开更糟糕。奶奶给我寄过一回，我没理它，结果——”他吸了口气，“太可怕了。”

哈利看看他们惊恐的神色，又望望那个红信封。

“什么是吼叫信？”他问。

可是罗恩的注意力全都集中在信上，信封的四角已经开始冒烟。

“快打开，”纳威催促着，“只有几分钟……”

罗恩伸出颤抖的手，小心翼翼地从埃罗尔嘴里取出那个信封，把它撕开。纳威用手指堵住了耳朵，哈利马上就知道为什么了。一开始他以为是爆炸了，巨大的响声充满整个礼堂，把天花板上的灰尘都震落了下来。

“……偷了汽车，他们要是开除了你，我一点儿都不会奇怪，看我到时候怎么收拾你。你大概压根儿就没想过，我和你爸爸发现车子没了时是什么心情……”

是韦斯莱夫人的喊声，比平常响一百倍，震得桌上的盘子和勺子格格作响，四面石墙的回声震耳欲聋。全礼堂的人都转过身来看是谁收到了吼叫信，罗恩缩在椅子上，只能看到一个通红的额头。

“昨晚收到邓布利多的信，你爸爸羞愧得差一点儿死掉。我们辛辛苦苦把你拉扯大，没想到你会做出这样的事，你和哈利差一点儿丢了小命……”

哈利一直在听着他的名字什么时候冒出来。他竭力装作没听见那撞击耳鼓的声音。

"……太气人了，你爸爸将在单位受到审查，这都是你的错。你要是再不循规蹈矩，我们马上把你领回来！"

吼声停止了，声音还在耳边嗡嗡作响。已从罗恩手中掉到地上的红信封燃烧起来，卷曲着变成了灰烬。哈利和罗恩呆呆地坐着，好像刚被海潮冲刷过一样。有几个人笑了笑，说话声又渐渐响起。

赫敏合上《与吸血鬼同船旅行》，低头看着罗恩的脑袋。

"嗯，难道你还指望会是别的什么吗，罗恩，要知道你——"

"别对我说我是活该。"罗恩没好气地说。

哈利推开粥碗，内疚得吃不下去。韦斯莱先生要接受审查了，暑假里他们夫妇对他那么好……

然而他没有时间多想，麦格教授在沿着格兰芬多的桌子发课程表。哈利拿到了自己的那份，第一节是草药课，和赫奇帕奇的学生们一起上。

哈利、罗恩和赫敏一同出了城堡，穿过菜地向温室走去，那里培育着各种有魔力的植物。吼叫信至少做了一件好事：赫敏似乎觉得他们已经受到了足够的惩罚，现在她又像从前那样友好了。

他们走近温室，看到其他同学都站在外面，等着斯普劳特教授。哈利、罗恩和赫敏刚加入进去，就看见斯普劳特教授大步从草坪上走来，身边跟着吉德罗·洛哈特。斯普劳特教授的手臂上搭着很多绷带，哈利远远望见那棵打人柳的几根树枝用绷带吊着，心中又是一阵歉疚。

斯普劳特教授是一位矮墩墩的女巫，飘拂的头发上扣了一顶打着补丁的帽子，衣服上总沾着不少泥土，若是佩妮姨妈看见她的指甲，准会晕过去。吉德罗·洛哈特却是从头到脚一尘不染，穿着飘逸的青绿色长袍，闪光的金发上端端正正地戴着一顶青绿色带金边的礼帽。

"哦，你们好！"洛哈特满面春风地朝学生们喊道，"刚才给斯普劳特教授示范了一下怎样给打人柳治伤！但我不希望你们以为我在草药学方面比她在行！我只不过是旅行中碰巧见过几棵这种奇异的植物……"

"今天到第三温室！"斯普劳特教授说。她明显地面带愠色，一反往常愉快的风度。

学生们很感兴趣地小声议论着。他们只进过第一温室——第三温室里的植物更有趣，也更危险。斯普劳特教授从腰带上取下一把大钥匙，把门打开了。哈利闻到一股潮湿的泥土和肥料的气味，其中夹杂着浓郁的花香。那些花有雨伞那么大，从天花板上垂挂下来。他正要跟着罗恩和赫敏一起进去，洛哈特一把拦住了他。

"哈利！我一直想跟你谈谈——斯普劳特教授，他迟到两分钟您不会介意吧？"

从斯普劳特教授的脸色看，她是介意的。可是洛哈特说："那太好了。"就对着她把温室的门关上了。

"哈利，"洛哈特摇着头，洁白的大牙齿在阳光下闪闪发亮，"哈利呀，哈利呀，哈利。"

哈利完全摸不着头脑，没有搭腔。

"当我听说——哦，当然，这都是我的错。我真想踢自己几脚。"

哈利不知道他在说什么。他正要表示疑问，洛哈特又接下去说："我从来没有这么吃惊过。开汽车飞到霍格沃茨！当然，我马上就知道你为什么这么做了，一目了然。哈利呀，哈利呀，哈利。"

真奇怪，他不说话的时候居然也能露出每一颗晶亮的牙齿。

"我让你尝到了出名的滋味，是不是？"洛哈特说，"使你上了瘾。你和我一起上了报纸头版，就迫不及待地想再来一次。"

"哦——不是的，教授，我——"

"哈利呀，哈利呀，哈利，"洛哈特伸手抓住他的肩膀，"我理解，尝过一回就想第二回，这是很自然的——就怪我让你尝到了甜头，这必然会冲昏你的头脑——但是，年轻人，你不能现在就开车在天上飞，企图引起人们的注意。冷静下来，好吗？等你长大以后有的是时间。是啊，是啊，我知道你在想什么！'他说得倒轻巧，他反正已经是国际知名的大巫师了！'可是我十二岁的时候，和你现在一样平凡。实际上，应该说比你还要平凡。我是说，已经有一些人知道你了，对不对？以及跟那个'连名字都不能提的人'有关的事情！"他看了一眼哈利额上那道闪电形伤疤，"我知道，我知道，这比不上连续五次荣获《巫师周刊》最迷人微笑奖来得风光，但是个开始，哈利，是个开始。”

他亲切地朝哈利眨了眨眼，迈着方步走开了。哈利呆立了几分钟，然后想起应该到温室去，就推门悄悄溜了进去。

斯普劳特教授站在温室中间的一张搁凳后面。凳子上放着二十来副颜色不一的耳套。哈利在罗恩和赫敏旁边坐下时，她说：“我们今天要给曼德拉草换盆。现在，谁能告诉我曼德拉草有什么特性？”

赫敏第一个举起了手，这是在大家意料之中的。

“曼德拉草，又叫曼德拉草根，是一种强效恢复剂，”赫敏好像把课本吃进了肚里似的，非常自然地说，“用于把被变形的人或中了魔咒的人恢复到原来的状态。”

“非常好，给格兰芬多加十分。”斯普劳特教授说，“曼德拉草是大多数解药的重要组成部分。但是它也很危险。谁能告诉我为什么吗？”

赫敏的手又唰地举了起来，差一点儿打掉哈利的眼镜。

“听到曼德拉草的哭声会使人丧命。”她脱口而出。

“完全正确，再加十分。”斯普劳特教授说，“大家看，我们这里的曼德拉草还很幼小。”

她指着一排深底的盘子说。每个人都往前凑，想看得清楚一些。那儿排列着大约一百株绿中带紫的幼苗。哈利觉得它们没什么特别的，他根本不知道赫敏说的曼德拉草的“哭声”是什么意思。

“每人拿一副耳套。”斯普劳特教授说。

大家一阵哄抢，谁都不想拿到一副粉红色的绒毛耳套。

“我叫你们戴上耳套时，一定要把耳朵严严地盖上，”斯普劳特教授说，“等到可以安全摘下耳套时，我会竖起两根拇指。好——戴上耳套。”

哈利迅速照办，外面的声音一下子都听不见了。斯普劳特教授自己戴上一副粉红色的绒毛耳套，卷起袖子，牢牢抓住一丛草叶，使劲把它拔起。

哈利发出一声没有人听得到的惊叫。

从土中拔出的不是草根，而是一个非常难看的婴儿，叶子就生在它的头上。婴儿的皮肤是浅绿色的,上面斑斑点点。这小家伙显然在扯着嗓子大喊大叫。

斯普劳特教授从桌子底下拿出一只大花盆,把曼德拉草娃娃塞了进去,用潮湿的深色堆肥把它埋住,最后只有丛生的叶子露在外面。她拍拍手上的泥,朝他们竖起两根大拇指,然后摘掉了自己的耳套。

"我们的曼德拉草还只是幼苗,听到它们的哭声不会致命。"她平静地说,好像她刚才只是给秋海棠浇了浇水那么平常,"但是,它们会使你昏迷几个小时,我想你们谁都不想错过开学的第一天,所以大家干活时一定要戴好耳套。等到该收拾的时候,我会设法引起你们注意的。"

"四个人一盘——这儿有很多花盆——堆肥在那边的袋子里——当心毒触手,它正长牙呢。"

她在一棵长着尖刺的深红色植物上猛拍了一下,使它缩回了悄悄伸向她肩头的触手。

哈利、罗恩、赫敏和一个满头鬈发的赫奇帕奇男生站在一个盘子旁,哈利觉得他眼熟,但从来没有跟他说过话。

"我叫贾斯廷·芬列里,"男生欢快地说,使劲摇着哈利的手,"当然认识你,著名的哈利·波特……你是赫敏·格兰杰——永远是第一……"(赫敏的手也被摇了一气,她甜甜地笑了。)"还有罗恩·韦斯莱,那辆飞车是你的吧?"

罗恩没有笑,显然还在想着那封吼叫信。

"那个叫什么洛哈特的,"他们开始往花盆里装火龙粪堆肥时,贾斯廷兴致勃勃地说,"真是个勇敢的人。你们看了他的书没有?我要是被一个狼人堵在电话亭里,早就吓死了,他却那么镇静——啧啧——真了不起。

"我本来是要上伊顿公学的,但后来上了这里,我别提多高兴了。当然,我妈妈有点失望,可是我让她读了洛哈特的书之后,我想她已经开始明白家里有个受过专业训练的巫师多么有用……"

此后就没有多少机会交谈了。他们重新戴上了耳套,而且得集中精力对付曼德拉草。刚才看斯普劳特教授做起来特别轻松,其实根本不是那么回事。曼德拉草不愿意被人从土里拔出来，可是好像也不愿意回去。它们扭动着身体，两脚乱蹬，挥着尖尖的小拳头，咬牙切齿。哈利花了整整十分钟才把一个特别胖的娃娃塞进盆里。

到下课时，哈利和其他同学一样满头大汗，腰酸背疼，身上沾满泥土。他们疲惫地走回城堡冲了个澡，然后格兰芬多的学生就匆匆赶去上变形课了。

麦格教授的课总是很难，而今天是格外地难。哈利去年学的功课好像都在暑假期间从脑子里漏出去了。老师要他把一只甲虫变成纽扣，可是他费了半天的劲，只是让那甲虫锻炼了身体，甲虫躲着魔杖满桌乱跑，他怎么也点不准。

罗恩更倒霉，他借了一些魔法胶带把魔杖修补了一下，但好像是修不好了，不时地噼啪作响，发出火花。每次罗恩试图使甲虫变形时，立刻便有一股灰色的、带臭鸡蛋味的浓烟把他包围。他看不清东西，胳膊肘胡乱一动，把甲虫给压扁了，只好再去要一只，麦格教授不大高兴。

听到午饭的铃声，哈利如释重负，他的大脑像是一块拧干的海绵。大家纷纷走出教室，只剩下他和罗恩。罗恩气急败坏地用魔杖敲着桌子。

“笨蛋……没用的……东西……”

“写信回家再要一根。”哈利建议说。那根魔杖发出一连串爆竹般的脆响。

“是啊，再收到一封吼叫信，”罗恩说着，把开始嘶嘶作响的魔杖塞进书包，“你魔杖断了全怪你自己——”

两人去礼堂吃午饭，赫敏给他们看了她在变形课上用甲虫变的一把漂亮的纽扣，罗恩的情绪还不见好转。

“下午上什么课？”哈利连忙转换话题。

“黑魔法防御术。”赫敏马上说。

“咦，”罗恩抓过她的课程表，惊讶地说，“你为什么把洛哈特的课都用心形圈出来呢？”

赫敏一把夺回课程表，气恼地涨红了脸。

他们吃完饭，走到阴云笼罩的院子里。赫敏坐下来，又埋头读起了《与吸血鬼同船旅行》。哈利和罗恩站着聊了一会儿魁地奇，后来哈利感到有人在密切地注视他。他抬起头，看到昨晚分院仪式上那个非常瘦小的灰头发小男孩正着了魔似的盯着自己。那男孩手里攥着一个东西，很像是普通的麻瓜照相机。哈利一看他，男孩的脸立刻变得通红。

"你好，哈利？我——我叫科林·克里维。"他呼吸急促地说，怯怯地向前走了一步，"我也在格兰芬多。你认为——可不可以——我能给你拍张照吗？"他一脸期望地举起了相机。

"照相？"哈利茫然地问。

"这样我可以证明见到你了。"科林热切地说，又往前挪了几步，"我知道你的一切。每个人都跟我说过。你怎样逃过了神秘人的毒手，他怎样消失了等等，你额头上现在还有一道闪电形伤疤。"(他的目光在哈利的发际搜寻。)"我宿舍的一个男孩说，如果我用了正确的显影药水，照片上的人就会动。"科林深吸了一口气，兴奋得微微颤抖，"这儿真有意思，是不是？在收到霍格沃茨的信以前，我一直不知道我会做的那些奇怪的事就是魔法。我爸爸是送牛奶的，他也不能相信。所以我要拍一大堆照片寄给他看。要是能有一张你的照片——"他乞求地看着哈利，"——也许我可以站在你旁边，请你的朋友帮着按一下？然后，你能不能签一个名？"

"签名照片？你在送签名照片，波特？"

德拉科·马尔福响亮尖刻的声音在院子里回荡。他停在科林的身后，身旁是他的两个凶神恶煞般的大块头死党：克拉布和高尔。在霍格沃茨，这两人总是保镖似的跟在他左右。

"大家排好队！"马尔福朝人群嚷道，"哈利·波特要发签名照片喽！"

"没有，我没有。"哈利气愤地说，攥紧了拳头，"闭嘴，马尔福。"

"你是嫉妒。"科林尖声地说，他的整个身体只有克拉布的脖子那么粗。

"嫉妒？"马尔福说。他不需要再嚷嚷了，院子里的人半数都在听着。"嫉妒什么？我可不想头上有一道丑陋的伤疤，谢谢。我不认为脑袋被切开就会使人变得那么特殊。我不信!”

克拉布和高尔傻笑起来。

“吃鼻涕虫去吧,马尔福。”罗恩生气地说。克拉布不笑了,开始恶狠狠地揉着他那板栗似的指关节。

“小心点,韦斯莱,”马尔福讥笑道,“你可不要再惹麻烦了,不然你妈妈就只好来把你带回去了。”他装出一副尖厉刺耳的声音,“要是你再不循规蹈矩——”

旁边一群斯莱特林的五年级学生大声哄笑起来。

“韦斯莱想要一张签名照片,波特,”马尔福得意地笑着,“这比他家的房子还值钱呢。”

罗恩拔出魔杖,但赫敏合上《与吸血鬼同船旅行》,低声说:“当心!”

“怎么回事?怎么回事?”吉德罗·洛哈特大步向他们走来,青绿色长袍在身后飘拂着,“谁在发签名照片?”

哈利张口解释,可是洛哈特用一只胳膊钩住他的肩膀,快活地大声说:“不用问!我们又见面了,哈利!”

哈利被夹在洛哈特身旁,羞辱得浑身发烧。他看见马尔福得意地退回到人群中。

“来吧,克里维先生,”洛哈特笑容可掬地招呼克里维说,“双人照,再合算不过了,我们两人给你签名。”

科林笨手笨脚地端起照相机,在下午的上课铃声中按下了快门。

“走吧,快上课去。”洛哈特朝人群喊道,然后带着哈利走向城堡。哈利仍被他紧紧地夹着,他真希望自己知道一个巧妙的消失咒。

“一句忠告,哈利,”他们从边门走进城堡时,洛哈特像父亲一般说道,“我在小克里维面前给你打了掩护——要是他拍的是我们两个人,同学们就不会觉得你太自高自大了……”

洛哈特根本不听哈利结结巴巴的辩白,夹着他走过一条站满学生的走廊,登上楼梯。那些学生都瞪眼看着他们。

“听我说,你现在这个阶段就发签名照片是不明智的——哈利,说实话,这显得有点骄傲自大。将来有一天,你会像我这样,到哪儿都需要带着一沓照片。可是——”他轻笑了一声，“我觉得你还没到那个时候。”

到了洛哈特的教室，他终于放开了哈利。哈利把衣服扯平，走到最后排的一个位子坐下来，忙着把七本洛哈特的书堆在面前，免得看见那个真人。

其他同学叽叽喳喳地聊着天走进教室，罗恩和赫敏在哈利两边坐了下来。

“你脸上可以煎鸡蛋了，”罗恩说，“你最好祈祷别让克里维遇见金妮，他们俩会发起成立一个哈利·波特迷俱乐部的。”

“别瞎说。”哈利急道。他生怕洛哈特听到“哈利·波特迷俱乐部”这个说法。

全班同学坐好后，洛哈特大声清了清嗓子，让大家安静下来。他伸手拿起纳威·隆巴顿的《与巨怪同行》举在手里，展示着封面上他本人眨着眼睛的照片。

“我，”他指着自己的照片，也眨着眼睛说，“吉德罗·洛哈特，梅林爵士团三级勋章，黑魔法防御联盟荣誉会员，五次荣获《巫师周刊》最迷人微笑奖——但我不把那个挂在嘴上，我不是靠微笑驱除万伦①的女鬼的！”

他等着大家发笑，有几个人淡淡地微笑了一下。

“我看到你们都买了我的全套著作——很好。我想我们今天就先来做个小测验。不要害怕——只是看看你们读得怎么样，领会了多少……”

他发完卷子，回到讲台上说：“给你们三十分钟。现在——开始！”

哈利看着卷子，念道：

1.吉德罗·洛哈特最喜欢什么颜色？

2.吉德罗·洛哈特的秘密抱负是什么？

3.你认为吉德罗·洛哈特迄今为止最大的成就是什么？

① 万伦，泰国西南部港口城市。

如此等等，整整三面纸，最后一题是：

54. 吉德罗·洛哈特的生日是哪一天？他理想的生日礼物是什么？

半小时后，洛哈特把试卷收上去，当着全班同学翻看着。

"啧啧——几乎没有人记得我最喜欢丁香色。我在《与西藏雪人在一起的一年》里面提到过。有几个同学要再仔细读读《与狼人一起流浪》——我在书中第十二章明确讲过我理想的生日礼物是一切会魔法和不会魔法的人和睦相处——不过我也不会拒绝一大瓶奥格登陈年火焰威士忌！"

他又朝同学们调皮地眨了眨眼。罗恩现在带着不信任的神情瞅着他，前面的西莫·斐尼甘和迪安·托马斯不出声地笑得浑身发颤，赫敏却全神贯注地聆听着，洛哈特突然提到了她的名字，把她吓了一跳。

"……可是赫敏·格兰杰小姐知道我的秘密抱负是消除世上的邪恶，以及销售我自己的系列护发水——好姑娘！事实上——"他把她的卷子翻过来，"一百分！赫敏·格兰杰小姐在哪儿？"

赫敏举起一只颤抖的手。

"好极了！"洛哈特笑着说，"非常好！给格兰芬多加十分！现在，言归正传……"

他弯腰从讲台后拎出一只蒙着罩布的大笼子，放到桌上。

"现在——要当心！我的任务是教你们抵御魔法界所知的最邪恶的东西！你们在这间教室里会面对最恐怖的事物。但是记住，只要我在这儿，你们就不会受到任何伤害。我只要求你们保持镇静。"

哈利不由自主地从一堆书后面探出头来，想好好看看那个笼子。洛哈特把一只手放在罩子上，迪安和西莫停止了发笑，第一排的纳威往后缩了缩。

"我必须请你们不要尖叫，"洛哈特压低声音说，"那会激怒它们的！"

全班同学屏住呼吸，洛哈特掀开了罩子。

“不错，”他演戏似的说，“刚抓到的康沃尔郡[①]小精灵。”

西莫·斐尼甘忍不住发出了一声嗤笑，就连洛哈特也不可能把它当成惊恐的尖叫。

“怎么？”他微笑着问西莫。

“嗯，它们并不——它们不是非常——危险，对吗？”西莫笑得喘不过气来。

“不要这样肯定！”洛哈特恼火地朝他摇着指头说，“它们也可能是和魔鬼一样狡猾的小破坏者！”

这些小精灵是铁青色的，大约八英寸高，小尖脸，嗓子非常尖厉刺耳，就像是许多虎皮鹦鹉在争吵一样。罩子一拿开，它们就开始叽叽喳喳，上蹿下跳，摇晃着笼栅，朝近旁的人做着各种古怪的鬼脸。

“好吧，”洛哈特高声说，“看看你们怎么对付它们！”他打开了笼门。

这下可乱了套。小精灵像火箭一样四处乱飞。其中两个揪住纳威的耳朵把他拎了起来。还有几个直接冲出窗外，在教室后排撒了一地碎玻璃。剩下的在教室里大肆搞起了破坏，比一头横冲直撞的犀牛还要厉害。它们抓起墨水瓶朝全班乱泼，把书和纸撕成碎片，扯下墙上贴的图画，把废物箱掀了个底朝天，又把书包和课本从破窗户扔了出去。几分钟后，全班同学有一半躲到了桌子底下，纳威在枝形吊灯上荡着。

“来来，把它们赶拢，把它们赶拢，它们不过是一些小精灵……”洛哈特喊道。

他卷起衣袖，挥舞着魔杖吼道：“佩斯奇皮克西　佩斯特诺米！”

全然无效，一个小精灵抓住洛哈特的魔杖，把它也扔出了窗外。洛哈特倒吸一口气，钻到了讲台桌下面，差一点儿被纳威砸着，因为几乎是在同一秒钟，枝形吊灯吃不住劲儿掉了下来。

下课铃响了，大家没命地冲出门去。在此后相对的宁静中，洛哈特直起身子，看见已经走到门口的哈利、罗恩和赫敏，说道：“啊，我请你们三位把剩下的这些小精灵抓回笼子里去。”他赶在他们前面走出教室，一

---

① 康沃尔郡，英国英格兰郡名。

出去就把门关上了。

“你能相信他吗?”罗恩嚷道,一只小精灵咬住了他的耳朵,很痛。

“他只是想给我们一些实践的机会。”赫敏说,她聪明地用了一个冰冻咒,把两个小精灵给冻住了,塞回笼子里。

“实践?”哈利想抓住一只小精灵,但它轻盈地闪开了,还朝他吐着舌头,“赫敏,他根本不知道自己在干什么。”

“胡说,”赫敏说,“你们都看过他的书——想想他做的那些惊人的事情吧……”

“只是他自己说他做过。”罗恩嘀咕道。

第7章

泥巴种和细语

在以后的几天里，哈利一看见吉德罗·洛哈特从走廊那头走来，就赶紧躲开。但更难躲的是科林·克里维，他似乎把哈利的课程表背了下来。对科林来说，好像世界上最激动人心的事，就是每天说六七次“你好吗，哈利”并听到“你好，科林”的回答，不管哈利回答的语气有多么无奈和恼怒。

海德薇还在为灾难性的汽车之旅而生哈利的气，罗恩的魔杖依然不正常，星期五上午更加出格。它在魔咒课上从罗恩手中飞了出去，打中了矮小的弗立维教授的眉心。那儿立刻就鼓起了一个绿色的大包，扑扑跳动着。由于这种种情况，哈利很高兴终于熬到了周末。他和罗恩、赫敏打算星期六早上去看海格。他本来还想再睡几个小时的，可是一早就被格兰芬多魁地奇队队长奥利弗·伍德摇醒了。

“什—什么事？”哈利迷迷糊糊地说。

"魁地奇训练!"伍德说,"快起来!"

哈利眯眼看看窗外,粉红淡金的天空中笼罩着一层薄薄的轻雾。外面的鸟叫声那么响亮,他奇怪自己刚才怎么没被吵醒。

"奥利弗,"哈利抱怨道,"天刚刚亮啊。"

"没错,"伍德是一个高大结实的六年级学生,此刻他眼睛里闪着狂热的光芒,"这是我们新的训练方案的一部分。快点儿,拿着你的飞天扫帚,跟我走。"伍德急切地说,"别的队都还没有开始训练,我们今年要抢个第一……"

哈利打着哈欠,微微哆嗦着,从床上爬了起来,开始找他的队袍。

"好伙计,"伍德说,"一刻钟后球场见。"

哈利找到他的大红队袍,并且为了防寒披上了他的斗篷。他匆匆给罗恩留了一个纸条,便顺着旋转楼梯向公共休息室走去,肩上扛着他那把光轮2000。他刚走到肖像洞口前,忽听身后传来一阵啪哒啪哒的脚步声,科林·克里维从楼梯上奔下来,脖子上的照相机剧烈地摆动着,手里攥着什么东西。

"哈利!我在楼梯上听到有人喊你的名字。看我带来了什么!照片洗出来了,我想让你看看——"

哈利愣愣地看着科林向他挥舞的那张照片。

一个黑白的、会动的洛哈特正在使劲拽着一只胳膊,哈利认出那胳膊是自己的。他高兴地看到照片上的自己在奋力抵抗,不肯被拖进去。洛哈特终于放弃了,朝着照片的白边直喘气。

"你能给签个名吗?"科林急切地问。

"不行。"哈利断然地说,扫了一眼看周围是否还有别人,"对不起,科林,我有急事——魁地奇训练。"

他从肖像洞口爬了出去。

"哇!等等我!我从来没看过打魁地奇!"

科林急忙跟着爬了出来。

"很枯燥的。"哈利忙说,可是科林不听,兴奋得脸上放光。

"你是一百年来最年轻的学院队球员,对吗,哈利?没错吧?"科林在他旁边小跑着说,“你一定特棒。我从来没有飞过。难不难?这是你的飞天扫帚吗?它是不是最好的?”

哈利不知道怎么才能摆脱他,就好像身边跟了个特别爱说话的影子。

“我不大懂魁地奇,”科林神往地说,“是不是有四个球?其中两个飞来飞去,要把球员从飞天扫帚上撞下来?”

“对,”哈利吐了口粗气,无可奈何地开始解释魁地奇的复杂规则,“它们叫游走球。每个队有两名队员用球棒把游走球击打开。弗雷德和乔治·韦斯莱就是格兰芬多的击球手。”

“其他的球是干什么用的?”科林问,张嘴望着哈利,下楼梯时绊了一下。

“哦,鬼飞球,就是那个红色的大球,是进球得分用的。每个队有三名追球手把鬼飞球传来传去,设法使它穿过球场顶头的球门,就是三根顶上有圆环的长柱子。”

“那第四个球——”

“——叫金色飞贼,”哈利说,“它非常小,非常快,很难抓到。可是找球手必须把它抓住,因为不抓住飞贼,魁地奇比赛就不会结束。抓到飞贼能加一百五十分。”

“你是格兰芬多的找球手,是吗?”科林钦佩地问。

“是。”哈利说,他们离开城堡,走到带着露水的草地上,“还有一个守门员,负责把守球门。就是这样。”

可是在沿草坡走向球场的一路上,科林仍然不停地问这问那,一直到更衣室门口,哈利才把他甩掉。科林在他身后尖声叫道:“我去找个好座位,哈利!”然后匆匆向看台跑去。

格兰芬多队的其他球员已经在更衣室了。看上去只有伍德是完全醒了。弗雷德和乔治·韦斯莱坐在那里,眼圈浮肿,头发乱蓬蓬的。旁边的四年级女生艾丽娅·斯平内特好像靠在墙上打起了瞌睡。另两名追球手,凯蒂·贝尔和安吉利娜·约翰逊,坐在对面,连连打着哈欠。

“你来了,哈利,怎么这么晚?”伍德精神抖擞地说,“好,在上球场之前，我想简单说几句，我这一暑假在家设计出了一套新的训练方案，我想一定有效……”

伍德举起一张魁地奇球场的大型示意图，上面绘有各种颜色的线条、箭头和叉叉。他取出魔杖，朝图板上一点，那些箭头就像毛毛虫一样在图上蠕动起来。伍德开始讲解他的新战术，弗雷德·韦斯莱的头垂到了艾丽娅的肩上，打起了呼噜。

第一张图板用了将近二十分钟才讲完，可是它下面还有第二张、第三张。伍德单调的声音在那里讲啊讲啊，哈利进入了恍惚状态。

“就这样，”伍德终于说，一下子把哈利从幻想中惊醒，他正在想城堡里会吃些什么早点，“清楚了吗？有什么问题？”

“我有个问题，奥利弗，”刚刚惊醒过来的乔治说，“你为什么不在昨天我们都醒着的时候跟我们说呢？”

伍德有些不快。

“听着，伙计们，”他沉着脸说，“我们去年就该赢得魁地奇杯的。我们的水平明显高于其他球队，不幸的是，由于一些我们无法控制的情况……”

哈利在椅子上内疚地动了动，去年最后决赛时他躺在医院里，昏迷不醒，格兰芬多缺了一名球员，结果遭到了三百年来最大的惨败。

伍德用了一些时间控制住自己的情绪，上次失败的痛楚显然还在折磨着他。

“所以今年，我们要加倍地发奋苦练……好，去把我们的新理论付诸实践吧！”伍德大声说，抓起他的扫帚，带头走出了更衣室；他的队员们打着哈欠，拖着麻木的双腿跟在后面。

他们在更衣室里待了那么久，太阳已经升得老高了，但体育场的草坪上空还飘着一些残雾。哈利走进球场时，发现罗恩和赫敏坐在看台上。

“还没练完呀？”罗恩不相信地问。

“还没开始练呢，”哈利羡慕地看着罗恩和赫敏从礼堂里带出来的面包和果酱，“伍德给我们讲了新战术。”

他骑上飞天扫帚，用脚蹬地，嗖地飞了起来。凉爽的晨风拍打着他的面颊，比起伍德的长篇大论，这一下子就让他清醒多了。回到魁地奇球场的感觉真好。他以最快的速度绕着体育场高飞，与弗雷德和乔治比赛。

“哪里来的咔嚓声？”他们疾速转弯时，弗雷德喊道。

哈利朝看台上望去。科林坐在最高一排的座位上，举着照相机，一张接一张地拍着，在空旷的体育场里，快门的声音被奇怪地放大了。

“朝这边看，哈利！”科林尖声喊道。

“那是谁？”弗雷德问。

“不知道。”哈利撒了个谎，猛然加速，尽可能地远离科林。

“怎么回事？”伍德飞到他们身边，皱着眉头问，“那个新生为什么拍照？我不喜欢。他可能是斯莱特林的奸细，想刺探我们的新训练方案。”

“他是格兰芬多的。”哈利忙说。

“斯莱特林不需要奸细，奥利弗。”乔治说。

“你怎么知道？”伍德暴躁地问。

“因为他们自己来了。”乔治指着下面说。

几个穿绿袍子的人走进球场，手里都拿着飞天扫帚。

“我简直不能相信！”伍德愤慨地压着声音说，“我包了今天的球场！我们倒要看看！”

伍德冲向地面，因为怒气冲冲，落地比他预想的重了一些。他有些摇晃地跨下扫帚。哈利、弗雷德和乔治跟着落了下来。

“弗林特！”伍德冲斯莱特林队的队长吼道，“这是我们的训练时间！我们专门起了个大早！请你们出去！”

马库斯·弗林特比伍德还要魁梧。他带着巨怪般的狡猾神情答道：“这里地方很大，伍德。”

艾丽娅、安吉利娜和凯蒂也循声过来了。斯莱特林队中没有女生，他们肩并肩站成一排，带着一模一样的神气斜眼瞟着格兰芬多队的队员。

“可是我包了球场！”伍德厉声说，“我包下了！”

“噢，”弗林特说，“可我有斯内普教授特签的条子。本人，西·斯内普教授，允许斯莱特林队今日到魁地奇球场训练，培训他们新的找球手。”

“你们新添了一名找球手？”伍德的注意力被转移了，“在哪儿？”

从六个高大的队员身后闪出了一个身量较小的男生，苍白的尖脸上挂着一副得意的笑容。正是德拉科·马尔福。

“你不是卢修斯·马尔福的儿子吗？”弗雷德厌恶地问。

“你居然提到德拉科的父亲，有意思，”斯莱特林队的全体队员笑得更得意了，“那就请你看看他慷慨送给斯莱特林队的礼物吧。”

七个人一齐把飞天扫帚往前一举，七把崭新的、光滑锃亮的飞天扫帚，七行漂亮的金字“光轮2001”，在早晨的阳光下刺着格兰芬多队员的眼睛。

“最新型号，上个月刚出来的，”弗林特不在意地说，轻轻掸去他那把扫帚顶上的一点灰尘，“我相信它比原先的光轮2000系列快得多。至于老式的横扫系列，”他不怀好意地朝弗雷德和乔治笑了一下，他俩手里各攥着一把横扫五星，“用它们扫地板吧。”

格兰芬多队的队员一时都说不出话来。马尔福笑得那么开心，冷漠的眼睛眯成了一条缝。

“哦，看哪，”弗林特说，“有人闯进了球场。”

罗恩和赫敏从草坪上走过来看看出了什么事。

“怎么啦？”罗恩问哈利，“你们怎么不打球啦？他在这儿干什么？”

罗恩吃惊地看着正在穿斯莱特林队袍的马尔福。

“我是斯莱特林队的新找球手，韦斯莱，”马尔福扬扬自得地说，“刚才大家在欣赏我爸爸给我们队买的飞天扫帚。”

罗恩目瞪口呆地望着面前那七把高级的扫帚。

“很不错，是不是？”马尔福和颜悦色地说，“不过，也许格兰芬多队也能搞到一些金子买几把新扫帚呢。你们可以抽奖出售那些横扫五星，我想博物馆会出价要它们的。”

斯莱特林的队员们粗声大笑。

“至少格兰芬多队中没有一个队员需要花钱买才能入队，”赫敏尖刻地说，“他们完全是凭能力进来的。”

马尔福得意的脸色暗了一下。

“没人问你，你这个臭烘烘的小泥巴种。”他狠狠地说。

哈利马上知道马尔福说了句很难听的话，因为它立即引起了爆炸性的反应。弗林特不得不冲到德拉科前面，防止弗雷德和乔治扑到他身上。艾丽娅尖叫道：“你怎么敢！”罗恩伸手从袍子里拔出魔杖，高喊着：“你要为它付出代价，马尔福！”他狂怒地从弗林特的臂膀下指着马尔福的脸。

巨大的爆炸声响彻了整个体育场，一道绿光从魔杖后部射出来，击中了罗恩的腹部，撞得他趔趄两步倒在了草地上。

“罗恩！罗恩！你没事吧？”赫敏尖叫道。

罗恩张嘴想回答，却没有吐出话来，而是打了个大嗝，几条鼻涕虫从他嘴里落到了大腿上。

斯莱特林队的队员们都笑瘫了。弗林特笑得直不起腰，用新扫帚支撑着。马尔福四肢着地，两个拳头捶着地面。格兰芬多队的队员围在罗恩身边，他不断地吐出亮晶晶的大鼻涕虫，似乎没有人愿意碰他。

“我们最好带他到海格的小屋去，那儿最近。”哈利对赫敏说，赫敏勇敢地点了点头。他们俩拽着罗恩的胳膊把他拉了起来。

“怎么了，哈利？怎么了？他病了吗？但你能治好他的，是不是？”科林跑了过来，连蹦带跳地跟着他们走出球场。罗恩身体剧烈地起伏了一下，更多的鼻涕虫落到了他胸前。

“哦——”科林大感兴趣地举起照相机，“你能把他扶住不动吗，哈利？”

“走开，科林！”哈利生气地说。他和赫敏扶着罗恩走出体育场，朝禁林边上走去。

“快到了，罗恩，”赫敏说，猎场看守的小屋出现在眼前，“你一会儿就会没事了……就快到了……”

他们走到离海格的小屋只有二十来步时，房门忽然开了，但踱出来的不是海格，而是吉德罗·洛哈特，他今天穿了一身浅浅的紫色长袍。

“快躲起来。”哈利小声说，拉着罗恩藏到最近的一丛灌木后。赫敏也跟着藏了起来，但有点不情愿。

“会者不难！”洛哈特在高声对海格说话，“如果需要什么帮助，尽管来找我，你知道我在哪儿！我会给你一本我写的书——我很惊讶你竟然还没有一本。我今晚就签上名字送过来。好，再见！”他大步朝城堡走去。

哈利一直等到洛哈特走得看不见了，才把罗恩从灌木丛后拉出来，走到海格的门前，急迫地敲门。

海格马上出来了，一脸怒气，可是一看清门外是他们，立刻眉开眼笑了。

“一直在念叨你们什么时候会来看我——进来，进来——我刚才还以为是洛哈特教授又回来了呢。”

哈利和赫敏搀着罗恩跨过门槛，走进小屋，一个墙角摆着一张特大的床，另一个墙角里炉火在欢快地噼啪作响。哈利扶罗恩坐到椅子上，急切地对海格讲了罗恩吐鼻涕虫的情况，海格似乎并不怎么担心。

“吐出来比咽下去好，”他愉快地说，找了只大铜盆搁在罗恩面前，“全吐出来，罗恩。”

“我想除了等它自己停止之外没有别的办法，”看着罗恩俯在铜盆上边，赫敏忧虑地说，“即使在条件最好的时候，那也是一个很难的魔咒，更何况你用一根破魔杖……”

海格忙着给他们煮茶。他的大猎狗牙牙把口水滴到了哈利身上。

“洛哈特来你这儿干吗，海格？”哈利挠着牙牙的耳朵问。

“教我怎么防止水妖钻进水井，”海格愤愤地说，从擦得很干净的桌子上拿走一只拔了一半毛的公鸡，摆上茶壶，“好像我不知道似的。还吹嘘他怎么驱除女鬼。其中要有一句是真的，我就把这茶壶给吃了。”

批评霍格沃茨的教师，这完全不像海格的为人，哈利吃惊地看着他。赫敏则用比平常稍高的声调说：“我想你有点不公正，邓布利多教授显然认为他是最合适的人选——”

“是唯一的人选，”海格给他们端上一盘糖浆太妃糖，罗恩对着脸盆吭吭地咳着，“我是说唯一的一个。现在找一个黑魔法防御术课教师很困难，人们都不大想干，觉得这工作不吉利。没有一个干得长的。告诉我，”海格扭头看着罗恩说，“他想给谁施咒来着？”

“马尔福骂了赫敏一句，一定是很恶毒的话，因为大家都气坏了。”

“非常恶毒，”罗恩声音嘶哑地说，在桌子边上露出脑袋，脸色苍白，额头上汗涔涔的，“马尔福叫她‘泥巴种’，海格——”

罗恩忙又俯下身，新的一批鼻涕虫冲了出来。海格显得很愤慨。

“是真的吗？”他看着赫敏吼道。

“是的，”她说，“可我不知道那是什么意思。当然，我听得出它非常粗鲁……”

“这是他能想到的最侮辱人的话，”罗恩又露出头来，气喘吁吁地说，“泥巴种是对麻瓜出身的人——也就是父母都不会魔法的人的诬蔑性称呼。有些巫师，像马尔福一家，总觉得他们高人一等，因为他们是所谓的纯血统。”他打了个小嗝，一条鼻涕虫掉到他手心里。他把它丢进脸盆，继续说道：“其实，我们其他人都知道这根本就没有关系。你看纳威·隆巴顿——他是纯血统，可他连坩埚都放不正确。”

“我们赫敏不会使的魔咒，他们还没发明出来呢！”海格自豪地说，赫敏羞得脸上红艳艳的。

“这是个很难听的称呼，”罗恩用颤抖的手擦了擦额头上的汗水，说道，“意思是肮脏的、劣等的血统。全是疯话。现在大部分巫师都是混血的。要是不和麻瓜通婚，我们早就绝种了。”

他干呕了一下，忙又俯下身去。

“嗯，我不怪你想给他施咒，罗恩，”海格在鼻涕虫落到盆里的啪哒声中大声说，“不过你的魔杖出了故障也许倒是好事。要是你真给那小子施了咒，卢修斯·马尔福就会气势汹汹地找到学校来了。至少你没惹麻烦。”

哈利本想指出，再大的麻烦也不会比嘴里吐鼻涕虫糟糕多少，可是他张不开嘴，海格的糖浆太妃糖把他的上下牙粘在一起了。

“哈利，”海格好像突然想到什么似的说，“我要跟你算算账。听说你发签名照片了,我怎么没拿到啊?”

哈利怒不可遏,使劲张开被粘住的嘴。

“我没发签名照片,”他激烈地抗议道,“要是洛哈特还在散布这种谣言——”

可是他看到海格笑了。

“我是开玩笑,”他亲切地拍了拍哈利的后背,拍得哈利的脸磕到了桌面上,“我知道你没有。我告诉洛哈特你不需要那样做。你不用花心思就已经比他有名了。”

“我敢说他听了不大高兴。”哈利坐直身体,揉着下巴说。

“我想是不大高兴,”海格眼里闪着光,“然后我又对他说我从来没读过他的书,他就决定告辞了。来点儿糖浆太妃糖吗,罗恩?”看到罗恩又抬起头来,他问了一句。

“不,谢谢,”罗恩虚弱地说,“最好不要冒险。”

“来看看我种的东西吧。”哈利和赫敏喝完茶之后,海格说。

小屋后面的菜地里,结了十二个大南瓜。哈利从来没见过这么大的南瓜,每个足有半人高。

“长得还不错吧?”海格喜滋滋地说,“万圣节宴会上用的——到那时就足够大了。”

“你给它们施了什么肥?”哈利问。

海格左右看看有没有人。

“嘿嘿,我给了它们一点儿——怎么说呢——一点儿帮助。”

哈利发现海格那把粉红色的伞靠在小屋后墙上。哈利原先就有理由相信,这把雨伞绝不像看起来的那么普通。实际上,他非常疑心海格上学时用的旧魔杖就藏在伞里。海格是不能使用魔法的。他上三年级时被霍格沃茨开除了,但哈利一直没搞清为什么。一提到这件事情,海格就会大声清一清嗓子,神秘地装聋作哑,直到话题转移。

“是膨胀咒吧?”赫敏有几分不以为然,可又觉得非常有趣,“哦,你干得很成功。”

“你的小妹妹也是这么说的。”海格朝罗恩点着头说,“昨天刚见到她。"海格瞟了哈利一眼，胡子抖动着，"她说随便走走看看，我想她大概是希望在我屋里碰到什么人吧。"他朝哈利眨了眨眼，"要我说，她是不会拒绝一张签名——"

"哎呀，别胡说。"哈利急道。罗恩扑哧一声笑起来，鼻涕虫喷到了地上。

"当心！"海格吼了一声，把罗恩从他的宝贝南瓜旁边拉开了。

快到吃午饭的时间了，哈利从清早到现在只吃了一点糖浆太妃糖，所以一心想回学校吃饭。三人向海格道别，一起走回城堡，罗恩偶尔打一个嗝，但只吐出两条很小的鼻涕虫。

他们刚踏进阴凉的门厅，就听一个声音响起，"你们回来了，波特、韦斯莱，"麦格教授板着脸向他们走来，"你们俩晚上留下来关禁闭。"

"我们要做什么，教授？"罗恩一边问，一边紧张地忍住一个嗝。

"你去帮费尔奇先生擦奖品陈列室里的银器，"麦格教授说，"不许用魔法，韦斯莱——全用手擦。"

罗恩倒吸了一口气。管理员阿格斯·费尔奇是所有学生都憎恨的人。

"波特，你去帮洛哈特教授给他的崇拜者回信。"麦格教授说。

"啊，不要，我也去擦奖品行吗？"哈利绝望地乞求。

"当然不行，"麦格教授扬起眉毛，"洛哈特教授点名要你。你们俩记住，晚上八点整。"

哈利和罗恩垂头丧气地走进礼堂，赫敏跟在后面，脸上的表情仿佛是说："你们的确违反了校规嘛。"饭桌上，连肉馅土豆泥饼都提不起哈利的胃口。他和罗恩都觉得自己比对方更倒霉。

"费尔奇可要了我的命了，"罗恩哭丧着脸说，"不用魔法！那间屋里起码有一百个奖杯呢。我又不像麻瓜们那样擅长擦洗。"

"我随时愿意跟你换，"哈利没精打采地说，"这类擦擦洗洗的活儿，我在德思礼家没少练过。可是给洛哈特的崇拜者回信……那准像一场噩梦……"

星期六下午不知不觉就过去了，一晃就到了八点差五分，哈利满不情愿地拖动双脚，沿三楼走廊向洛哈特的办公室走去。他咬咬牙，敲响了房门。

门立刻开了，洛哈特满面笑容地看着他。

“啊，小坏蛋来了！进来，哈利，进来吧。”

墙上挂着数不清的洛哈特的相框，被许多支蜡烛照得十分明亮。有几张上甚至还有他的签名。桌上也放着一大沓照片。

“你可以写信封！”洛哈特对哈利说，仿佛这是好大的优惠似的，“第一封给格拉迪丝·古吉翁女士，上帝保佑她——我的一个热烈的崇拜者。”

时间过得像蜗牛爬。哈利听凭洛哈特在那里滔滔不绝，只偶尔答一声“哦”“啊”“是”。时不常地，有那么一两句刮到哈利的耳朵里，什么“名气是个反复无常的朋友，哈利”，或“记住，名人就得有名人的架子”。

蜡烛烧得越来越短，火光在许多张注视着他们的、会动的洛哈特的面孔上跳动。哈利用酸痛的手写着维罗妮卡·斯美斯丽的地址，感觉这是第一千个信封了。时间快到了吧，哈利痛苦地想，求求你快到吧……

突然他听到了一种声音——一种与残烛发出的噼啪声或洛哈特的絮叨完全不同的声音。

是一个说话声，一个令人毛骨悚然、呼吸停止的冰冷恶毒的说话声。

“来……过来……让我撕你……撕裂你……杀死你……”

哈利猛地一跳，维罗妮卡·斯美斯丽地址的街道名上出现了一大团丁香色的墨渍。

“什么？”他大声说。

“我知道！”洛哈特说，“六个月连续排在畅销书榜首！空前的纪录！”

“不是，”哈利狂乱地说，“那个声音！”

“对不起，”洛哈特迷惑地问道，“什么声音？”

“那个——那个声音说——你没听见吗？”

洛哈特十分惊愕地看着哈利。

“你在说什么，哈利？你可能有点犯困了吧？上帝啊——看看都几点了！我们在这儿待了将近四个小时！我真不敢相信——时间过得真快,是不是?"

哈利没有回答。他竖起耳朵听那个声音,可是再也没有了,只听见洛哈特还在对他唠叨,说别指望每次被罚关禁闭都有这么好的运气。哈利带着一肚子疑惑离开了。

格兰芬多的公共休息室里几乎没有人了。哈利直接上楼回到宿舍,罗恩还没有回来。哈利穿上睡衣,躺到床上等着。一小时后,罗恩揉着右胳膊进来了,给黑暗的房间里带来一股去污光亮剂的气味。

"我的肌肉都僵了。"他呻吟着倒在床上,"他让我把那个魁地奇奖杯擦了十四遍才满意。后来我在擦一块'对学校特殊贡献奖'的奖牌时,又吐了一回鼻涕虫,花了一个世纪才擦掉那些黏液……洛哈特那儿怎么样?"

哈利压低嗓门,免得吵醒纳威、迪安和西莫,把他听到的声音告诉了罗恩。

"洛哈特说他没听见?"罗恩问。月光下,哈利看到罗恩皱着眉头。"你觉得他是撒谎吗?可我想不通——就是隐形人也需要开门啊。"

"是啊,"哈利躺了下去,盯着四柱床的顶篷,"我也想不通。"

第8章

忌辰晚会

十月来临了，湿乎乎的寒气弥漫在场地上，渗透进了城堡。教工和学生中间突然流行起了感冒，弄得校医庞弗雷女士手忙脚乱。她的提神剂有着立竿见影的效果，不过喝下这种药水的人，接连几个小时耳朵里会冒烟。金妮·韦斯莱最近一直病恹恹的，被珀西强迫着喝了一些提神剂。结果，她鲜艳的红头发下冒出一股股蒸汽，整个脑袋像着了火似的。

子弹大的雨点噼噼啪啪地打在城堡的窗户上，好几天都没有停止。湖水上涨，花坛里一片泥流，海格种的南瓜一个个膨胀得有花棚那么大。然而，奥利弗·伍德定期开展魁地奇训练的热情并没有因此而减弱，因此，我们在万圣节前几天一个风雨交加的星期六黄昏，看见哈利训练归来，返回格兰芬多的城堡。他全身都湿透了，沾满泥浆。

即使不刮风也不下雨，这次训练也不会愉快。弗雷德和乔治一直在侦察斯莱特林队的情况，亲眼看见了那些新型飞天扫帚光轮2001的速度。他们回来汇报说，斯莱特林队的队员们现在只是七个模糊的淡绿色影子，像喷气机一样在空中嗖嗖地穿梭。

哈利咕叽咕叽地走在空无一人的走廊里，突然看见一个和他一样心事重重的人。格兰芬多塔楼的幽灵，差点没头的尼克正忧郁地望着窗外，嘴里低声念叨着："……不符合他们的条件……就差半寸，如果那……"

"你好，尼克。"哈利说。

"你好，你好。"差点没头的尼克吃了一惊，四下张望。他长长的鬈发上扣着一顶很时髦的、插着羽毛的帽子，身上穿着一件长达膝盖的束腰外衣，上面镶着车轮状的皱领，掩盖住了他脖子几乎被完全割断的事实。他像一缕轻烟一样似有若无，哈利可以透过他的身体眺望外面黑暗的天空和倾盆大雨。

"你好像有心事，年轻的波特。"尼克说着，把一封透明的信叠起来，藏进了紧身上衣里。

"你也是啊。"哈利说。

"啊，"差点没头的尼克优雅地挥着一只修长的手，"小事一桩……并不是我真的想参加……我以为可以申请，可是看样子我'不符合条件'。"

他的口气是满不在乎的，但脸上却显出了深切的痛苦。

"你倒是说说看，"他突然爆发了，把那封信又从口袋里抽了出来，"脖子上被一把钝斧子砍了四十四下，有没有资格参加无头猎手队？"

"噢——有的。"哈利显然应该表示同意。

"我的意思是，我比任何人都希望事情办得干净利落，希望我的脑袋完全彻底地断掉，我的意思是，那会使我免受许多痛苦，也不致被人取笑。可是……"差点没头的尼克把信抖开，愤怒地念了起来：

> 我们只能接受脑袋与身体分家的猎手。你会充分地意识到，如果不是这样，成员将不可能参加马背头杂耍和头顶马球之类的猎手队活动。因此，我非常遗憾地通知您，您不符合我们的条件。顺致

问候,帕特里克·波德摩爵士。

差点没头的尼克气呼呼地把信塞进衣服。

"只有一点点儿皮和筋连着我的脖子啊,哈利!大多数人都会认为,这实际上和掉脑袋没啥两样。可是不行,在彻底掉脑袋的波德摩爵士看来,这还不够。"

差点没头的尼克深深吸了几口气,然后用平静多了的口吻说:"那么——你又为什么事发愁呢?我能帮得上忙吗?"

"不能,"哈利说,"除非你知道上哪儿能弄到七把免费的光轮2001,让我们在比赛中对付斯莱——"

"喵——"哈利脚脖子附近突然发出一声尖厉刺耳的叫声,淹没了他的话音。他低下头,看见两只灯泡一样发亮的黄眼睛。是洛丽丝夫人,这只骨瘦如柴的灰猫受到管理员阿格斯·费尔奇的重用,在费尔奇与学生之间没完没了的战斗中充当他的副手。

"你最好离开这里,哈利,"尼克赶紧说道,"费尔奇情绪不好。他感冒了,还有几个三年级学生不小心把青蛙的脑浆抹在了第五地下教室的天花板上。他整整冲洗了一个上午,如果他看见你把泥水滴得到处都是……"

"说得对,"哈利一边说,一边后退着离开洛丽丝夫人谴责的目光,可是已经来不及了。费尔奇和他这只讨厌的猫之间,大概有某种神秘的力量联系着。他突然从一条挂毯后面冲到哈利右边,呼哧呼哧喘着气,气疯了似的东张西望,寻找违反校规的人。他脑袋上扎着一条厚厚的格子花纹围巾,鼻子红得很不正常。

"脏东西!"他喊道,指着从哈利的魁地奇队袍上滴下来的泥浆和脏水,眼睛鼓得十分吓人,双下巴上的肉颤抖着,"到处都是脏东西,到处一团糟!告诉你吧,我受够了!波特,跟我走!"

哈利愁闷地朝差点没头的尼克挥手告别,跟着费尔奇走下楼梯,在地板上又留下一串泥泞的脚印。

哈利以前从没有进过费尔奇的办公室;大多数学生对这个地方避之

唯恐不及。房间里昏暗肮脏，没有窗户，只有一盏孤零零的油灯从低矮的天花板上吊下来。空气里弥漫着一股淡淡的煎鱼气味。四周的墙边排着许多木头文件柜；从标签上看，哈利知道柜里收藏着费尔奇处罚过的每个学生的详细资料。弗雷德和乔治两个人就占了整整一个抽屉。在费尔奇书桌后面的墙上，挂着一套亮晶晶的绞链和手铐、脚镣之类的东西。大家都知道，费尔奇经常请求邓布利多允许他吊住学生的脚脖子，把学生从天花板上倒挂下来。

费尔奇从书桌上的一个罐子里抓过一支羽毛笔，然后拖着脚走来走去，寻找羊皮纸。

“讨厌，”他怒气冲冲地咕哝着，“嘶嘶作响的大鼻涕虫……青蛙脑浆……老鼠肠子……我受够了……要杀鸡给猴看……表格呢……在这里……”

他从书桌抽屉里取出一大卷羊皮纸，铺在面前，然后拿起长长的黑羽毛笔，在墨水池里蘸了蘸。

“姓名……哈利·波特。罪行……”

“就是一点点泥浆！”哈利说。

“对你来说是一点点泥浆，孩子，但对我来说，又得洗洗擦擦，忙上一个小时！”费尔奇说，他灯泡似的鼻子尖上抖动着一滴令人恶心的鼻涕，“罪行……玷污城堡……处罚建议……”

费尔奇擦了擦流下来的鼻涕，眯起眼睛，不怀好意地看着哈利。哈利屏住呼吸，等待宣判。

然而，就在费尔奇的笔落下去时，办公室的天花板上传来一声巨响，**“咈！”**油灯被震得发出格格声。

“皮皮鬼！”费尔奇吼道，一气之下，狠狠地扔掉了羽毛笔，“这次我一定不放过你，我要抓住你！”

皮皮鬼是学校里一个专门喜欢恶作剧的幽灵，整天嬉皮笑脸，在空中蹿来蹿去，惹是生非，制造灾难和不幸。哈利不太喜欢皮皮鬼，但他不由得感激皮皮鬼这次闹得正是时候。但愿皮皮鬼不管做了什么（从声音听，他这次似乎打碎了一个很大的东西），都能使费尔奇的注意力从哈利身上转移开去。

哈利认为他大概应该等费尔奇回来，就在书桌边的一把被虫蛀坏了的椅子上坐下了。桌上除了他那张填了一半的表格，还有另外一件东西：一个鼓鼓囊囊的紫色信封，上面印着一些银色的字。哈利飞快地朝门口瞥了一眼，确信费尔奇还没有回来，便拿起信封，看了起来：

快速念咒

魔法入门函授课程

哈利觉得困惑，便打开信封，从里面抽出一札羊皮纸，只见第一页上也印着一些银色的花体字：

您觉得跟不上现代魔法世界的节奏吗？您发现自己在寻找借口不表演简单的魔法吗？你有没有因为蹩脚的魔杖技法而受人嘲笑？答案就在这里！

快速念咒是一种万无一失、收效神速、简便易学的全新课程。已有成百上千的巫师从快速念咒中受益！

托普山的讨人嫌女士这样写道：

“我记不住咒语，我调制的魔药受到全家人的取笑！现在，经过一期快速念咒课程的学习，我已成为晚会上大家注意的中心，朋友们都向我讨要闪烁魔药的配方！”

迪茨布里的惹祸精巫师说：

“我妻子过去总是嘲笑我蹩脚的魔法，但是在你们神奇的快速念咒班里学习了一个月之后，我成功地将她变成了一头牦牛！谢谢你，快速念咒！”

哈利被吸引住了,他用手指翻动着信封里其余的羊皮纸。费尔奇为什么要学习快速念咒课程呢？这难道意味着他不是一个正规的巫师？哈利刚读到“第一课:拿住你的魔杖(几点有用的忠告)”,外面就传来了踢踢踏踏的脚步声。他知道费尔奇回来了,便赶紧把羊皮纸塞进信封,扔回桌上。就在这时,门开了。

费尔奇一副大获全胜的样子。

“那个消失柜特别珍贵!”他高兴地对洛丽丝夫人说,“这次我们可以叫皮皮鬼滚蛋了,亲爱的!”

他的目光落到了哈利身上,又赶紧转向那个快速念咒信封,哈利这才发现它离刚才的位置偏了两英尺,然而已经来不及了。

费尔奇苍白的脸一下子变得通红。哈利鼓起勇气,等待着他大发雷霆。费尔奇一瘸一拐地走向桌子,一把抓起信封,扔进了抽屉。

“你有没有——你看了——?”他语无伦次地问。

“没有。”哈利赶紧撒谎。

费尔奇把两只关节突出的手拧在一起。

“如果我认为你偷看我的私人……不,这不是我的……替一个朋友弄的……不管怎么样吧……不过……”

哈利瞪着他,惊讶极了;费尔奇从来没有显得这样恼怒过。他的眼球暴突着,松垂的脸颊有一边在抽搐,即使扎着格子花纹的围巾也不管用。

“很好……走吧……不要透露一个字……我不是说……不过,如果你没有看……你走吧,我还要写皮皮鬼的报告呢……走吧……”

哈利简直不敢相信自己的运气,于是飞快地离开办公室,穿过走廊,来到楼上。没受惩罚就从费尔奇的办公室逃脱出来,这大概也算本校的一项最新纪录吧。

“哈利！哈利！管用吗?”

差点没头的尼克从一间教室里闪了出来。在他身后,哈利看见一个黑色和金色相间的柜子摔碎在地上,看样子是从很高的地方落下来的。

“我劝说皮皮鬼把它砸在费尔奇的办公室顶上,”尼克急切地说,“我想这大概会转移他的注意……”

“原来是你?”哈利感激地说,“啊,太管用了,我甚至没有被罚关禁闭。谢谢你,尼克!”

他们一起在走廊里走着。哈利注意到,差点没头的尼克手里还拿着帕特里克先生的那封回绝信。

“关于无头猎手队的事,我希望我能为你做点什么。”哈利说。

差点没头的尼克立刻停住脚步,哈利径直从他身体里穿过。他真希望自己没有这样做,那感觉就好像是冲了一个冰水浴。

“你确实可以为我做一件事,”尼克兴奋地说,“哈利——我的要求是不是太过分了——不行,你不会愿意——”

“什么呀?”哈利问道。

“好吧,今年的万圣节前夕将是我的五百岁忌辰。”差点没头的尼克说着,挺起了胸膛,显出一副高贵的样子。

“噢,”哈利说,对这个消息,他不知道是应该表示难过还是高兴,“是吗?”

“我要在一间比较宽敞的地下教室里开一个晚会。朋友们将从全国各地赶来。如果你也能参加,我将不胜荣幸。当然啦,韦斯莱先生和格兰杰小姐也是最受欢迎的——可是,我敢说你更愿意参加学校的宴会,是吗?”他焦急不安地看着哈利。

“不是,”哈利很快地说,“我会来的——”

“哦,我亲爱的孩子!哈利·波特,参加我的忌辰晚会,太棒了!还有,”他迟疑着,显得十分兴奋,“劳驾,你可不可以对帕特里克先生提一句,就说你觉得我特别吓人,给人印象特别深刻,好吗?”

“当—当然可以。”哈利说。

差点没头的尼克向他露出了笑容。

“忌辰晚会?”赫敏兴致很高地说,“我敢打赌没有几个活着的人能说他们参加过这种晚会——肯定是很奇妙的!”这时哈利终于换好了衣服,在公共休息室里找到了她和罗恩。

“为什么有人要庆祝他们死亡的日子呢?”罗恩带着怒气说,他正在做魔药课的家庭作业,“我听着觉得怪晦气的……”

窗外仍然下着倾盆大雨,天已经黑得像墨汁一样,但屋里却是明亮而欢快的。火光映照着无数把柔软的扶手椅,人们坐在椅子上看书、聊天、做家庭作业。弗雷德和乔治·韦斯莱这对孪生兄弟呢,他们正在研究如果给一只火蜥蜴吃一些费力拔烟火,会出现什么效果。弗雷德把那只鲜艳的橘红色蜥蜴从保护神奇动物课的课堂上“拯救”出来,此刻,它趴在一张桌子上闷闷地燃烧着,四周围着一群好奇的人。

哈利正要把费尔奇和快速念咒函授课的事告诉罗恩和赫敏,突然,那边的火蜥蜴嗖地蹿到半空,在房间里疯狂地旋转,噼噼啪啪地放出火花,还伴随着一些啷啷的巨响。珀西嘶哑着嗓子狠狠训斥弗雷德和乔治。火蜥蜴的嘴里喷出橘红色的星星,十分美丽壮观。它带着接二连三的爆炸声,逃进了炉火里。所有这一切,使哈利把费尔奇和那个快速念咒的信封忘得一干二净。

万圣节前夕,哈利真后悔自己不该那么草率地答应去参加忌辰晚会。学校里的其他同学都在开开心心地参加万圣节的宴会,礼堂里已经像平常那样,用活蝙蝠装饰起来了。海格种的巨大南瓜被雕刻成了一盏盏灯笼,大得可以容三个人坐在里面。人们还传言说,邓布利多预订了一支骷髅舞蹈团,给大家助兴。

“一言既出,驷马难追。”赫敏盛气凌人地提醒哈利,“你说过你要去参加忌辰晚会的。”

于是,七点钟的时候,哈利、罗恩和赫敏径直穿过通往拥挤的礼堂的门道。礼堂里张灯结彩,烛光闪耀,桌上摆放着金盘子,非常诱人,但他们还是朝地下教室的方向走去。

通向差点没头的尼克的晚会的那条过道,也已经点着了蜡烛,但效果一点也不令人愉快:它们都是细细的、黑乎乎的小蜡烛,燃烧时闪着蓝荧荧的光,即使照在他们三个充满生机的脸上,也显得阴森森的。他们每走一步,气温都在降低。哈利颤抖着,把衣服拉紧了裹住自己。这时,他听见了一种声音，仿佛是一千个指甲在一块巨大的黑板上刮来刮去。

“那也叫音乐？”罗恩低声说。他们转过一个拐角，看见差点没头的尼克站在一个门口，身上披挂着黑色天鹅绒的幕布。

“我亲爱的朋友们，”他无限忧伤地说，“欢迎，欢迎……你们能来，我真是太高兴了……”

他摘下插着羽毛的帽子，鞠躬请他们进去。

眼前的景象真是令人难以置信。地下教室里挤满了几百个乳白色的、半透明的身影，他们大多在拥挤不堪的舞场上游来荡去，和着三十把乐锯发出的可怕而颤抖的声音跳着华尔兹舞，演奏乐锯的乐队就坐在铺着黑布的舞台上。头顶上的一个枝形吊灯里点着一千支黑色的蜡烛，放出午夜的蓝光。他们三个人的呼吸在面前形成一团团雾气，仿佛走进了冷藏室。

“我们到处看看吧？”哈利提出建议，想暖一暖他的脚。

“小心，不要从什么人的身体里穿过。”罗恩紧张地说，他们绕着舞场边缘慢慢地走，经过一群闷闷不乐的修女、一个戴着锁链的衣衫褴褛的男人，还有胖修士，他是赫奇帕奇的幽灵，性情活泼愉快，此刻正在和一个脑门上插着一支箭的骑士聊天。哈利还看到了血人巴罗，这是在他意料中的。血人巴罗是斯莱特林的幽灵，他骨瘦如柴，两眼发直，身上沾满银色的血迹，其他幽灵正在给他腾出一大块地方。

“哦，糟糕，”赫敏突然停住脚步，“快转身，快转身，我不想跟哭泣的桃金娘说话——”

“谁？”他们匆匆由原路返回时，哈利问。

“她待在二楼的女生盥洗室的一个抽水马桶里。”赫敏说。

“待在抽水马桶里？”

“对。那个抽水马桶一年到头出故障，因为桃金娘不停地发脾气，把水泼得到处都是。我只要能够避免，是尽量不到那里去的。你上厕所时，她冲你尖声哭叫，真是太可怕了——”

“看，吃的东西！”罗恩说。

地下教室的另一头是一张长长的桌子，上面也铺着黑色天鹅绒。他们迫不及待地走上前去，紧接着就惊恐万分地停下了。气味太难闻了。大块大块已经腐烂的肉放在漂亮的银盘子里，漆黑的、烤成焦炭的蛋糕堆满了大托盘；还有大量长满蛆虫的肉馅羊肚，一块长满了绿毛的奶酪。在桌子的正中央，放着一块巨大的墓碑形的灰色蛋糕，上面用焦油状的糖霜拼出了这样的文字：

尼古拉斯·德·敏西-波平顿爵士
逝于1492年10月31日

哈利看得目瞪口呆。这时一个肥胖的幽灵向桌子走来，他蹲下身子，直接从桌子中间通过，嘴巴张得大大的，正好穿过一条臭气熏天的大马哈鱼。

"你这样直接穿过去，能尝出味道吗？"哈利问他。

"差不多吧。"那个幽灵悲哀地说，转身飘走了。

"我猜想他们让食物腐烂，是想让味道更浓一些。"赫敏很有见识地说，她捂着鼻子，靠上前去细看腐烂的肉馅羊肚。

"我们走吧，我感到恶心了。"罗恩说。

他们还没来得及转身，一个矮小的男幽灵突然从桌子底下钻了出来，停在他们面前的半空中。

"你好，皮皮鬼。"哈利小心翼翼地说。

这个专门喜欢恶作剧的幽灵皮皮鬼，和他们周围的那些幽灵不同，不是苍白而透明的。恰恰相反，他戴着一顶鲜艳的橘红色晚会帽，打着旋转的蝴蝶领结，一副坏样的阔脸上龇牙咧嘴地露出笑容。

"想来一点儿吗？"他甜甜地说，递给他们一碗长满霉菌的花生。

"不了，谢谢。"赫敏说。

"听见你们在议论可怜的桃金娘，"皮皮鬼说，眼睛忽闪忽闪的，"议论可怜的桃金娘，真不礼貌。"他深深地吸了一口气，大吼一声，"喂，桃金娘！"

"哦，不要，皮皮鬼，别把我的话告诉她，她会感到很难过的。"赫敏着急地低声说，“我是说着玩儿的，我不介意她那样——噢，你好，桃金娘。”

一个矮矮胖胖的姑娘的幽灵飘然而至。她那张脸是哈利见过的最忧郁阴沉的脸，被直溜溜的长发和厚厚的、珍珠色的眼镜遮去了一半。

“怎么？”她绷着脸问。

“你好，桃金娘。”赫敏用假装很愉快的声音说，“很高兴在盥洗室外面看到你。”

桃金娘抽了抽鼻子。

“格兰杰小姐刚才正在议论你呢——”皮皮鬼狡猾地在桃金娘耳边说。

“我正在说——在说——你今晚的样子真漂亮。”赫敏狠狠地瞪着皮皮鬼，说道。

桃金娘狐疑地看着赫敏。

“你们在取笑我。”她说着，眼泪扑簌簌地从她透明的小眼睛里飞快地落了下来。

“没有——真的——我刚才不是说桃金娘的样子很漂亮吗？”赫敏一边说，一边用臂肘使劲捣着哈利和罗恩的肋骨。

“是啊……”

“她是这么说的……”

“别骗我。”桃金娘喘着气说，眼泪滔滔不绝地滚下面颊，皮皮鬼在她身后快活地咯咯直笑，“你们以为我不知道别人在背后叫我什么吗？肥婆桃金娘！丑八怪桃金娘！可怜的、哭哭啼啼、闷闷不乐的桃金娘！”

“你漏说了一个‘满脸粉刺的’。”皮皮鬼压低声音在她耳边说。

哭泣的桃金娘突然伤心地抽泣起来，奔出了地下教室。皮皮鬼飞快地在她后面追着，一边用发霉的花生砸她，一边大喊：“满脸粉刺！满脸粉刺！”

“哦，天哪。”赫敏难过地说。

差点没头的尼克从人群中飘然而至。

“玩得高兴吗？”

“哦，高兴。”他们撒谎说。

"人数还令人满意，"差点没头的尼克骄傲地说，"号哭寡妇大老远地从肯特郡赶来……我讲话的时间快要到了，我最好去给乐队提个醒儿……"

没想到，就在这时候，乐队突然停止了演奏。他们和地下教室里的每个人都沉默下来，兴奋地环顾四周，一只猎号吹响了。

"哦，糟了。"差点没头的尼克痛苦地说。

从地下教室的墙壁里突然奔出十二匹幽灵马，每匹马上都有一个无头的骑手。全体参加晚会的人热烈鼓掌；哈利也拍起了巴掌，但一看到尼克的脸色，他就赶紧停住了。

十二匹幽灵马跑到舞场中央，猛地站住了，有的用后腿直立，有的向前打个趔趄。最前面的那匹马上是一个大块头幽灵，长着络腮胡的脑袋夹在胳膊底下，吹着号角。他从马上跳下来，把脑袋高高地举在半空中，这样他便可以从上面看着众人了（大家都哈哈大笑）；他一边大踏步向差点没头的尼克走来，一边马马虎虎地把脑袋往脖子上一塞。

"尼克！"他大声吼道，"你好吗？脑袋还挂在那儿吗？"

他发出一阵粗野的狂笑，拍了拍差点没头的尼克的肩膀。

"欢迎光临，帕特里克。"尼克态度生硬地说。

"活人！"帕特里克爵士一眼看见了哈利、罗恩和赫敏，假装吃惊地高高跳起，结果脑袋又掉了下来（大家哄堂大笑）。

"非常有趣。"差点没头的尼克板着脸说。

"别管尼克！"帕特里克爵士的脑袋在地板上喊道，"他还在为我们不让他参加猎手队而耿耿于怀呢！可是我想说——你们看看这家伙——"

"我认为，"哈利看到尼克意味深长的目光，慌忙说道，"尼克非常——吓人，而且——哦——"

"哈哈！"帕特里克爵士的脑袋嚷道，"我猜是他叫你这么说的吧！"

"请诸位注意了，现在我开始讲话！"差点没头的尼克一边大声说，一边大步走向讲台，来到一道冰冷的蓝色聚光灯下。

"我已故的勋爵们、女士们和先生们，我怀着极大的悲痛……"

他后面的话便没有人能听见了。帕特里克爵士和无头猎手队的其他成员玩起了一种头顶曲棍球的游戏，众人都转身观看。差点没头的尼克徒劳地试图重新抓住观众，可是帕特里克爵士的脑袋在一片欢呼声中从他身边飞过，他只好败下阵来。

这时，哈利已经很冷了，肚子更是饿得咕咕直叫。

“我再也受不住了。”罗恩咕哝道，他的牙齿嘚嘚地打战。这时乐队又吱吱呀呀地开始演奏了，幽灵们飘飘地回到舞场。

“我们走吧。”哈利赞同道。

他们一边向门口退去，一边对每个看着他们的幽灵点头微笑。一分钟后，他们就匆匆走在点着黑蜡烛的过道里了。

“布丁大概还没有吃完。”罗恩满怀希望地说，领头向通往门厅的台阶走去。

这时，哈利听见了。

“……撕你……撕裂你……杀死你……”

又是那个声音，那个他曾在洛哈特办公室里听见过的冷冰冰的、杀气腾腾的声音。

他踉跄着停下脚步，抓住石墙，一边全神贯注地听着，一边环顾四周，眯着眼睛在光线昏暗的过道里上上下下地寻找。

“哈利，你怎么——？”

“那个声音又出现了——先别说话——”

“……饿坏了……好久好久了……”

“听！”哈利急迫地说，罗恩和赫敏呆住了，注视着他。

“……杀人……是时候了……”

声音越来越弱了。哈利可以肯定它在移动——向上移动。他盯着漆黑的天花板，心里突然产生了一种既恐惧又兴奋的感觉；它怎么可能向上移动呢？难道它是一个幽灵，石头砌成的天花板根本挡不住它？

“走这边。”他喊道，撒腿跑了起来，跑上楼梯，跑进门厅。这里回荡着礼堂里万圣节宴会的欢声笑语，不太可能听见其他动静。哈利全速奔上大理石楼梯，来到二楼，罗恩和赫敏跌跌撞撞地跟在后面。

“哈利，我们在做什——”

“嘘！”

哈利竖起耳朵。远远地，从上面一层楼，那个声音又传来了，而且变得越发微弱：“……我闻到了血腥味……**我闻到了血腥味！**”

哈利的肚子猛地抽动起来。“它要杀人了！”他喊道，然后不顾罗恩和赫敏脸上困惑的表情，三步两步登上一层楼梯，一边在他沉重的脚步声中仔细倾听。

哈利飞奔着把三楼转了个遍，罗恩和赫敏气喘吁吁地跟在后面，三个人马不停蹄，然后转过一个墙角，来到一条空荡荡的过道里。

“哈利，这到底是怎么回事？”罗恩说，一边擦去脸上的汗珠，“我什么也听不见……”

赫敏突然倒抽了一口冷气，指着走廊的下方。

“看！”

在他们面前的墙上，有什么东西在闪闪发亮。他们慢慢走近，眯着眼在黑暗中仔细辨认。在两扇窗户之间，距地面一尺高的墙面上，涂抹着一些字迹，在燃烧的火把的映照下闪着微光。

密室已经被打开，

与继承人为敌者，警惕。

“那是什么东西——挂在下面？”罗恩说，声音有些颤抖。

他们小心翼翼地靠近，哈利差点儿滑了一跤：地上有一大片水。罗恩和赫敏一把抓住他，三个人一点点地走近那条标语，眼睛死死盯着下面的一团黑影。他们同时看清了那是什么，吓得向后一跳，溅起一片水花。

是洛丽丝夫人，管理员的那只猫，尾巴挂在火把的支架上，身体僵硬得像块木板，眼睛睁得大大的，直勾勾地瞪着。

三个人一动不动地站着，足有好几秒钟，然后罗恩说道：“我们赶快离开这里吧。”

“是不是应该想办法救——”哈利不很流利地说。

“听我说，”罗恩说，“我们可不想在这里被人发现。”

然而已经来不及了。一阵低沉的喧闹声，像远处的雷声一样，告诉他们宴会刚刚结束。从他们所处的走廊的两端，传来几百只脚踏上楼梯的声音，以及人们茶足饭饱后愉快的高声谈笑。接着，学生们就推推挤挤地从两端拥进了过道。

当前面的人看见那只倒挂的猫时，热热闹闹、叽叽喳喳的声音便一下子消失了。哈利、罗恩和赫敏孤零零地站在走廊中间，学生们突然安静下来，纷纷挤上前来看这可怕的一幕。

在这片寂静中，有人高声说话了。

“与继承人为敌者，警惕！下一个就是你们，泥巴种！”

是德拉科·马尔福。他已经挤到人群前面，冰冷的眼睛活泛了起来，平常毫无血色的脸涨得通红。他看着挂在那里的那只静止僵硬的猫，脸上露出了狞笑。

第9章

墙上的字

“这里出了什么事？出了什么事？”

费尔奇无疑是被马尔福的喊声吸引过来的，他用肩膀挤过人群。接着，他看见了洛丽丝夫人，跌跌撞撞地后退几步，惊恐地用手抓住自己的脸。

“我的猫！我的猫！洛丽丝夫人怎么了？”他尖叫道。

这时，他突起的眼睛看见了哈利。

“你们！”他尖声嚷道，“你们！你们杀死了我的猫！你们杀死了它！我要杀死你们！我要——”

“阿格斯！”

邓布利多赶到了现场，后面跟着许多其他老师。一眨眼的工夫，他就走过哈利、罗恩和赫敏身边，把洛丽丝夫人从火把支架上解了下来。

“跟我来吧，阿格斯。”他对费尔奇说，“还有你们，波特先生、韦斯莱先生、格兰杰小姐。”

洛哈特急煎煎地走上前来。

“我的办公室离这儿最近，校长——就在楼上——你们可以——”

“谢谢你，吉德罗。”邓布利多说。

沉默的人群向两边分开，让他们通过。洛哈特非常兴奋，一副神气活现的样子，匆匆跟在邓布利多身后；麦格教授和斯内普也跟了上来。

当他们走进洛哈特昏暗的办公室时，墙上突然起了一阵骚动。哈利看见几张照片上的洛哈特慌慌张张地躲了起来，他们的头发上还戴着卷发筒。这时，真正的洛哈特点燃桌上的蜡烛，退到后面。邓布利多把洛丽丝夫人放在光洁的桌面上，开始仔细检查。哈利、罗恩和赫敏紧张地交换了一下眼色，便坐到烛光照不到的几把椅子上，密切注视着。

邓布利多歪扭的长鼻子几乎碰到了洛丽丝夫人身上的毛。他透过半月形的眼镜片仔细端详着猫，修长的手指轻轻地这里戳戳，那里捅捅。麦格教授弯着腰，眯着眼睛细细地看着，脸也差不多碰到了猫。斯内普站在他们后面，半个身子藏在阴影里，显得阴森森的。他脸上的表情十分古怪：就好像在拼命克制自己不要笑出来。洛哈特在他们周围徘徊，不停地出谋划策。

“肯定是一个魔咒害死了它——很可能是变形拷打咒。我多次看见别人使用这种咒语，真遗憾我当时不在场，我恰好知道那个解咒法，本来可以救它的……”

洛哈特的话被费尔奇无泪的伤心哭泣打断了。费尔奇瘫坐在桌旁的一把椅子里，用手捂着脸，不敢看洛丽丝夫人。哈利尽管不喜欢费尔奇，此刻也忍不住对他产生了一丝同情，不过他更同情的是他自己。如果邓布利多相信了费尔奇的话，他肯定会被开除。

这时，邓布利多低声念叨着一些奇怪的话，并用他的魔杖敲了敲洛丽丝夫人，然而没有反应：洛丽丝夫人还是僵硬地躺在那里，如同一个刚刚做好的标本。

“……我记得在瓦加杜古[1]发生过十分类似的事情，”洛哈特说，“一系列的攻击事件，我的自传里有详细记载。当时，我给老百姓们提供了各种各样的护身符，一下子就解决了问题……”

他说话的时候，墙上那些洛哈特的照片纷纷点头，表示同意。其中一个忘记了取下头上的发网。

最后，邓布利多直起身来。

“它没有死，费尔奇。”他轻声说。

洛哈特正在数他共阻止了多少次谋杀事件，这时突然停住了。

“没有死？”费尔奇哽咽着说，从手指缝里看着洛丽丝夫人，“那它为什么全身——全身僵硬，像被冻住了一样？”

“它被石化了，”邓布利多说（“啊！我也是这样认为的！”洛哈特说），“但究竟是怎么回事，我不清楚……”

“问他！”费尔奇尖叫道，把斑斑驳驳、沾满泪痕的脸转向了哈利。

“二年级学生是不可能做到这一点的，”邓布利多坚决地说，“这需要最高深的黑魔法——”

“是他干的，是他干的！”费尔奇唾沫四溅地说，肥胖松垂的脸变成了紫红色，“你们看见了他在墙上写的字！他发现了——在我的办公室——他知道我是个——我是个——”费尔奇的脸可怕地抽搐着，“他知道我是个哑炮！”

“我根本没碰洛丽丝夫人！”哈利大声说，他不安地意识到大家都在看他，包括墙上所有的洛哈特，“我连哑炮是什么意思都不知道。”

“胡说！”费尔奇咆哮着说，“他看见了我那封快速念咒的函授信！”

“请允许我说一句，校长。”斯内普在阴影里说，哈利内心不祥的感觉更强烈了。他相信，斯内普说的话绝不会对自己有任何好处。

“也许，波特和他的朋友只是不该在那个时间出现在那个地方，”斯内普说，嘴唇扭动着露出一丝讥笑，仿佛他对此深表怀疑，“但我们确实遇到了一系列的疑点。他们究竟为什么要到上面的走廊去呢？他们为

---

① 瓦加杜古，非洲上沃尔特的首都。

什么没有参加万圣节的宴会呢?”

哈利、罗恩和赫敏争先恐后地解释他们去参加了忌辰晚会:“……来了几百个幽灵,他们可以证明我们在那儿——”

“可是在这之后呢,为什么不来参加宴会?”斯内普说,漆黑的眼睛在烛光里闪闪发亮,“为什么到上面的走廊去?”

罗恩和赫敏都看着哈利。

“因为—因为——”哈利说,他的心怦怦地狂跳着。他隐约觉得,如果他对他们说,他是被一个只有他自己能听见的游魂般的声音领到那里去的,这听上去肯定站不住脚。“因为我们累了,想早一点儿睡觉。”他说。

“不吃晚饭?”斯内普说,枯瘦的脸上闪过一个得意的笑容,“我认为,幽灵在晚会上提供的食物大概不太适合活人吧。”

“我们不饿。”罗恩大声说,同时他的肚子叽里咕噜地响了起来。

斯内普难看的笑容更明显了。

“我的意见是,校长,波特没有完全说实话。”他说,“我们或许应该取消他的一些特权,直到他把事情原原本本地告诉我们。我个人认为,最好让他离开格兰芬多魁地奇队,等态度老实了再说。”

“说实在的,西弗勒斯,”麦格教授厉声说,“我看没有理由不让这孩子打球。这只猫又不是被飞天扫帚打中了脑袋。而且没有证据显示波特做了任何错事。”

邓布利多用探究的目光看了哈利一眼。哈利面对他炯炯发亮的蓝眼睛的凝视,觉得自己被看透了。

“只要没被证明有罪,就是无辜的,西弗勒斯。”他坚定地说。

斯内普显得十分恼怒。费尔奇也是一样。

“我的猫被石化了!”费尔奇尖叫着,眼球向外突起,“我希望看到有人受到一些惩罚!”

“我们可以治好它的,费尔奇。”邓布利多耐心地说,“斯普劳特教授最近弄到了一些曼德拉草。一旦它们长大成熟,我就会有一种药可以使洛丽丝夫人起死回生。”

“我来配制,”洛哈特插嘴说,“我配制肯定有一百次了,我可以一边做梦一边配制曼德拉草复活药剂——”

“请原谅，”斯内普冷冷地说，“我认为我才是这所学校的魔药课老师。”

一阵令人尴尬的沉默。

“你们可以走了。”邓布利多对哈利、罗恩和赫敏说。

他们尽量加快脚步，差点跑了起来。来到洛哈特办公室的楼上时，他们钻进一间空教室，轻轻地关上门。哈利眯起眼睛看着黑暗中两个朋友的脸。

“你们说，我是不是应该对他们说说我听见的那个声音？”

“别说，”罗恩不假思索地说，“听见别人听不见的声音，这不是一个好兆头，即使在魔法世界里也是这样。”

哈利从罗恩的声音里听出了一点儿什么，他问道：“你是相信我的，是吗？”

“我当然相信，”罗恩很快地说，“可是……你必须承认这很离奇……”

“我知道这很离奇，”哈利说，“整个事件都很离奇。墙上的那些文字是怎么回事？密室已经被打开……这到底是什么意思呢？”

“噢，这倒使我想起了什么，”罗恩慢慢地说，“好像有一次什么人跟我说过霍格沃茨的密室……大概是比尔吧……”

“哑炮又是什么玩意儿？”哈利问。

使他吃惊的是，罗恩居然捂住嘴咯咯笑了起来。

“是这样——实际上并不可笑——但放在费尔奇身上……”他说，“哑炮是指一个人生在巫师家庭，却没有一点神奇的能力。哑炮和麻瓜出身的巫师正好相反，不过哑炮是很少见的。如果费尔奇想通过快速念咒函授课程来学习魔法，那他肯定是个哑炮。这就能说明很多问题了，比如他为什么那么仇恨学生，”罗恩露出一个得意的微笑，“他嫉妒啊。”

什么地方传来了钟声。

“十二点了，”哈利说，“我们赶紧上床睡觉吧，可别等斯内普又过来找我们的碴儿，诬陷我们。”

接连好几天，学生们不谈别的，整天议论洛丽丝夫人遭到攻击的事。费尔奇的表现使大家时时刻刻忘不了这件事：他经常在洛丽丝夫人遇害的地方踱来踱去，似乎以为攻击者还会再来。哈利看见他用“斯科尔夫人牌万能神奇去污剂”擦洗墙上的文字，但是白费力气；那些文字仍然那么明亮地在石墙上闪烁着。费尔奇如果不在犯罪现场巡逻，便瞪着两只红通通的眼睛，偷偷隐蔽在走廊里，然后突然扑向毫无防备的学生，千方百计找借口关他们禁闭，比如说他们“喘气声太大”，或“嬉皮笑脸”。

金妮·韦斯莱似乎为洛丽丝夫人的遭遇感到非常不安。据罗恩说，她一向是非常喜欢猫的。

“可你并不真正了解洛丽丝夫人。”罗恩想使她振作起来，“说句实话，没有它我们更加自在。”金妮的嘴唇开始颤抖。“这种事霍格沃茨不会经常发生的，”罗恩安慰她，“他们很快就会抓住那个肇事的疯子，把他从这里赶出去。我只希望他在被开除前，还来得及把费尔奇也给石化了。我只是开个玩笑……”罗恩看到金妮的脸唰地变白了，赶紧又说了一句。

攻击事件对赫敏也产生了影响。赫敏平常总是花很多时间看书，现在却整天几乎什么事也不干。哈利和罗恩问她在做什么，她也爱搭不理的，一直到第二个星期三，他们才揭开了这个谜底。

哈利在魔药课上被留了堂，斯内普叫他留下来擦去桌上的多毛虫。哈利匆匆吃过午饭，就上楼到图书馆来找罗恩。路上，他看见一起上草药课的赫奇帕奇男生贾斯廷·芬列里迎面走来。哈利正要张嘴打招呼，可是贾斯廷一看见他，却突然转身，往相反的方向逃走了。

哈利在图书馆后面找到了罗恩，他正在用尺子量他魔法史课的家庭作业。宾斯教授要求学生写一篇三英尺长的“中世纪欧洲巫师集会”的作文。

“我真没法相信，还差八英寸……”罗恩气愤地说，一松手，羊皮纸立刻又卷了起来，“赫敏写了四英尺七英寸，而且她的字还写得很小很小。”

“她在哪儿？”哈利一边问一边抓过卷尺，摊开自己的家庭作业。

“就在那儿，”罗恩指着那一排排书架说，“又在找书呢。她大概想在圣诞节之前读完所有的藏书。”

哈利告诉罗恩，刚才贾斯廷·芬列里一看见自己就跑。

"你在乎他做什么，我一直认为他有点呆头呆脑的，"罗恩一边说，一边潦潦草草地写作业，尽量把字写得很大，"尽说些废话，说洛哈特多么多么伟大——"

赫敏从书架间走了出来。她显得非常恼火，但是终于愿意跟他们说话了。

"所有的《霍格沃茨：一段校史》都被人借走了，"她说，在哈利和罗恩身边坐了下来，"登记要借的人已经排到两星期之后了。唉，真希望我没有把我的那本留在家里，可是箱子里装了洛哈特的那么多厚书，再也塞不下它了。"

"你为什么想看它？"哈利问。

"和别人想看它的理由一样，"赫敏说，"查一查关于密室的传说。"

"密室是什么？"哈利紧跟着问。

"问题就在这里，我记不清了，"赫敏咬着嘴唇，说道，"而且我在别处查不到这个故事——"

"赫敏，让我看看你的作文吧。"罗恩看了看手表，心急火燎地说。

"不，不行，"赫敏说，突然严肃起来，"你本来有十天时间，是完全来得及写完的。"

"我只差两英寸了，再……"

上课铃响了。罗恩和赫敏一路争吵着，朝魔法史课的课堂走去。

魔法史是他们课程表上最枯燥的课程。所有的老师中，只有教这门课的宾斯教授是一个幽灵。在他的课上，最令人兴奋的事情是他穿过黑板进入教室。他年纪非常老了，皮肉皱缩得很厉害，许多人都说他并没有注意到自己已经死了。他生前的最后一天站起来去上课，不小心把身体留在了教工休息室壁炉前的一把扶手椅上。从那以后，他每天的一切活动照旧，没有丝毫变化。

今天，课堂上仍旧和平常一样乏味。宾斯教授打开他的笔记，用干巴巴、低沉单调的声音念着，就像一台老掉牙的吸尘器，最后全班同学都昏昏沉沉，偶尔回过神来，抄下一个姓名或日期，然后又陷入半睡眠状态。宾斯教授说了半小时后，发生了一件以前从没发生过的事。赫敏把手举了起来。

宾斯教授正在非常枯燥地讲解一二八九年的国际巫师大会，他抬起头来，显得非常吃惊。

"你是——"

"我是格兰杰，教授。不知道您能不能告诉我们密室是怎么回事。"赫敏声音清亮地说。

迪安刚才一直张着嘴巴，呆呆地望着窗外，这时突然从恍惚状态中清醒过来；拉文德·布朗把脑袋从胳膊里抬起来，纳威的臂肘从桌上放了下去。

宾斯教授眨了眨眼睛。

"我这门课是魔法史，"他用那干巴巴、气喘吁吁的声音说，"我研究的是事实，格兰杰小姐，而不是神话和传说。"他清了清嗓子，发出轻轻一声像粉笔折断的声音，继续说道，"就在那年十月，一个由撒丁岛①魔法师组成的专门小组——"

他结结巴巴地停了下来。赫敏又把手举在半空中挥动着。

"格兰杰小姐？"

"我想请教一下，先生，传说都是有一定的事实基础的，不是吗？"

宾斯教授看着她，惊讶极了。哈利相信，宾斯教授不管是活着还是死后，都没有哪个学生这样打断过他。

"好吧，"宾斯教授慢吞吞地说，"是啊，我想，你可以这样说。"他使劲地看着赫敏，就好像他以前从没好好打量过一个学生，"可是，你所说的传说是一个非常耸人听闻，甚至滑稽可笑的故事……"

现在，全班同学都在全神贯注地听宾斯教授讲的每一个字了。他老眼昏花地看着他们，只见每一张脸都转向了他。哈利看得出来，大家表现出这样不同寻常的浓厚兴趣，实在使宾斯先生太为难了。

"哦，那么好吧，"他慢慢地说，"让我想想……密室……

---

① 撒丁岛，位于意大利西部。

“你们大家肯定都知道，霍格沃茨学校是一千多年前创办的——具体日期不太确定——创办者是当时最伟大的四个巫师。四个学院就是以他们的名字命名的：戈德里克·格兰芬多、赫尔加·赫奇帕奇、罗伊纳·拉文克劳和萨拉查·斯莱特林。他们共同建造了这座城堡，远离麻瓜们窥视的目光，因为在当时那个年代，老百姓们害怕魔法，巫师遭到了很多迫害。”

宾斯教授停顿下来，用模糊不清的视线环顾了一下教室，继续说道：“开头几年，几个创办者一起和谐地工作，四处寻找显露出魔法苗头的年轻人，把他们带到城堡里好好培养。可是，慢慢地他们就有了分歧。斯莱特林和其他人之间的裂痕越来越大。斯莱特林希望霍格沃茨招收学生时更挑剔一些。他认为魔法教育只应局限于纯巫师家庭。他不愿意接收麻瓜生的孩子，认为他们是靠不住的。过了一些日子，斯莱特林和格兰芬多因为这个问题发生了一场激烈的争吵，然后斯莱特林便离开了学校。”

宾斯教授又停顿了一下，噘起嘴唇，活像一只皱巴巴的老乌龟。

“可靠的历史资料就告诉我们这些，”他说，“但是，这些纯粹的事实却被关于密室的古怪传说掩盖了。那个故事说，斯莱特林在城堡里建了一个秘密的房间，其他创办者对此一无所知。

“根据这个传说的说法，斯莱特林封闭了密室，这样便没有人能够打开它，直到他真正的继承人来到学校。只有那个继承人能够开启密室，把里面的恐怖东西放出来，让它净化学校，清除所有不配学习魔法的人。”

故事讲完了，全班一片寂静，但不是平常宾斯教授课堂上的那种睡意昏沉的寂静。每个人都继续盯着他，希望他再讲下去。气氛令人不安，宾斯教授显得微微有些恼火。

“当然啦，整个这件事都是一派胡言，”他说，“学校里自然调查过到底有没有这样一间密室，调查了许多次，请的都是最有学问的巫师。密室不存在。这只是一个传说，专门吓唬头脑简单的人。”

赫敏的手又举在了半空中。

“先生——您刚才说密室‘里面的恐怖东西’，指的是什么？”

“人们认为是某种怪兽，只有斯莱特林的继承人才能控制它。”宾斯教授用他干涩的、细弱的声音说。

同学们交换了一下紧张的目光。

“告诉你们，那东西根本不存在。”宾斯教授笨手笨脚地整理着笔记，说道，“没有密室，也没有怪兽。”

“可是，先生，”西莫·斐尼甘说，“这密室既然只有斯莱特林的真正继承人才能打开，别人可能根本就发现不了，是不是？”

“胡说八道，奥弗莱[①]，”宾斯教授用恼火的腔调说，“既然这么多的历届校长都没有发现那东西——”

“可是，教授，”帕瓦蒂·佩蒂尔尖声说话了，“大概必须用黑魔法才能打开它——”

“一个巫师没有使用黑魔法，并不意味着他不会使用，彭妮费瑟小姐[②]。”宾斯教授厉声说，“我再重复一遍，既然邓布利多那样的人——”

“说不定，必须和斯莱特林有关系的人才能打开，所以邓布利多不能——”迪安·托马斯还没说完，宾斯先生就不耐烦了。

“够了，”他严厉地说，“这是一个传说！根本不存在！没有丝毫证据说明斯莱特林曾经建造过这样一个秘密扫帚棚之类的东西。我真后悔告诉了你们这个荒唐的故事！如果你们愿意的话，让我们再回到历史，回到实实在在、可信、可靠的事实上来吧！”

不出五分钟，同学们又陷入了那种昏昏沉沉的睡意中。

“我早就知道萨拉查·斯莱特林是个变态的老疯子。”罗恩对哈利和赫敏说，“但我不知道是他想出了这套纯血统的鬼话。即使白给我钱，我也不进他的学院。说句实话，如果当初分院帽把我分进斯莱特林，我二话不说，直接就乘火车回家……”这时已经下课了，他们正费力地穿过拥挤的走廊，准备把书包放下吃午饭。

---

①② 宾斯教授糊里糊涂，把学生的名字全搞混了。

赫敏很热切地点头,可是哈利什么也没说。他的心突然很别扭地往下一沉。

哈利一直没有告诉罗恩和赫敏,当初分院帽曾非常认真地考虑过要把他分进斯莱特林。他清楚地记得一年前他把帽子戴到头上时,那个在他耳边说话的小声音,这一切就像发生在昨天一样。

"你会成大器的,你知道,在你一念之间,斯莱特林会帮助你走向辉煌,这毫无疑问……"

但是,哈利事先已经听说斯莱特林学院是培养黑巫师的,名声不好,所以他不顾一切地在脑子里说:"不去斯莱特林!"于是那帽子说:"那好,既然你已经拿定主意……那就最好去格兰芬多吧……"

三个人被拥过来的人群挤到了一边,这时,科林·克里维从他们身边走过。

"你好,哈利!"

"你好,科林。"哈利随口答道。

"哈利——哈利——我们班上的一个男生最近一直说你是——"

然而科林的个头太小了,挡不住把他推向礼堂的人流。他们只听见他尖声叫了一句:"再见,哈利!"他就消失得无影无踪。

"他班上的那个男生说你什么呢?"赫敏不解地问。

"我想,大概说我是斯莱特林的继承人吧。"哈利说,他的心又往下沉了一点儿,因为他突然想起吃午饭时贾斯廷·芬列里匆忙逃避他的样子。

"这里的人什么都相信。"罗恩厌恶地说。

人群渐渐稀疏了,他们终于能够毫不费力地登上楼梯。

"你真的认为有密室吗?"罗恩问赫敏。

"我不知道,"赫敏说着,皱起了眉头,"邓布利多治不好洛丽丝夫人,这使我想到,攻击它的那个家伙恐怕不是——哦——不是人类。"

她说话的时候,他们正拐过一个墙角,发现来到了发生攻击事件的那道走廊的顶端。眼前的场景和那天夜里一样,不过那只被石化的猫不再挂在火把的支架上,而在写着"密室已经被打开"的那面墙上,靠着一把空椅子。

“费尔奇一直在这里守着。”罗恩小声说。

他们互相交换了一下眼色。走廊里没有人。

“我们不妨找找看。”哈利说着，扔掉书包，四肢着地，在地上爬行着寻找线索。

“烧焦的痕迹！”他说，“这里——还有这里——”

“快过来看看这个！”赫敏说，“真有趣……”

哈利爬起身，走向墙上那些文字旁边的窗户。赫敏指着最上面的那块玻璃，那里大约有二十只蜘蛛在慌慌张张地爬行，似乎急于从玻璃上的一道小缝钻出去。一根长长的银丝像绳索一样挂下来，看样子蜘蛛就是通过这根丝匆匆爬上来，打算逃向窗外的。

“你看见过蜘蛛这种样子吗？”赫敏纳闷地问。

“没有，”哈利说，“你呢，罗恩？罗恩？”

他扭过头来。罗恩远远地站在后面，似乎正强忍住想逃走的冲动。

“怎么啦？”哈利问。

“我——不喜——不喜欢——蜘蛛。”罗恩紧张地说。

“这我倒没听说过，”赫敏说，惊讶地看着罗恩，“你在魔药课上那么多次使用蜘蛛……”

“死蜘蛛我不在乎，”罗恩说，小心地将目光避开那扇窗户，“我只是不喜欢蜘蛛爬的样子……”

赫敏咯咯地笑了。

“有什么好笑的，”罗恩恼怒地说，“要知道，我三岁的时候，弗雷德因为我弄坏了他的玩具扫帚，就把我的——我的玩具熊变成了一只丑陋的大蜘蛛。如果你有过我那样的经历，你也不会喜欢蜘蛛的；如果你正抱着你的玩具熊，突然它冒出了许多条腿来，而且……”

他打了个寒战，说不下去了。赫敏显然还在忍着笑。哈利觉得最好别谈这个话题了，就说：“还记得当时地上的那片水吗？是从哪儿来的？有人拖过地板。”

“大概就在这里，”罗恩说着，渐渐缓过劲来，几步走过费尔奇的椅子，指给他们看，“和这扇门平行。”

他伸手去抓黄铜球形把手,却突然缩回手来,好像被火烫了一下似的。

"怎么回事?"哈利问。

"不能进去,"罗恩很不高兴地说,"是女生盥洗室。"

"哦,罗恩,里面不会有人的。"赫敏说。她站直身子,走了过来。"这是哭泣的桃金娘的地盘。来吧,我们进去看看。"

她没有理睬那个写着"故障"的大牌子,推开了门。

这是哈利到过的最阴暗、最沉闷的地方。在一面污渍斑驳、裂了缝的大镜子下边,是一排表面已经剥落的石砌水池。地板上湿漉漉的,几根蜡烛头低低地在托架上燃烧,发出昏暗的光,照得地板阴森森的。一个个单间的木门油漆剥落,布满划痕;有一扇门的铰链脱开了,摇摇晃晃地悬挂在那里。

赫敏用手捂着嘴,朝最里面的那个单间走去。到了门口,她说:"喂,桃金娘,你好吗?"

哈利和罗恩也跟过去看。哭泣的桃金娘正在抽水马桶的水箱里飘浮着,揪着下巴上的一处地方。

"这是女生盥洗室,"她说,用怀疑的目光打量着罗恩和哈利,"他们不是女生。"

"是的,"赫敏表示赞同,"我想带他们来看看,这里——这里——是多么漂亮。"

她朝脏兮兮的旧镜子和潮湿的地板胡乱地挥了挥手。

"问她有没有看见什么。"哈利压低声音对赫敏说。

"你们在小声嘀咕什么?"桃金娘瞪着他们,问道。

"没什么,"哈利赶紧说,"我们想问问你——"

"我希望人们不要在背后议论我!"桃金娘带着哭腔说,"我也是有感情的,你们知道,尽管我是死了的。"

"桃金娘,没有人想惹你伤心,"赫敏说,"哈利只是——"

"没有人想惹我伤心?这真是一个大笑话!"桃金娘哭叫着说,"我在这里的生活没有欢乐,只有悲伤,现在我死了,人们还不放过我!"

“我们只想问问你，最近有没有看见什么有趣的事情，”赫敏赶紧说，“因为在万圣节前夕，有一只猫就在你的大门外遭到了袭击。”

“那天夜里你在附近看见什么人没有？”哈利问。

“我没有注意，”桃金娘情绪夸张地说，“皮皮鬼那么厉害地折磨我，我跑到这里来想自杀。后来，当然啦，我想起来我已经——我已经——”

“已经死了。”罗恩帮她把话说完。

桃金娘悲痛地啜泣一声，升到空中，转了个身，头朝下栽进了抽水马桶，把水花溅到他们身上，然后就不见了。从那沉闷的抽泣声听来，她躲在了马桶U形弯道里的什么地方。

哈利和罗恩目瞪口呆地站着，赫敏懒洋洋地耸了耸肩膀，说：“说实在的，这在桃金娘来说算是愉快的了……好了，我们走吧。”

哈利刚刚关上门，掩住桃金娘汩汩的哭泣声，突然一个人的说话声把他们三个吓得跳了起来。

“罗恩！”

珀西·韦斯莱在楼梯口猛地停住脚步，级长的徽章在他胸前闪闪发亮，他脸上挂着一种极度惊讶的表情。

“那是女生盥洗室呀！”他喘着气说，“你们怎么——”

“只是随便看看，”罗恩耸了耸肩，“寻找线索，你知道……”

珀西端起了架子，那模样一下子就使哈利想到了韦斯莱夫人。

“赶——快——离——开——”他说着就朝他们走来，并且张开臂膀，催促他们快走，“这成什么样子，你们不在乎吗？别人都在吃饭，你们却跑到这儿来……”

“为什么我们不能来这儿？”罗恩气呼呼地说，猛地停下脚步，瞪着珀西，“听着，我们没有对那只猫动一根手指头！”

“我对金妮也是这么说的，”珀西也毫不示弱，“但她似乎仍然认为你会被开除。我从没见过她这么难过，整天痛哭流涕。你应该为她想想，一年级学生都被这件事弄得心神不宁——”

“你根本不是关心金妮，”罗恩说，他的耳朵正在变红，“你只是担心我会破坏你当男生学生会主席的前途。”

"格兰芬多扣掉五分!"珀西用手指拨弄着级长的徽章,生硬地说,"我希望这能给你一个教训! 不要再搞什么侦探活动了,不然我写信告诉妈妈!"

他迈着大步走开了,脖子后面跟罗恩的耳朵一样红。

那天晚上在公共休息室里,哈利、罗恩和赫敏尽量坐得远离珀西。罗恩的情绪仍然很糟糕,在做魔咒课作业时,总是把墨水洒在纸上。当他心不在焉地拿出魔杖,想清除那些污点时,不料却把羊皮纸点着了。罗恩气得心里也蹿起了火苗,啪地合上了《标准咒语:二级》。令哈利吃惊的是,赫敏也用力把书合上了。

"可是,这会是谁呢?"她小声地说,似乎在继续他们刚才的对话,"谁希望把哑炮和麻瓜出身的人都赶出霍格沃茨呢?"

"我们来考虑一下,"罗恩装出一副感到费解的样子,说道,"据我们所知,谁认为麻瓜出身的人都是垃圾废物呢?"

他看着赫敏,赫敏也看着他,脸上是将信将疑的神情。

"如果你说的是马尔福——"

"当然是他!"罗恩说,"你听见他说的:'下一个就是你们,泥巴种!'其实,你只要看看他那张丑陋的老鼠脸,就知道是他——"

"马尔福是斯莱特林的继承人?"赫敏怀疑地说。

"看看他们那家人吧,"哈利也合上了书,"全家都在斯莱特林,他经常拿这个向人炫耀。他们很可能是斯莱特林的后代。他父亲就够邪恶的。"

"他们也许拿着密室的钥匙,拿了好几个世纪!"罗恩说,"一代代往下传,父亲传给儿子……"

"是啊,"赫敏谨慎地说,"我认为这是可能的……"

"我们怎么证明呢?"哈利悲观地说。

"也许有一个办法,"赫敏慢慢地说,匆匆扫了一眼房间那头的珀西,把声音放得更低了,"当然啦,做起来不太容易,而且危险,非常危险。我们大概要违反五十条校规。"

“再过一个月左右，如果你愿意对我们说了，才会告诉我们，是吗？”罗恩不耐烦地说。

“好吧，现在告诉你们也无妨。”赫敏冷静地说，“我们需要做的事情就是进入斯莱特林的公共休息室，向马尔福提几个问题，同时不让他认出我们。”

“这是不可能的。”哈利说，罗恩笑出了声。

“不，有可能，”赫敏说，“只需要一些复方汤剂。”

“那是什么东西？”罗恩和哈利异口同声地问。

“几个星期前，斯内普在课堂上提到过——”

“在魔药课上，你除了听斯内普讲课，就没有别的更有趣的事情可做吗？”罗恩咕哝着。

“这种汤剂能把你变成另外一个人。想想吧！我们可以变成三个斯莱特林的学生。谁也不会知道是我们。马尔福可能会把一切都告诉我们的。眼下他大概就在斯莱特林的公共休息室里吹牛呢，只可惜我们听不见。”

“我觉得这种复方什么的东西有点儿悬，”罗恩说着，皱起了眉头，“如果我们变成了三个斯莱特林，永远变不回来了怎么办？”

“药效过一阵子就会消失的，”赫敏不耐烦地挥了挥手，说道，“可是很难弄到配方。斯内普说在一本名叫《强力药剂》的书里，它肯定在图书馆的禁书区内。”

要从禁书区内借书，只有一个办法：弄到一位老师亲笔签名的批条。

“我们没有理由借那本书，”罗恩说，“因为我们都不会去调制那些药剂。”

“我认为，”赫敏说，“如果我们假装说对这套理论感兴趣，也许会有点希望……”

“哦，得了，老师们不会这样轻易上当的，”罗恩说，“除非他们笨到了极点……”

第10章

失控的游走球

自从发生了那次小精灵的灾难事件后，洛哈特教授就再也不把活物带进课堂了。现在，他把自己写的书大段大段地念给学生们听，有时候还把一些富有戏剧性的片段表演出来。他一般挑选哈利协助他重现当时的场景。到目前为止，哈利被迫扮演的角色有：一个被施了吐泡泡咒、经洛哈特治愈的纯朴的特兰西瓦尼亚[①]村民；一个患了鼻伤风的喜马拉雅山雪人；还有一个吸血鬼，自从洛哈特跟它打过交道后，它就不吃别的，只吃萝卜了。

这一节黑魔法防御术课，哈利又被拖到了前面，这次是扮演一个狼人。哈利本来是不想合作的，但是有一个很重要的原因，必须让洛哈特保持心情愉快。

---

① 罗马尼亚中部的一个地方。

“叫得好，哈利——太像了——然后，信不信由你，我猛扑过去——就像这样——砰地把他摔倒——这样——我用一只手把他摁在地上——另一只手拿着魔杖，抵住他的喉咙——然后我缓了缓劲，用剩下来的力气施了非常复杂的恢复人形咒——他发出一声凄惨的呻吟——哈利，接着叫唤——再高一些——很好——他身上的毛消失了——大尖牙缩回去了——他重新变成了一个人。简单而有效——又有一个村子会永远记住我这位大英雄，我使他们摆脱了每月一次受狼人袭击的恐慌。”

下课铃响了，洛哈特站了起来。

“家庭作业：就我战胜沃加沃加狼人的事迹写一首诗！写得最好的将得到几本作者亲笔签名的《会魔法的我》！”

同学们开始离开。哈利回到教室后排，罗恩和赫敏正在那里等着。

“可以了吗？”哈利小声问。

“等大家都走了再说，”赫敏说，“行了……”

她朝洛哈特的讲台走去，手里紧紧攥着一张纸条，哈利和罗恩跟在她身后。

“哦——洛哈特教授？”赫敏结结巴巴地说，“我想——想从图书馆借这本书。希望从里面了解一些背景知识。”她举起那张纸条，手微微有些颤抖，“可是这本书在图书馆的禁书区内，所以我需要一位老师在纸条上签字——我相信，这本书会帮助我理解你在《与食尸鬼同游》里讲到的慢性发作的毒液……”

“啊，《与食尸鬼同游》！”洛哈特一边把纸条从赫敏手里接过去，一边对她露出很热情的笑容，“这大概算是我最满意的一本书了。你喜欢吗？”

“哦，喜欢，”赫敏热切地说，“你用滤茶器逮住了最后那个食尸鬼，真是太机智了……”

“啊，我相信，谁也不会反对我给全年级最优秀的学生一点儿额外的帮助。”洛哈特热情地说，抽出一支巨大的孔雀毛笔，“是啊，很漂亮，不是吗？”他误解了罗恩脸上厌恶的表情，“我一般只用它在书上签名。”

他在纸条上龙飞凤舞地签上一个大大的花体名字，又把纸条还给了赫敏。

“这么说，哈利，”当赫敏笨手笨脚地折起纸条、放进她的书包里时，洛哈特说道，“明天就是本赛季的第一场魁地奇比赛了吧？格兰芬多队对斯莱特林队，是吗？听说你是个很出色的球员。我当年也是找球手。他们要我竞选国家队，但我情愿把毕生的精力用于消灭黑魔势力。不过，如果你觉得需要开开小灶，尽管来找我。我总是乐意把自己的经验传授给能力还不太强的球员……”

哈利在喉咙里含混地咕哝一声，便匆匆跟着罗恩和赫敏离开了。

“我真不敢相信，”他们三个仔细研究纸条上的签名时，哈利说，“他根本没看我们想要的是什么书。”

“因为他是个没有脑子的蠢货。”罗恩说，“管他呢，反正我们想要的东西已经弄到手了。”

“他才不是没有脑子的蠢货。”他们小跑着去图书馆时，赫敏尖声说道。

“就因为他说你是全年级最优秀的学生……”

走进了沉闷安静的图书馆，他们不由得放低了声音。

图书管理员平斯女士是个脾气暴躁的瘦女人，活像一只营养不良的兀鹫。

“《强力药剂》？”她怀疑地念了一遍，想从赫敏手里把纸条拿过去；但是赫敏不肯放手。

“不知道我能不能留着。”赫敏喘不过气来地说。

“哦，给她吧，”罗恩说着，从她紧攥着的手里一把夺过纸条，塞给了平斯女士，“我们还会给你再弄到一个亲笔签名的。凡是能保持一段时间不动的东西，洛哈特都会在上面签名的。”

平斯女士举起纸条，对着光线照了照，好像在检验是不是伪造的，结果它顺利通过了检验。她昂首阔步地从高高的书架间走过去，几分钟后就回来了，手里拿着一本好像发霉了的大厚书。赫敏小心地把书放进书包，并注意不要走得太快，显出心里有鬼的样子。

五分钟后，他们又一次躲进了哭泣的桃金娘失修的盥洗室里。赫敏驳回了罗恩的反对意见，指出只要头脑正常的人，都不会愿意到这里来，这样就能保证他们三个不会被人发现。哭泣的桃金娘在她的单间里放声大哭，他们不理她，她也不理他们。

赫敏小心翼翼地打开《强力药剂》，三个人都凑上前，看着那些布满水印的纸页。他们一眼就看出这本书为什么属于禁书区了。里面的有些药剂的效果可怕极了，简直令人不敢想象，书里还有一些让人看了感到很不舒服的插图：一个人似乎被从里到外翻了出来，还有一个女巫脑袋上冒出了许多双手臂。

“在这里。”赫敏激动地说，找到了标着*复方汤剂*的那一页。上面画着几个人正在变成另外的人。哈利真诚地希望，那些人脸上极度痛苦的神情是画家凭空想象出来的。

“这是我见过的最复杂的药剂。”他们浏览配方时，赫敏说，“草蛉虫、蚂蟥、流液草和两耳草，”她喃喃地念着，用手指一条条指着配料单，“这些都很容易弄到，学生的储藏柜里就有，我们可以自己去取。哎哟，瞧，还有研成粉末的双角兽的角——不知道上哪儿去找……一条非洲树蛇的蛇皮碎片——那也很难弄到——当然啦，还需要我们想变的那个人身上的一点儿东西。”

“对不起，”罗恩尖锐地说，“你这是什么意思？什么叫我们想变的那个人身上的一点儿东西？如果有克拉布的脚指甲在里面，我是绝不会喝的……”

赫敏好像没有听见他的话，继续说：“我们现在还不用操这个心，那点儿东西最后才放进去呢……”

罗恩哑口无言地转向哈利，而哈利又产生了另一个疑虑。

“你知不知道我们到底要偷多少东西，赫敏？非洲树蛇的蛇皮碎片，那是学生储藏柜里绝对没有的。怎么办？闯进斯内普的私人储藏室？我不知道这是不是一个主意……”

赫敏啪的一声把书合上。

“好吧，如果你们害怕了，想临阵脱逃，那也没什么。”她说。她的面颊上泛起两团鲜艳的红晕，眼睛比平日更加明亮。“你们知道，我是不想违反校规的。我认为，威胁麻瓜出身的人比调配一种复杂的药剂恶劣得多。不过，如果你们不想弄清那是不是马尔福干的，我现在就去找平斯女士，把书还给她……”

“我从来没有想到，有一天居然会看到你劝说我们违反校规。”罗恩说，“好吧，说干就干。可是千万不要脚指甲，好吗？”

“这药水到底需要多长时间才能调制好？”哈利问，这时赫敏情绪有所好转，又把书打开了。

“是这样，流液草要在满月的那天采，草蛉虫要熬二十天……我想，如果配料都能弄到的话，有一个月就差不多了。”

“一个月？”罗恩说，“等到那时，马尔福可能把学校里的一半麻瓜都打倒了！”赫敏的眼睛眯了起来，眼看又要发火，罗恩赶紧加了一句：“不过这是我们能想到的最好方案了，那就加紧行动吧。”

可是，当他们准备离开盥洗室、赫敏去看看四下里有没有人时，罗恩悄悄地对哈利说：“如果你明天把马尔福从他的飞天扫帚上撞下来，就能省去好多麻烦。”

星期六早晨，哈利很早就醒来了，又在床上躺了一会儿，想着即将到来的魁地奇比赛。他有些紧张，主要是想到如果格兰芬多队输了，伍德会说什么，同时他也想到，他们要面对的球队是骑着金钱能买到的速度最快的飞天扫帚。他从来没有像现在这样渴望打败斯莱特林队。他内心翻滚起伏，睁着眼睛躺了半个小时，然后起床穿好衣服，提早下楼吃早饭。到了礼堂，他发现格兰芬多队的其他队员都挤坐在空荡荡的长餐桌旁，一个个显得紧张不安，沉默寡言。

十一点渐渐临近了，全校师生开始前往魁地奇体育场。天气闷热潮湿，空中隐隐响着雷声。哈利走进更衣室时，罗恩和赫敏匆匆过来祝他好运。队员们穿上鲜红色的格兰芬多队袍，然后坐下来听伍德按照惯例给他们作赛前鼓舞士气的讲话。

“斯莱特林队的飞天扫帚比我们的好，”伍德说道，“这是不可否认的。但是我们飞天扫帚上的人比他们强。我们训练得比他们刻苦，在各种天气环境中都飞过——”（“说得太对了，”乔治·韦斯莱说，“从八月份起，我的衣服就没干过。”）“——我们要叫他们后悔让那个小恶棍马尔福花钱混进他们队里。”

伍德激动得胸脯起伏，他转向了哈利。

“就看你的了，哈利，要让他们看到，作为一名找球手，单靠一个有钱的爸爸是不够的。要么赶在马尔福之前抓住金色飞贼，要么死在赛场上，哈利，因为我们今天必须取胜，我们必须取胜。”

“所以别有压力，哈利。”弗雷德冲他眨眨眼睛，说道。

出来走向赛场时，迎接他们的是一片喧闹的声音。主要是欢呼喝彩声，因为拉文克劳和赫奇帕奇都希望看到斯莱特林被打败，但同时也能听见人群里斯莱特林们的嘘声和喝倒彩的声音。魁地奇课教师霍琦女士请弗林特和伍德握了握手，他们用威胁的目光互相瞪视，并且不必要地把对方的手攥得很紧很紧。

“听我的哨声，”霍琦女士说，“三——二——一——”

人群中喧声鼎沸，欢送他们起飞，十四名队员一起蹿上铅灰色的天空。哈利飞得比所有的队员都高，眯着眼睛环顾四周，寻找金色飞贼。

“你没事吧，疤头？”马尔福喊道，他箭一般地在哈利下边穿梭，似乎在炫耀他扫帚的速度。

哈利没有时间回答。就在这时，一只沉重的黑色游走球突然朝他飞来；他以毫厘之差勉强躲过，感觉到球飞过时拂动了他的头发。

“真悬，哈利！”乔治说，他手里拿着球棒，从哈利身边疾驰而过，准备把游走球击向斯莱特林队员。哈利看见乔治狠狠地把游走球击向德里安·普塞，但没想到游走球中途改变方向，又径直朝哈利飞来。

哈利赶紧下降躲避，乔治又把球重重地击向马尔福。然而，游走球像回转飞镖一样，再次掉转身来，直取哈利的脑袋。

哈利突然加速，嗖嗖地飞向赛场的另一端。他可以听见游走球在后面呼啸着追赶他。这是怎么回事？

弗雷德·韦斯莱正在另一端等着游走球。哈利猛一低头，弗雷德用尽全身的力气对准游走球猛击一棒;游走球被击到了一边。

“这下好了!”弗雷德高兴地喊道。然而他错了,那只游走球好像被磁力吸引在哈利周围一样,又一次追着哈利飞来,哈利只好拼命加快速度逃走。

天开始下雨了;哈利感到大滴大滴的雨水打到他脸上,溅在他的眼镜上。他完全不了解赛场上的其他情况,直到听见解说员李·乔丹说:“斯莱特林队领先,六十比零。”

显然,斯莱特林队的超级飞天扫帚发挥了作用,同时那只疯狂的游走球竭尽全力要把哈利从空中撞下来。弗雷德和乔治现在紧贴着哈利左右飞行,这使哈利只能看见他们连续击打的手臂,根本没有希望寻找金色飞贼,更别说抓住它了。

“有人对——这只——游走球——做了手脚——”弗雷德一边咕哝着,一边用力把又向哈利发起新一轮进攻的游走球击飞。

“我们需要暂停。”乔治说,一边向伍德示意,一边还要阻止游走球撞断哈利的鼻子。

伍德显然捕捉到了他的信号。霍琦女士的哨声响了,哈利、弗雷德和乔治一边降落到地面,同时仍然闪避着那只发了疯的游走球。

“怎么回事?”伍德问道,这时格兰芬多队的队员已聚拢在一起,人群中的斯莱特林队员发出阵阵嘲笑,“我们被打败了。弗雷德,乔治,那只游走球阻止安吉利娜得分时,你们上哪儿去了?”

“我们在她上边二十英尺的地方,阻止另一只游走球害死哈利,伍德。”乔治气呼呼地说,“有人摆弄过那只球——它不肯放过哈利,在整个比赛过程中,它根本不去追别人。斯莱特林队一定对它做了手脚。”

“可是自从我们上次练习过之后,游走球就一直锁在霍琦女士的办公室里,那时候它们还都好好的……”伍德焦急地说。

霍琦女士正向他们走来。哈利的目光越过她的肩头,可以看见斯莱特林队的队员们讥笑着对他指指点点。

“听着,”哈利说,霍琦女士越走越近了,“你们俩一刻不停地围着我飞来飞去,我根本没有希望抓住金色飞贼,除非它自己钻到我的袖子里来。你们还是回到其他队员身边，让我自己去对付那只失控的球吧。”

“别犯傻了，”弗雷德说，“它会把你的脑袋撞掉的。”

伍德看看哈利，又看看韦斯莱孪生兄弟。

“奥利弗，这是不理智的，”艾丽娅·斯平内特生气地说，“你不能让哈利一个人对付那东西。我们请求调查吧——”

“如果我们现在停止，就会被剥夺比赛资格！”哈利说，“我们不能因为一只发疯的游走球而输给斯莱特林队！快点儿，奥利弗，叫他们别再管我了！”

“这都怪你，”乔治气愤地对伍德说，“‘要么抓住金色飞贼，要么死在赛场上。’——你真昏了头了，对他说这种话！”

霍琦女士来到他们中间。

“可以继续比赛了吗？”她问伍德。

伍德看着哈利脸上坚决的神情。

“好吧，”他说，“弗雷德、乔治，你们都听见哈利的话了——别去管他，让他自己对付那只游走球。”

现在雨下得更大了。霍琦女士哨声吹响，哈利双脚一蹬，飞上天空。他听见脑后嗖嗖直响，知道那只游走球又追来了。哈利越升越高，忽而拐弯，忽而旋转，忽而急转直下，忽而盘旋而上，忽而又东绕西绕，走一条“之”字形路线。他微微有些眩晕，但仍然把眼睛睁得大大的。雨点噼噼啪啪地打在他的眼镜上，当他为了躲避游走球的又一次凶猛进攻、头朝下悬挂着时，雨水流进了他的鼻孔。他听见人群里传出一阵大笑，知道自己的样子肯定很愚蠢，但是那只失控的游走球很笨重，不能像他这样敏捷地改变方向。他开始围着赛场边缘像环滑车一样飞行，眯起眼睛，透过银白色的雨帘注视着格兰芬多队的球门柱，只见德里安正试图绕过伍德……

一阵呼啸声在耳边响过，哈利知道游走球又一次差点击中他；他调转头，朝相反方向急速飞驰。

“是在练芭蕾舞吗，波特？”当哈利为躲避游走球而不得不在空中傻乎乎地旋转时，马尔福大声嚷道。哈利飞快地逃避，游走球在后面穷追不舍,离他只有几英尺。他回头憎恨地瞪着马尔福,就在这时,他看见了,看见了金色飞贼,就在马尔福左耳朵上方几英寸的地方盘旋——马尔福光顾着嘲笑哈利了,没有看见。

在那难熬的一瞬间,哈利悬在半空中,不敢加速朝马尔福冲去,生怕他会抬头看见金色飞贼。

咈!

他停顿的时间太长了一点儿。游走球终于击中了他,狠狠地撞向他的臂肘,哈利感到胳膊一下子断了。一阵灼烧般的疼痛,使他有些头晕目眩,在被雨水浇湿的飞天扫帚上滑向了一侧,一条腿的膝盖仍然钩住扫帚,右手毫无知觉地悬荡在身体旁边。游走球又朝他发起了第二次进攻,这次瞄准了他的脸。哈利猛地偏离原来的方向,只有一个念头牢牢地占据着他已经迟钝的头脑:冲向马尔福。

在朦胧的雨帘中,哈利忍着钻心的剧痛,冲向下边那张正在讥笑的发亮的脸。他看见那张脸上的眼睛惊恐地睁大了:马尔福以为哈利要来撞他。

"你干吗——"他一边喘着气,一边匆匆躲闪哈利。

哈利那只没有受伤的手松开扫帚,狠狠地伸出去一抓;他感到手指握住了冰冷的金色飞贼,但由于他现在只用两条腿夹住扫帚,便径直朝地面坠落下去,同时硬撑着不让自己昏厥,他听见下边的人群中传出一片惊呼。

砰的一声,水花四溅,哈利摔在泥泞里,从扫帚上滚落下来。他的手臂以一种十分奇怪的角度悬在那里。在一阵阵剧痛中,他听见了许多口哨声和叫喊声,仿佛是从很远的地方传来。他定睛一看,金色飞贼正牢牢地攥在他那只没有受伤的手里。

"啊哈,"他含糊不清地说,"我们赢了。"

然后,他便晕了过去。

他醒转过来时,仍然躺在赛场上,雨水哗哗地浇在他脸上,有人俯身看着他。他看见了一排闪闪发亮的牙齿。

"哦,不要,不要你。"他呻吟着说。

“不知道他在说什么。”洛哈特大声地对那些焦虑地聚在周围的格兰芬多的学生说，“不用担心，哈利。我正要给你治胳膊呢。”

“不！”哈利说，“就让它这样好了，谢谢你……”

他想坐起来，可是胳膊疼得太厉害了。他听见旁边传来熟悉的咔嚓声。

“我不要拍这样的照片，科林。”他大声说。

“躺好，哈利，”洛哈特安慰他说，“是一个简单的咒语，我用过无数次了。”

“我为什么不能直接去校医院？”哈利咬紧牙关，从牙缝里说。

“他真的应该去医院。”满身泥浆的伍德说，尽管他的找球手受了伤，他仍然抑制不住脸上的笑容，“你那一抓真是绝了，哈利，太精彩了，还没见你干得这么漂亮过。”

哈利透过周围密密麻麻的许多条腿，看见弗雷德和乔治·韦斯莱兄弟俩正拼命把那只失控的游走球按压进箱子里。游走球仍然在凶猛地挣扎。

“往后站。”洛哈特说着，卷起了他那翡翠绿的衣袖。

“别……不要……”哈利虚弱地说，可是洛哈特已经在旋转他的魔杖了。一秒钟后，他把魔杖对准了哈利的胳膊。

一种异样的、非常难受的感觉像闪电一样，从哈利的肩膀直达他的手指尖。就好像他的手臂正在被抽空。他不敢看是怎么回事，闭上了眼睛，把脸偏在一边。但是，当周围的人们纷纷倒吸着冷气、科林·克里维又开始忙着疯狂拍照时，他发现自己最担心的事变成了现实：他的胳膊不疼了——但是感觉也根本不像一条胳膊了。

“哈，”洛哈特说，“是啊，没错，有时也会发生这样的事。可是关键在于，骨头已经接上了。这一点要千万记住。好了，哈利，溜达着去医院吧——啊，韦斯莱先生、格兰杰小姐，你们能陪他去吗？——庞弗雷女士可以——哦——再给你修整一下。”

哈利站起身，感到身体很奇怪地歪向了一边。他深深地吸了一口气，低头朝他的右侧身体看去。眼前的景象使他差点再一次晕了过去。

从他袖管里伸出来的，活像一只厚厚的、肉色的橡皮手套。他试着活动手指，但没有反应。

洛哈特没有接好哈利的骨头。他把骨头都拿掉了。

庞弗雷女士很不高兴。

“你应该直接来找我！”她气呼呼地说，托起那个可怜巴巴、毫无生气的东西，就在半小时前，它还是一条活动自如的胳膊，“我一秒钟就能把骨头接好——可是要让它们重新长出来——”

“你也会的，是吗？”哈利十分迫切地问。

“我当然会，可是会很疼的。”庞弗雷女士板着脸说，扔给哈利一套睡衣，“你只好在这里过夜了……”

哈利病床周围的帘子拉上了，罗恩帮他换上睡衣，赫敏在外面等着。他们费了不少工夫，才把那只橡皮般的、没有骨头的胳膊塞进了袖子。

“你现在还怎么护着洛哈特，嗯，赫敏？”罗恩一边把哈利软绵绵的手指一个个地从袖口里拉出来，一边隔着帘子大声说道，“如果哈利想要把骨头拿掉，他自己会提出来的。”

“谁都会犯错误的嘛，”赫敏说，“而且现在胳膊不疼了，是吧，哈利？”

“不疼了，”哈利说，“可是它什么也做不成了。”

他一摆腿上了床，胳膊瘫软无力地摆动着。

赫敏和庞弗雷女士绕过帘子走来。庞弗雷女士手里拿着一个大瓶子，上面贴着生骨灵的标签。

“这一晚上比较难熬，”她说，倒出热气腾腾的一大杯，递给哈利，“长骨头是一件很难受的事。”

喝生骨灵就够难受的了。药水在哈利的嘴里燃烧着，又顺着喉管燃烧下去，哈利连连咳嗽，唾沫喷溅。庞弗雷女士退了出去，仍然不停地咂着嘴，埋怨这项运动太危险，老师们太无能。罗恩和赫敏留在病房里，喂哈利吞下了几口水。

“不过我们赢了，”罗恩说，脸上绽开了笑容，“多亏你抓住了金色飞贼。马尔福的那副表情……他看上去想杀人！”

“我真想知道他对那只游走球做了什么手脚。”赫敏生气地说。

“我们可以把这个问题也写在清单上，等喝了复方汤剂以后一起问他。”哈利说着，一头倒在枕头上，“我希望复方汤剂的味道比这玩意儿好一些……”

“如果里面放了斯莱特林身上的一点儿东西呢？你真会开玩笑。”罗恩说。

就在这时，病房的门突然开了，格兰芬多队的队员们来看哈利了。他们一个个满身泥泞，像落汤鸡一样。

“哈利，你飞得太棒了。”乔治说，“我刚才看见马库斯·弗林特冲马尔福大叫大嚷，说什么金色飞贼就在他的头顶上，他都看不见。马尔福看上去可不太高兴。”

队员们带来了蛋糕、糖果和几瓶南瓜汁。他们围在哈利床边，正要开一个很快乐的晚会，不料庞弗雷女士咆哮着冲了进来：“这孩子需要休息，他有三十三块骨头要长呢！出去！**出去！**”

于是，病房里就剩下了哈利一个人，没有任何事情来分散他的注意力，只感到软绵绵的胳膊像刀割一般疼痛。

过了好长好长时间，哈利突然醒来了，四下里漆黑一片。他痛得小声叫唤起来：现在胳膊里好像有无数的大裂片。一开始，他以为是胳膊把他疼醒的，紧接着，他惊恐地意识到有人在黑暗中用海绵在擦拭他的额头。

“走开！”他大声说，随即，他认出来了，“多比！”

家养小精灵瞪着两只网球般的大眼睛，在黑暗中打量着哈利，一颗泪珠从他尖尖的长鼻子上滚落下来。

“哈利·波特回到了学校，”他悲哀地小声说，“多比几次三番地提醒哈利·波特。啊，先生，您为什么不听多比的警告呢？哈利·波特没有赶上火车，为什么不回家去呢？”

哈利从枕头上撑起身子，把多比的海绵推开。

“你在这里做什么？”他问，“你怎么知道我没有赶上火车？”

多比的嘴唇颤抖了，哈利心头顿时起了怀疑。

“是你干的！”他慢慢地说，“是你封死了隔墙，不让我们过去！”

“正是这样，先生。”多比说着，拼命点头，两只大耳朵呼扇着，“多比躲在旁边，等候哈利·波特，然后封死了通道，事后多比不得不用熨斗烫自己的手——”他给哈利看他绑着绷带的十个长长的手指，“——可是多比不在乎，先生，多比以为哈利·波特这下子安全了，多比做梦也没有想到，哈利·波特居然走另一条路到了学校！”

他前后摇晃着身子，丑陋的大脑袋摆个不停。

“多比听说哈利·波特回到了霍格沃茨，真是大吃一惊，把主人的晚饭烧煳了！好厉害的一顿鞭打，多比以前还没有经历过，先生……”

哈利重重地跌回到枕头上。

“你差点害得我和罗恩被开除，”他暴躁地说，“你最好趁我骨头没长好赶紧躲开，多比，不然我会掐死你的。”

多比淡淡地一笑。

“多比已经习惯了死亡的威胁。多比在家里每天都能听到五次。”

他用身上穿的脏兮兮的枕套一角擤了擤鼻涕，那模样可怜巴巴的，哈利觉得心头的怒火不由自主地消退了。

“你为什么穿着那玩意儿，多比？”他好奇地问。

“这个吗，先生？”多比说着，扯了扯枕套，“这象征着家养小精灵的奴隶身份，先生。只有当多比的主人给他衣服穿时，多比才能获得自由。家里的人都很小心，连一双袜子也不交给多比，先生，因为那样的话，多比就自由了，就永远离开他们家了。”

多比擦了擦鼓凸的大眼睛，突然说道：“哈利·波特必须回家！多比原以为他的游走球肯定能使——”

“你的游走球？”哈利问，怒火又腾地蹿了起来，“你这是什么意思，你的游走球？是你让那只游走球来撞死我的？”

“不是撞死您，先生，绝对不是撞死您！”多比惊恐地说，“多比想挽救哈利·波特的生命！受了重伤被送回家，也比待在这儿强，先生。多比只希望哈利·波特稍微受一点儿伤，然后被打发回家！”

“哦，就是这些？”哈利气愤地问，“我猜你大概不会告诉我，你为什么希望我粉身碎骨地被送回家，是吗？”

“啊，但愿哈利·波特知道！”多比呻吟着，更多的眼泪滚落到他破破烂烂的枕套上，“但愿他知道，他对魔法世界里我们这些卑微的、受奴役的小人物意味着什么！多比没有忘记那个连名字都不能提的人势力最强大时的情形，先生！人们像对待害虫一样对待我们这些家养小精灵，先生！当然啦，他们现在仍然那样对待多比，先生。”他承认道，又在枕套上擦了擦脸，“可是总的来说，自从你战胜了那个连名字都不能提的人之后，我们这些人的生活已经大有改善。哈利·波特活了下来，黑魔头的法力被打破了，这是一个新的开端，先生。对于我们中间这些认为黑暗的日子永远不会完结的人来说，哈利·波特就像希望的灯塔一样闪耀，先生……现在，在霍格沃茨，可怕的事情就要发生，也许已经发生了，多比不能让哈利·波特留在这里，因为历史即将重演，密室又一次被打开……”

多比呆住了，神情惊恐万状，接着便从床头柜上抓起哈利的水罐，敲碎在自己的脑袋上，然后摇摇晃晃地消失了。一秒钟后，他又慢慢地爬到床上，两只眼珠对着，低声嘟哝着说：“坏多比，很坏很坏的多比……”

“这么说，确实有一个密室？”哈利小声问，“而且——你说它以前曾被打开过？告诉我，多比！”

小精灵多比的手又朝水罐伸去，哈利一把抓住他皮包骨头的手腕。“但我不是麻瓜出身的呀——密室怎么可能对我有危险呢？”

“啊，先生，别再问了，别再追问可怜的多比了。”小精灵结结巴巴地说，眼睛在黑暗中大得像铜铃，“这里有人在策划阴谋，在事情发生的时候，哈利·波特千万不能待在这里。回家吧，哈利·波特。回家。哈利·波特绝不能插手这件事，先生，太危险了——”

“那是谁，多比？”哈利说，同时牢牢地抓住多比的手腕，不让他再用水罐打自己的脑袋，“谁打开了密室？上次是谁打开的？”

“多比不能说，先生，多比不能说，多比绝对不能说！”小精灵尖叫着，

“回家吧,哈利·波特,回家吧!”

“我哪儿也不去!”哈利烦躁地说,“我最好的一个朋友就是麻瓜出身的,如果密室真的被打开了,她是首当其冲——”

“哈利·波特愿为朋友冒生命危险!”多比既伤心又欢喜地呻吟着,“多么高贵! 多么勇敢! 但他必须保住自己,他必须,哈利·波特千万不能——”

多比突然僵住了,两只蝙蝠状的耳朵颤抖着。哈利也听见了。外面的过道里传来了脚步声。

“多比必须走了!”小精灵被吓坏了,喘着气说。一声很响的爆裂声,哈利的拳头突然一松,里面只剩下了空气。他跌回床上,眼睛看着漆黑的病房门口,脚步声越来越近了。

紧接着,邓布利多后退着进入了病房。他穿着一件长长的羊毛晨衣,戴着睡帽。他双手抬着一件雕塑般的东西的一端。一秒钟后,麦格教授也出现了,抬着那东西的脚。他们一起把它放到床上。

“去叫庞弗雷女士。”邓布利多小声说,麦格教授匆匆经过哈利的床头,走了出去。哈利一动不动地躺着,假装睡着了。他听见急切的说话声,接着麦格教授又飞快地走了进来,庞弗雷女士紧随其后,她在睡衣外面套了一件夹克。哈利听见了倒吸一口冷气的声音。

“怎么回事?”庞弗雷女士小声问邓布利多,一边俯身查看那尊雕像。

“又是一起攻击事件,”邓布利多说,“麦格在楼梯上发现了他。”

“他身边还有一串葡萄,”麦格教授说,“我们猜他是想溜到这里来看波特的。”

哈利的胃部狠狠抽搐了一下。他慢慢地、小心翼翼地把身体抬起了几英寸,这样便能看见那张床上的雕像了。一道月光洒在那张目瞪口呆的脸上。

是科林·克里维。他眼睛睁得大大的,双手伸在胸前,举着他的照相机。

“被石化了?”庞弗雷女士小声问。

“是的,”麦格教授说,“我想起来就不寒而栗……如果不是阿不思碰巧下楼来端热巧克力,谁知道会怎么样……”

三个人专注地看着科林。然后邓布利多倾身向前,从科林僵硬的手指间取下照相机。

“他会不会拍下了攻击者的照片?”麦格教授急切地问。

邓布利多没有回答。他撬开照相机的后盖。

“我的天哪!”庞弗雷女士惊呼道。

一股热气嘶嘶地从照相机里冒了出来。就连隔着三张床的哈利,也闻到了一股塑料燃烧的刺鼻气味。

“熔化了,”庞弗雷女士诧异地说,“居然全熔化了……”

“这意味着什么,阿不思?”麦格教授急切地追问。

“这意味着,”邓布利多说,“密室确实又被打开了。”

庞弗雷女士用手捂住嘴巴。麦格教授呆呆地看着邓布利多。

“可是阿不思……你想必知道……谁?”

“问题不是谁,”邓布利多目光停留在科林身上,说道,“问题是,怎样……”

哈利可以看到阴影中麦格教授脸上的神情,知道她像自己一样,没有听懂邓布利多的话。

第11章

决斗俱乐部

星期天一早，哈利睁开眼，看见冬日的阳光照得宿舍里亮堂堂的。他发现他的胳膊又长出了新骨头，但十分僵硬。他猛地坐起身，朝科林的床上望去，可是哈利床前昨天新换上了长长的帘子，把科林的床完全遮住了。庞弗雷女士看到哈利醒了，便端着早餐托盘，轻快地走过来，开始拉曲伸展哈利的胳膊和手指。

"长得不错，"她说，这时哈利正笨拙地用左手拿勺喝粥，"你吃完就可以走了。"

哈利尽可能麻利地穿上衣服，匆匆赶向格兰芬多塔楼，巴不得赶紧跟罗恩和赫敏说说科林和多比的情况，可是他们不在。哈利又出去寻找，心里纳闷，他们能去哪儿呢？他觉得有一点儿委屈，他们竟然丝毫不关心他的骨头长好了没有。

哈利经过图书馆时，珀西·韦斯莱正从里面出来，神态很悠闲，情绪似乎比他们上次见面时好多了。

“喂，你好，哈利，”他说，“昨天飞得真棒，简直太过瘾了，格兰芬多刚刚在学院杯上得了头名——你赢了五十分！”

“你看见罗恩和赫敏没有？”哈利问。

“没有，没看见，”珀西说，脸上的笑容隐去了，“我希望罗恩没有再去钻女厕所……”

哈利勉强笑了一下，看着珀西离去，然后径直走向哭泣的桃金娘的盥洗室。他说不清罗恩和赫敏为什么又会到这里来，但是当他确信费尔奇和级长都不在周围时，便推开了房门。他听见一个关着门的小单间里传出了他们的声音。

“是我。”他说，反手关上了门，小单间里传出当啷当啷、哗啦哗啦的声音。接着是一声惊呼，他看见赫敏的眼睛正透过钥匙孔往外张望。

“哈利！”她说，“你把我们吓了一跳。进来——你的胳膊怎么样了？”

“挺好的。”哈利说着，挤进了小单间，只见抽水马桶上架着一只坩埚。哈利听到马桶下边噼噼啪啪作响，便知道他们在下面生了一把火。用魔法变出可携带的防水火焰，这是赫敏的拿手好戏。

“我们本来要去看你的，但后来决定先把复方汤剂熬起来再说。”罗恩说，这时哈利挺费劲地把小单间重新锁上了，“我们认为躲在这里最安全了。”

哈利刚要跟他们谈谈科林的事情，赫敏打断了他：“我们已经知道了，今天早晨听麦格教授告诉弗立维的。所以我们才决定还是先——”

“最好赶紧让马尔福坦白交代，越快越好。”罗恩气冲冲地说，“你知道我是怎么想的吗？自从魁地奇比赛之后，马尔福就一直闷闷不乐，他是把气撒在科林身上了。”

“还有一件事，”哈利看着赫敏把一束束两耳草撕碎了扔进汤剂，说道，“多比半夜里来看我了。”

罗恩和赫敏惊讶地抬起头来。哈利把多比告诉他的——或者说没告诉他的事情原原本本地跟他们说了。罗恩和赫敏听得目瞪口呆。

“密室以前曾经打开过？”赫敏问。

“这一下就清楚了，”罗恩用得意的语气说，“一定是卢修斯·马尔福在这里上学时就打开过密室，现在他又教亲爱的小德拉科这么做。这是很显然的。不过，我真希望多比告诉过你那里面关着什么怪物。我真不明白，它一直藏在学校里，怎么就没有人发现呢？”

“也许它可以让自己隐形，”赫敏说着，把一些蚂蟥捅进坩埚底，“或者能把自己伪装起来——变成一件盔甲或别的什么。我在书里读到过变色食尸鬼的故事……”

“你书读得太多了。”罗恩说着，把一些死草蛉虫倒在蚂蟥上面。他把装草蛉虫的空口袋揉成一团，转过脸来看着哈利。

“所以多比不让我们上火车，还弄断了你的胳膊……”他摇了摇头，“你知道吗，哈利？如果他一直不停地抢救你，准会要了你的命呢。”

星期一早晨，科林·克里维遭到袭击、像死人一样躺在医院里的消息，迅速传遍了学校。顿时，学校里谣言纷飞，人人疑神疑鬼。一年级新生现在总是三五成群地紧紧簇拥在一起活动，好像生怕如果单独行动，就会受到袭击。

金妮在魔咒课上与科林·克里维同桌，这一阵子心烦意乱得厉害。弗雷德和乔治为了使她高兴，轮流披着毛皮或变出满身疖子，从塑像后面跳出来逗她，哈利觉得这种做法是在帮倒忙。后来，珀西气得语无伦次，对双胞胎兄弟说他要写信给他们的妈妈韦斯莱夫人，告诉她金妮夜里都做噩梦，他们这才停止了胡闹。

在这段时间里，大家瞒着老师，叽叽喳喳地交换护身符、驱邪物及其他保护自己的玩意儿。这种做法很快风靡学校，纳威·隆巴顿买了一个臭气熏天的大绿洋葱头、一块尖尖的紫水晶和一条正在腐烂的水螈尾巴。结果格兰芬多的其他男生告诉他，他实际上并没有危险：他是纯血统，因此不会受到袭击。

“他们先对费尔奇下手的，”纳威说，圆圆的脸上充满恐惧，“大家都知道，我差不多就是个哑炮。”

十二月的第二个星期，麦格教授像往常一样过来收集留校过圣诞节的同学名单。哈利、罗恩和赫敏在名单上签了字；他们听说马尔福准备留下，觉得十分可疑。过节期间正好可以用复方汤剂把马尔福的真话套出来。

不幸的是，汤剂还没有完全熬好。还需要双角兽的角和非洲树蛇的皮，而这些东西只有在斯内普的私人储藏室里才能弄到。哈利暗地里觉得，他宁愿面对斯莱特林的神秘怪物，也不愿在斯内普办公室里偷东西时被斯内普抓住。

“我们需要声东击西，”赫敏干脆地说，这时离星期四下午的魔药课越来越近了，“有人打掩护，另一个人就可以溜进斯内普的办公室，拿到我们想要的东西。”

哈利和罗恩紧张地看着她。

“我认为最好由我去偷，”赫敏用公事公办的口吻接着说，“你们俩如果再惹麻烦，就要被开除了，而我没有不良记录。所以，你们只要把课堂搅得一阵大乱，让斯内普有五分钟时间忙得脱不开身。”

哈利勉强地笑了一下，在斯内普的魔药课上故意捣乱生事，就像去捅一只熟睡的火龙的眼睛，真是太危险了。

魔药课是在一个很大的地下教室里。星期四下午的课刚开始时像往常一样。木桌之间竖着二十个坩埚，桌上放着铜天平和一罐一罐的配料。斯内普在一片烟雾缭绕中来回巡视，粗暴地对格兰芬多学生的工作提出批评，斯莱特林学生在一旁幸灾乐祸地窃笑。德拉科·马尔福是斯内普的得意门生，他不停地用那双河豚眼睛朝罗恩和哈利翻着白眼。罗恩和哈利知道，如果他们以眼还眼，就会立刻被关禁闭，连句“冤枉”都来不及喊。

哈利的肿胀药水熬得太稀了，他的心思全用在了更重要的事情上。他在等赫敏的信号，斯内普停下来嘲笑他的稀汤寡水时，他几乎根本没听。斯内普转过身子，去找碴儿欺负纳威了，赫敏迎住哈利的目光，点了点头。

哈利迅速弯腰藏到他的坩埚后面，从口袋里掏出一串弗雷德的费力拔烟火，用魔杖飞快地点了一下。烟火开始嘶嘶作响，迸出火星。哈利知道自己只有几秒钟的时间，他直起身，瞄准目标，把烟火掷了出去。烟火准确地落进了高尔的坩埚里。

高尔的汤药炸开了，劈头盖脸浇向全班同学。大家在飞溅的肿胀药水的袭击下，纷纷尖声大叫。马尔福被浇了一脸，鼻子像气球一样膨胀起来；高尔用手捂着眼睛，跌跌撞撞地乱窜，眼睛肿得有午餐的盘子那样大。斯内普拼命想使大家安静，弄清事情原委。在这一片混乱中，哈利看见赫敏悄悄溜出了教室。

"安静！**安静！**"斯内普咆哮道，"被药水溅到的同学，都到我这里来领消肿剂。等我弄清楚是谁干的……"

哈利忍着笑，看着马尔福急急忙忙冲上前去，他的鼻子肿成了一个小西瓜，脑袋被坠得耷拉着。全班一半的同学都乱糟糟地挤向斯内普的桌子，有的人胳膊肿得像棒槌，举都举不动；有的人嘴巴肿得老高老大，根本没法说话。这时，哈利看见赫敏又溜回了地下教室，她的衣服前面鼓起了一块。

当大家喝了解药，各种各样的肿胀都消退之后，斯内普快步走到高尔的坩埚前，用勺子舀出扭成麻花的黑色的烟火灰烬，教室里突然鸦雀无声。

"一旦查清这是谁扔的，"斯内普压低声说，"我就一定要开除那个人。"

哈利拼命使自己的脸上现出一副困惑的表情。斯内普正盯着他呢，谢天谢地，幸亏十分钟后，下课铃响了。

"他知道是我，"三个人急急忙忙返回哭泣的桃金娘的盥洗室，哈利说道，"我看得出来。"

赫敏把新的配料扔进坩埚，兴奋地搅拌起来。

"两个星期之内就能熬好。"她高兴地说。

"斯内普没法证明是你干的，"罗恩安慰哈利说，"他能怎么样呢？"

"你了解斯内普，他不会善罢甘休的。"哈利说，坩埚里的汤药在咕嘟咕嘟地冒着气泡。

一个星期后，哈利、罗恩和赫敏正穿过门厅，突然看见一小群人聚集在布告栏周围，读着一张刚刚被钉上去的羊皮纸上的文字。西莫·斐尼甘和迪安·托马斯一副很兴奋的样子，招呼他们过去。

“他们要开办决斗俱乐部！”西莫说，“今天晚上第一次聚会。我不反对学一些决斗的课程，有朝一日可能会派上用场……”

“什么，你以为斯莱特林的怪物会决斗吗？”罗恩说，但他也很感兴趣地读着那则告示。

“总会有用的。”他对哈利和赫敏说，他们一起朝礼堂走去，“我们去吗？”

哈利和赫敏都赞成去，于是，晚上八点，他们又匆匆回到礼堂。长长的饭桌消失了，沿着一面墙出现了一个镀金的舞台，由上空飘浮的几百支蜡烛照耀着。天花板又一次变得像天鹅绒一般漆黑，全校的同学几乎都来了，挤挤挨挨的，每个人都拿着自己的魔杖，满脸兴奋。

“不知道由谁来教我们，”他们侧着身子挤进叽叽喳喳的人群，赫敏说，“有人告诉我，弗立维年轻的时候曾是决斗冠军，也许就是他来教我们吧。”

“只要不是——”哈利的话没说完，就转成了一句呻吟，只见吉德罗·洛哈特走上舞台，穿着紫红色的长袍，光彩照人，他身边的不是别人，正是斯内普，还穿着他平常的那身黑衣服。

洛哈特挥手叫大家安静，然后大声喊道：“围过来，围过来！每个人都能看见我吗？都能听见我说话吗？太好了！

“是这样，邓布利多教授允许我开办这家小小的决斗俱乐部，充分训练大家，这样你们有一天需要自卫时，就可采取我曾无数次使用的方式保护自己——欲知这方面的详情，请看我出版的作品。

“我来介绍一下我的助手斯内普教授。”洛哈特说着，咧开大嘴笑了一下，“他对我说，他本人对决斗也略知一二，他还慷慨大度地答应，在上课前协助我做一个小小的示范。话说，我可不愿意让你们这些小家伙担心——等我跟他示范完了，我还会把你们的魔药课老师完好无损地还给你们,不用害怕!”

“如果他们拼个两败俱伤,岂不是太好了?”罗恩在哈利耳边小声嘀咕。

斯内普的上嘴唇卷了起来。哈利不明白洛哈特为什么还笑眯眯的;如果斯内普用那样的眼神看着他,他早就撒开双腿,拼命朝相反方向跑去了。

洛哈特和斯内普转身面向对方,鞠了个躬。至少洛哈特是鞠躬了,两只手翻动出很多花样,而斯内普只是很不耐烦地抖了一下脑袋。然后,他们把各自的魔杖像剑一样举在胸前。

“正如你们所看到的,我们用一般的决斗姿势握住魔杖,”洛哈特对安静的人群说,“数到三,我们就施第一道魔法。当然啦,谁都不会取对方的性命。”

“我可不敢打赌。”哈利看着斯内普露出了牙齿,低声说。

“一——二——三——”

两人同时把魔杖猛地举过肩膀。斯内普喊道:“除你武器!”忽然一道耀眼的红光闪过,洛哈特被击得站立不稳。他猛地朝后飞出舞台,撞在墙上,然后滑落下来,蜷缩在地板上。

马尔福和另外几个斯莱特林的学生鼓掌喝彩。赫敏踮着脚跳上跳下。“你们认为他没事吧?”她用手指捂住嘴巴,尖叫着问道。

“管他呢!”哈利和罗恩同时说道。

洛哈特踉踉跄跄地站了起来,他的帽子掉了,波浪般的鬈发根根竖立。

“好,大家看到了吧!”他歪歪倒倒地重新登上舞台,说道,“这是一个缴械咒——正如你们看到的,我失去了我的魔杖——啊,谢谢你,布朗小姐。是的,斯内普教授,向他们展示这一招,这个主意真妙,不过,我这么说你可别介意,刚才你想来这么一手的意图太明显了。如果我打算阻止你,是不用吹灰之力的。我倒认为,为了增长他们的见识,不妨让他们看看……”

斯内普一脸杀气。洛哈特大概也注意到了,于是他说:“示范到此结束！现在我到你们中间来，把你们分成两个人一组。斯内普教授，如果你愿意帮助我……”

他们在人群中穿行，给大家配成对子。洛哈特让纳威和贾斯廷·芬列里组成一对，可是斯内普先走到了哈利和罗恩面前。

“我想，梦之队应该打散了，”他讥笑着说，“韦斯莱，你可以和斐尼甘组成一对。波特——”

哈利下意识地朝赫敏靠拢过去。

“我并不这样认为。”斯内普说，脸上冷冰冰地笑着，“马尔福，上这儿来。让我们看看你能把大名鼎鼎的波特造就成一个什么样的人。至于你，格兰杰小姐——你可以和伯斯德小姐配对。”

马尔福趾高气扬地走了过来，脸上得意地笑着。他身后跟着一个斯莱特林女生，她的模样使哈利想起他在《与母夜叉一起度假》里看到过的一幅画。这女生长得又高又壮，敦敦实实，肥厚的下巴气势汹汹地向前伸着。赫敏勉强地朝她笑了笑，她理都不理。

“面对你们的搭档！”洛哈特回到舞台上，喊道，“鞠躬！”

哈利和马尔福几乎没有点头，他们目不转睛地盯着对方。

“举起魔杖，做好准备！”洛哈特大声说道，“等我数到三，就施魔法，解除对方的武器——只是解除武器——我们不希望出事故。一——二——三——”

哈利猛地把魔杖举过肩头，但是马尔福在刚数到“二”时就动手了：他的魔杖狠狠地击中了哈利，哈利觉得自己仿佛被一个平底锅打中了脑袋。他踉跄了一下，还好，似乎一切还都在运转，于是哈利抓紧时机，用魔杖直指马尔福，大叫一声：“咧嘴呼啦啦！”

一道银光击中了马尔福的肚子，他弯下腰，呼哧呼哧地喘着气。

“我说了，只是解除武器！”洛哈特在上面惊恐地对着激战的人群喊道。马尔福跪倒在地；哈利用胳肢咒击中了他，他笑得浑身瘫软，简直没法动弹。哈利犹豫着，隐约觉得不应该趁马尔福倒在地上时对他施魔法，这是违反比赛道德的，然而他错了。只见马尔福一边拼命喘息，一边把魔杖对准哈利的膝盖，连笑带喘地说：“塔朗泰拉舞！”立刻，哈利的双腿便不受控制地抽动起来,像是在跳一种快步舞。

"停下! 停下!"洛哈特尖叫道,可是斯内普把大权揽了过去。

"咒立停!"他喊道。哈利的双脚停止了跳舞,马尔福也不再狂笑,他们俩总算都抬起头来。

一股绿莹莹的烟雾在整个会场上空弥漫。纳威和贾斯廷双双躺在地板上,气喘吁吁;罗恩抓住脸色死灰的西莫,为他那根破魔杖闯下的大祸连连道歉;而赫敏和米里森·伯斯德还在行动;米里森夹住赫敏的脑袋,赫敏痛苦地轻轻叫唤着。她们两个人的魔杖都被忘在地板上了。哈利急忙跳上前去,把米里森拉开了。这很不容易,米里森的块头比他大多了。

"天哪,天哪,"洛哈特说,在人群里跳来跳去,看着人们决斗的后果,"你站起来,麦克米兰……留神,福西特小姐……使劲捏住,血马上就能止住,布特……"

"我认为,最好教你们怎样阻止不友好的魔法。"洛哈特神色慌张地站在礼堂中央说道。他朝斯内普瞥了一眼,看见斯内普的黑眼睛里闪着寒光,便立刻将目光移开了。"请自愿上来一对——隆巴顿和芬列里,你们怎么样?"

"这主意可不好,洛哈特教授。"斯内普说,同时像一只恶毒的大蝙蝠一样在舞台上轻快地滑过,"隆巴顿即使用最简单的咒语也能造成破坏。那样的话,我们只有将芬列里的残骸装在一只火柴盒里,送进医院了。"纳威粉红色的圆脸红得更厉害了。"马尔福和波特怎么样?"斯内普狞笑着说。

"太妙了!"洛哈特说,他示意哈利和马尔福走到礼堂中央,人们往后退着给他们腾出空间。

"好了,哈利,"洛哈特说,"当德拉科用他的魔杖指着你时,你就这么做。"

他举起自己的魔杖,左右挥舞一番,想变幻出复杂的花样,却不小心把它掉在了地上。斯内普在一旁哧哧冷笑,洛哈特赶忙捡起魔杖,说:"哎哟——我的魔杖有点儿兴奋过度了。"

斯内普走近马尔福，低头对他耳语了几句。马尔福也哧哧冷笑起来。哈利紧张地抬头望着洛哈特，说："教授，你能再向我演示一下那种阻止咒语的方法吗？"

"害怕了？"马尔福压低声音说，没让洛哈特听见。

"你做梦吧。"哈利从嘴角迸出这几个字。

洛哈特快活地拍打着哈利的肩膀："就照我刚才那样去做，哈利！"

"什么，把魔杖掉在地上？"

可是洛哈特根本没在听他说话。

"三——二——一——开始！"他喊道。

马尔福迅速举起魔杖，大吼一声："乌龙出洞！"

他的魔杖头爆炸了。哈利惊恐地注视着，只见一条长长的黑蛇突然从里面蹿出，重重地落在他们两个中间的地板上，然后昂起蛇头，准备进攻。人群尖叫着，迅速向后闪退，让出空地。

"不要动，波特。"斯内普懒洋洋地说，显然，他看到哈利一动不动地站在那里，和发怒的蛇大眼瞪小眼，感到心里很受用，"我来把他弄走……"

"让我来！"洛哈特喊道。他举起魔杖，威胁地向蛇挥舞着。突然，嘭的一声巨响，蛇不仅没有消失，反而蹿起一丈多高，又重重地落回到地板上。它狂怒不已，咝咝地吐着芯子径直朝贾斯廷·芬列里游去，接着，它昂起脑袋，露出毒牙，摆出进攻的架势。

哈利不明白自己为什么会这样做，甚至没有意识到自己会决定这样做。他只知道他的双腿自动朝前挪动，就像踩着小脚轮似的，然后傻乎乎地冲蛇喊道："放开他！"奇迹发生了——简直不可思议——那条蛇瘫倒在地板上，柔顺得像一堆又粗又黑的浇水软管，眼睛盯在哈利身上。哈利觉得自己的恐惧一点儿一点儿地消失了。他知道蛇不会再袭击任何人了，至于是怎么知道的，他说不上来。

他抬头看着贾斯廷，咧开嘴笑了。他以为会看到贾斯廷脸上露出放松、困惑或感激的表情——而绝不可能是愤怒和惊恐。

"你以为你在玩什么把戏？"贾斯廷喊道，不等哈利来得及说话，他就转身冲出了礼堂。

斯内普走上前，挥了挥他的魔杖，蛇化成一缕黑烟消失了。斯内普也用一种令哈利感到意外的目光看着他：那是一种狡猾的、老谋深算的目光，哈利很不喜欢。他还隐隐约约地意识到四周的人都在不祥地窃窃私语。就在这时，他觉得有人拽了拽他的长袍后襟。

"走吧，"罗恩在他耳边说，"快走……走吧……"

罗恩领着他走出礼堂，赫敏脚步匆匆地走在他们身边。他们出门时，人们纷纷向两边退让，好像生怕沾惹上什么似的。哈利完全不明白到底是怎么回事，罗恩和赫敏也不作任何解释，只是一路拽着他，一直来到空无一人的格兰芬多公共休息室。然后，罗恩把哈利推到一把扶手椅上，说道："你是个蛇佬腔。为什么不告诉我们？"

"我是个什么？"哈利问。

"蛇佬腔！"罗恩说，"你会跟蛇说话！"

"我知道了，"哈利说，"我的意思是，这是我第二次这么做了。有一次在动物园里，我无意中把一条大蟒放了出来，大蟒向我表哥达力扑去——这事情说来话长，当时那条大蟒告诉我，它从没有去过巴西，我就不知不觉把它放了出来，我不是有意的。那时候我还不知道自己是个巫师……"

"一条大蟒告诉你，它从没有去过巴西？"罗恩用微弱的声音问道。

"怎么啦？"哈利说，"我敢打赌，这里的许多人都能做到这一点。"

"哦，他们可做不到，"罗恩说，"这不是一种稀松平常的本领。哈利，这很糟糕。"

"什么很糟糕？"哈利问，觉得心头生起怒火，"所有的人都出了什么毛病？听着，如果不是我叫那条蛇不要袭击贾斯廷——"

"哦，这就是你对他说的话？"

"你这是什么意思？你当时也在场……你听见我说话的。"

"我听见你用蛇佬腔说话，"罗恩说，"就是蛇的语言。你说什么都有可能。怪不得贾斯廷惊恐万状呢，听你说话的声音，就好像你在怂恿那条蛇似的。那是令人毛骨悚然的，你知道吗？"

哈利目瞪口呆地望着他。

“我说的是另一种语言？可是——我没有意识到——我怎么可能说另一种语言，自己却不知道呢？”

罗恩摇了摇头。他和赫敏都显得心情沉重，就好像有人死了似的。哈利不明白有什么事情这么可怕。

“你们愿不愿告诉我，阻止一条丑陋的大蛇把贾斯廷的脑袋咬掉，这有什么不对呢？”他说，“只要贾斯廷没有加入无头猎手队，我是怎么做的又有什么关系呢？”

“关系重大，”赫敏终于压低声音说话了，“因为能跟蛇说话是萨拉查·斯莱特林的著名本领。所以，斯莱特林学派的象征才是一条蛇啊。”

哈利张大了嘴巴。

“正是这样，”罗恩说，“现在，全校的人都会认为你是他的曾曾曾曾孙什么的……”

“但我不是啊。”哈利说。他心头产生了一种他无法解释清楚的恐慌。

“你会发现这一点很难证明，”赫敏说，“他生活在大约一千多年以前；就我们了解的所有情况看，你很可能是他的传人。”

那天夜里，哈利一连好几个小时睡不着觉。他透过床四周帷布的缝隙，注视着片片雪花飘过城堡的窗户，感到心中一片茫然。

他可能是萨拉查·斯莱特林的后裔吗？毕竟，他对父亲的家庭一无所知。德思礼夫妇总是禁止他打听他那些懂魔法的家人的情况。

哈利悄悄地试着用蛇佬腔说话，但怎么也说不出来。似乎只有与一条蛇面对面时，他才能做到这点。

“可是我属于格兰芬多啊，”哈利心想，“如果我有斯莱特林的血统，那顶分院帽就不会把我放在这儿了……”

“哈哈，”他脑海里一个难听的小声音说，“可是分院帽本来是想把你放在斯莱特林的，你难道不记得了？”

哈利翻了个身。第二天他会在草药课上见到贾斯廷，到时候他要向贾斯廷说明他是在把蛇喝退，而不是怂恿它进攻，其实（他用拳头敲打着枕头,愤愤地想),这连傻瓜也应该看得出来啊。

然而,第二天早晨,从夜里就开始下的雪变成了猛烈的暴风雪。这样,本学期的最后一节草药课便被取消了。斯普劳特教授要给曼德拉草穿袜子、戴围巾,这是一项需要慎重对待的工作,她不放心交给别人去办。现在,让曼德拉草快快长大,救活洛丽丝夫人和科林·克里维的性命,成了当务之急。

哈利坐在格兰芬多公共休息室的炉火旁,心中十分烦恼,而罗恩和赫敏趁着不上课的工夫,在玩一种巫师棋。

"看在老天的分儿上,哈利,"赫敏看到罗恩的一个主教把她的骑士从马上摔下来,拖出了棋盘,便有些气急败坏,"如果你把这事看得这样重要,就去找找贾斯廷。"

于是,哈利站起身,从肖像洞口爬了出去,心想,贾斯廷会在哪儿呢?

厚密的、灰暗的雪花在天空飘舞,封住了每扇窗户,城堡比平常白天昏暗了许多。哈利浑身颤抖着走过正在上课的教室,断断续续地听到了一些里面的情况。麦格教授正朝一个人大喊大叫,听声音,那人把他的朋友变成了一只獾。哈利克制住想去看一眼的冲动,继续往前走。他想,贾斯廷也许利用这一会儿不上课的时间在补习功课呢,于是决定先到图书馆找找看。

图书馆后排真的坐着一群赫奇帕奇的学生,他们本来也应该上草药课的,但是看样子他们并不是在温习功课。哈利站在一长排一长排高高的书架间,可以看到他们的脑袋凑在一起,似乎正在交谈着一个有趣的话题。他看不出贾斯廷是不是在他们中间。他正要走过去,突然,他们说的几句话飘进了他的耳朵。他停住脚步,躲在隐形书区里,侧耳倾听。

"所以,不管怎么说,"一个人高马大的男孩说,"我叫贾斯廷躲在我们的宿舍里。我的意思是,如果波特认准了要把他干掉,他最好暂时隐蔽起来。当然啦,贾斯廷自从不小心对波特说漏了嘴,说他是个天生的麻瓜之后,就一直预料会发生这样的事。贾斯廷居然还对波特说他曾经上过伊顿公学。对于斯莱特林的后裔,这种话可不能随便乱说,是吧?"

“这么说，厄尼，你能肯定就是波特？”一个梳着金色马尾辫的姑娘急切地问。

“汉娜，”大个子男孩严肃地说，“他是蛇佬腔。大家都知道这是黑巫师的标志。你听说过哪个正派巫师能跟蛇说话吗？他们管斯莱特林本人就叫蛇语通。”

听了这话，大家七嘴八舌地小声议论开了。厄尼接着往下说：“还记得墙上写的话吗？与继承人为敌者，警惕。波特与费尔奇吵了一架，很快我们就得知，费尔奇的猫遇难了。那个一年级新生克里维，在魁地奇比赛中惹恼了波特，趁他躺在烂泥里的时候给他照相。我们接着便了解到，克里维也遇难了。”

“不过，波特看上去总是那么友好。”汉娜犹豫不决地说，“还有，对了，当年是他使神秘人消失的。他不可能那么坏，对吧？”

厄尼神秘地压低声音，赫奇帕奇们凑得更紧了，哈利侧着身子挪近了一些，想听清厄尼说话。

“谁也不知道，当年他遭到神秘人袭击时是怎么死里逃生的。我的意思是，那件事发生的时候，他还是个婴儿。他应该被炸成碎片才是啊。只有真正法力无穷的黑巫师才能逃脱那样的咒语。”他的声音更低了，简直跟耳语差不多，他说：“大概正是因为这一点，神秘人才想把他弄死，不希望又出现一个‘魔头’跟他较量。我不知道波特还有什么别的法力瞒着大家。”

哈利听不下去了。他清了清嗓子，从书架后面走了出来。他如果不是感到这么气愤，就会发现眼前的景象十分滑稽：那些赫奇帕奇一看见他都吓得呆若木鸡，厄尼的脸上顿时血色全无。

“你们好，”哈利说，“我在找贾斯廷·芬列里。”

赫奇帕奇学生最担心的事情显然得到了证实。他们都惊恐地看着厄尼。

“你找他做什么？”厄尼用颤抖的声音问道。

“我想告诉他，在决斗俱乐部里，那条蛇究竟是怎么回事。”哈利说。

厄尼咬了咬惨白的嘴唇，然后深深地吸了一口气，说：“当时我们都在场。我们看见了是怎么回事。”

“那么你们有没有注意到，我对蛇说话之后，蛇就退回去了？”哈利说。

“我只看见，”厄尼固执地说，尽管他全身不停地发抖，“你用蛇佬腔说话，催着蛇向贾斯廷进攻。”

“我没有催蛇向他进攻！”哈利气得声音发颤，“蛇连碰都没有碰到他！”

“就差一点点。”厄尼说，“假如你想打我的主意，”他急匆匆地补充说，“我不妨告诉你，你可以追溯到我们家九代的巫师，我的血统和任何人一样纯正，所以——”

“我才不关心你有什么样的血统呢！”哈利狂怒地说，“我为什么要去袭击麻瓜？”

“我听说你恨那些和你住在一起的麻瓜。”厄尼迅速说道。

“和德思礼一家住在一起，不恨他们是不可能的。”哈利说，“我倒希望你去试试看。”

他猛地转身，怒气冲冲地走出图书馆，平斯女士正在擦一本大咒语书的镀金封面，抬头不满地瞪视着他。

哈利跌跌撞撞地冲进走廊，根本没注意往哪里走，他实在是气糊涂了。结果，他一头撞上了一件东西，那东西又高大又壮实，把他顶得向后跌倒在地。

“哦，你好，海格。”哈利说着，抬起头来。

海格的脸被一顶沾满雪花的巴拉克拉瓦盔式羊毛帽遮得严严实实，但除了他，不可能是别人，因为那穿着鼹鼠皮大衣的身躯，几乎把整个走廊都填满了。一只戴手套的大手里拎着一只死公鸡。

“好吗，哈利？”海格一边说，一边把巴拉克拉瓦盔帽往上拉了拉，以便说话，“你怎么没有上课？”

“取消了。”哈利说着，从地上爬起来，“你到这里来做什么？”

海格举起那只软绵绵的公鸡。

“是这学期被弄死的第二只了，”他解释说，“要么是狐狸，要么是一个吸血怪,我需要校长允许我在鸡棚周围施个咒语。"

他用沾着雪花的浓眉下的眼睛更仔细地看了看哈利。

"你真的没事吗?你看上去很生气,很不开心。"

哈利没有勇气把厄尼和其他赫奇帕奇学生刚才议论他的话再说一遍。

"没什么。"他说,"我得走了,海格,下一节是变形课,我得去拿我的书。"

他走开了,脑海里还想着厄尼议论他的话:

"贾斯廷自从不小心对波特说漏了嘴,说他是个天生的麻瓜之后,就一直预料会发生这样的事……"

哈利重重地踏上楼梯,转向另一道走廊。这里光线特别昏暗,一块窗户玻璃松动了,一股凛冽的狂风吹进来,扑灭了火把。他走到一半,突然被躺在地板上的什么东西绊倒了。

他转过脸,眯起眼睛,看看是什么绊倒了他。顿时,觉得仿佛他的胃液化成了水。

贾斯廷·芬列里躺在地板上,浑身冰冷、僵硬,一种惊恐万状的神情凝固在他脸上,一双眼睛呆滞地盯着天花板。这还不算完,他旁边还有一个人形,哈利从没见过这样离奇怪异的景象。

那是差点没头的尼克,他不再是乳白色和透明的,而是变得浑身乌黑,烟雾缭绕,一动不动地平躺着悬浮在地面上六英寸的地方。他的脑袋掉了一半,脸上带着与贾斯廷一模一样的惊恐表情。

哈利赶紧站起来,呼吸急促,心脏狂跳,像有一面小鼓在胸腔里敲击。他迷乱地在空荡荡的走廊里四下张望,只见一行蜘蛛正急匆匆地拼命逃走。他听不见别的声音,只有走廊另一侧的教室里隐约传来老师的说话声。

他可以逃走,没有人知道他来过这里。但他不可能让他们躺在这儿,自己一走了之……必须找人来帮忙。会有人相信他与这件事无关吗?

他站在那里,惊慌失措。就在这时,旁边的一扇门砰地被撞开了,专爱搞恶作剧的皮皮鬼一头冲了出来。

“啊,原来是傻宝宝波特!”皮皮鬼咯咯地笑着,连蹦带跳地从哈利身边走过,把哈利的眼镜撞歪了,“波特在做什么?波特为什么鬼鬼祟祟——”

皮皮鬼一个空心跟斗翻了一半,突然停住不动了。他头朝下看到了贾斯廷和差点没头的尼克。他赶紧麻利地站直身子,深深吸了一口气,没等哈利来得及阻拦,他就直着嗓子尖叫起来:**“动手啦!动手啦!又动手啦!是人是鬼都不能幸免啊!快逃命吧!动手——啦!”**

哐啷——哐啷——哐啷——:走廊里的门一扇接一扇被推开了,人们蜂拥而出。在那难熬的几分钟里,场面极其混乱,贾斯廷有被人挤扁的危险,不停地有人站到了差点没头的尼克的身体当中。哈利发现自己被挤到了墙边。这时,老师们大声喊叫着,维持秩序。麦格教授一路跑来,后面跟着她班上的学生,其中一个的头发还是黑一道白一道的。麦格教授用魔杖敲出一声巨响,大家顿时安静下来,她命令每个人都回到自己的教室。人群刚散得差不多了,赫奇帕奇的厄尼气喘吁吁地赶到了现场。

“当场抓住了!”厄尼脸色煞白,戏剧性地用手指着哈利,大声喊道。

“够了,麦克米兰!”麦格教授严厉地说。

皮皮鬼一直在头顶上飘来飘去,俯视整个场面,这时咧开嘴巴,露出一脸坏笑;皮皮鬼一向唯恐天下不乱。当老师们弯腰查看贾斯廷和差点没头的尼克时,皮皮鬼突然唱了起来:

> 哦,波特,你这个讨厌鬼,看你做的好事,
> 你把学生弄死了,自己觉得怪有趣——

“别闹了,皮皮鬼!”麦格教授吼道,皮皮鬼冲哈利吐着舌头,急忙后退着逃走了。

贾斯廷被弗立维教授和天文学系的辛尼斯塔教授抬到医院去了,但是,似乎谁也不知道该拿差点没头的尼克怎么办。最后,麦格教授凭空

变出一把大扇子递给了厄尼，吩咐他把差点没头的尼克扇上楼梯。厄尼照办了，尼克被扇着朝前走，像一艘没有声音的黑色气垫船。走廊里只剩下了哈利和麦格两人。

“跟我来，波特。”麦格说。

“教授，”哈利赶紧说，“我发誓我没有——”

“这事儿我可管不了，波特。”麦格教授简短地回答。

他们默默地拐了个弯，麦格教授在一个奇丑无比的巨大石头怪兽面前停住了脚步。

“柠檬雪糕！”她说。这显然是一句口令，只见怪兽突然活了起来，跳到一旁，它身后的墙壁裂成了两半。哈利尽管为即将到来的命运忧心忡忡，却也忍不住暗暗称奇。墙后面是一道旋转楼梯，正在缓缓地向上移动，就像自动扶梯一样。哈利和麦格教授一踏上去，就听见后面轰隆一声，墙又合上了。他们旋转着越升越高，越升越高，最后，感到有些头晕的哈利看见前面有一扇闪闪发亮的橡木门，上面有一个狮身鹰首兽形状的黄铜门环。

哈利知道他被带到了哪里。这一定是邓布利多的住所。

第12章

复方汤剂

到了顶上，他们迈出石梯，麦格教授在一扇门上敲了敲。门悄没声儿地开了，他们走了进去。麦格教授叫哈利等着，便兀自离开了，把哈利一个人留在那里。

哈利环顾四周。有一点是可以确定的：在哈利这一年拜访过的所有老师办公室中，邓布利多的办公室绝对是最有趣的。如果哈利不是因为担心自己会被赶出学校而吓得六神无主，他会觉得非常高兴有机会到这里来看看。

这是一个宽敞、美丽的圆形房间，充满了各种滑稽的小声音。细长腿的桌子上，放着许多稀奇古怪的银器，它们旋转着，喷出一小股一小股的烟雾。墙上挂满了昔日老校长们的肖像，有男有女，他们都在各自的相框里轻轻打着呼噜。房间里还有一张巨大的桌子，桌脚是爪子形的。在桌子后面的一块搁板上，放着一顶破破烂烂、皱皱巴巴的巫师帽——

分院帽。

哈利在犹豫。他警惕地看了看周围墙上那些熟睡的巫师。如果他把帽子拿下来，再戴在头上试试，肯定不会有什么妨碍吧？他只想看看……只想确定一下它把自己放在了合适的学院里。

他悄悄绕过桌子，拿起搁板上的分院帽，慢慢把它扣在头上。帽子太大了，滑下来盖住了他的眼睛，就像他第一次戴它时那样。哈利盯着帽子黑色的衬里，等待着。这时，一个小声音在他耳边说："有事情想不明白吗，哈利·波特？"

"哦，是的。"哈利含糊不清地小声说，"哦——对不起，打扰你了——我想问一下——"

"你一直想知道我有没有把你放在合适的学院。"帽子机灵地说，"是的……你的位置特别不容易放准，不过我还是坚持我原来的说法——"哈利的心狂跳起来，"你在斯莱特林会很合适的。"

哈利的心猛地往下一沉。他抓住帽顶，把分院帽摘了下来。帽子软塌塌地悬在他手里，脏兮兮的，已经褪了色。哈利把它放回原来的搁板上，感到一阵恶心。

"你错了。"他大声对静静待着、一言不发的帽子说。帽子没有动弹。哈利凝视着它，向后退去。突然后面传来一个奇怪的窒息般的声音，他猛地转过身来。

房间里根本不止他一个人。在门后一根高高的镀金栖枝上，站着一只老态龙钟的鸟，活像是一只被拔光了一半羽毛的火鸡。哈利盯着它，那鸟也用愁苦的目光望着他，同时又发出那种窒息般的声音。哈利觉得它看上去病得很重。眼睛毫无神采，而且就在哈利望着它的这会儿工夫，又有几片羽毛从它尾巴上掉了下来。

哈利心想，如果邓布利多的鸟死了，而办公室里只有他和鸟单独待着，光是这一件事就够他受的了。就在他这么想着的时候，鸟突然全身着起火来。

哈利惊恐地叫喊，后退着撞到桌上。他焦急地环顾四周，指望能有一杯水什么的，可是没有看见。与此同时，那只鸟已经变成了一个火球；

它惨叫一声，接着便消失了，只剩下地板上一堆还没有完全熄灭的灰烬。

办公室的门开了，邓布利多走了进来，神情十分凝重。

“教授，”哈利喘着气说，“你的鸟——我没有办法——它突然着了火——”

令哈利感到大为吃惊的是，邓布利多居然露出了微笑。

“差不多是时候了，”他说，“它模样可怕已经有好多天了，我一直叫它快点行动。”

他看到哈利脸上惊愕的表情，不禁轻轻地笑了。

“福克斯是一只凤凰，哈利。凤凰到了将死的时候，就会自焚，然后从灰烬里再生。你看着它……”

哈利一低头，正好看见一只小小的、全身皱巴巴的小雏鸟从灰烬中探出脑袋。它的相貌和老鸟一样丑陋。

“真遗憾，你不得不在涅槃日见到他，”邓布利多说着，在桌子后面坐了下来，“它大部分时间是非常漂亮的：全身都是令人称奇的红色和金色羽毛。凤凰真是十分奇特而迷人的生命。它们能携带非常沉重的东西，它们的眼泪具有疗伤的作用，而且它们还是特别忠诚的宠物。”

哈利在福克斯自焚引起的惊恐中，暂时忘记了他到这里来的原因。可是此刻，当邓布利多在桌后的高背椅上坐下，用那双浅蓝色的、具有穿透力的目光盯住他时，他一切都想起来了。

然而，没等邓布利多再开口说话，办公室的门砰的一声巨响，被人猛地推开。海格一头冲了进来，眼里喷着怒火，巴拉克拉瓦盔帽戴在他黑乎乎、乱蓬蓬的头顶上，那只死公鸡还在他手里晃来晃去。

“不是哈利，邓布利多教授！”海格急切地说，“就在那孩子被发现的几秒钟前，我还跟他说话来着。他绝没有时间，先生……”

邓布利多想说什么，但海格只顾大吼大叫，并且焦躁地挥舞着手里的公鸡，鸡毛撒得哪儿都是。

“……不可能是他，如果需要，我可以当着魔法部的面起誓……”

“海格，我——”

“……你抓错人了，先生，我知道哈利绝没有——”

“海格！”邓布利多提高嗓门说，“我并没有认为是哈利袭击了那些人。”

“噢，”海格说，公鸡软绵绵地垂落在他身旁，“好吧，我在外面等候吩咐，校长。”

他重重地跺着脚走了出去，神情显得很尴尬。

“你认为不是我吗，教授？”哈利满怀希望地问，看着邓布利多拂去桌上的鸡毛。

“对，哈利，我认为不是。”邓布利多说，不过他脸上的神色又凝重起来。

“但是我仍然想跟你谈谈。”

哈利紧张地等待着，邓布利多端详着他，十根修长的手指的指尖碰在一起。

“我必须问问你，哈利，你有没有事情愿意告诉我，”他温和地说，“任何事情。”

哈利不知道该怎么说。他想起了马尔福的叫喊：“下一个就是你们，泥巴种！”想起了复方汤剂还在哭泣的桃金娘的盥洗室里慢慢熬着。接着，他又想起他曾两次听见的那个幽灵般的声音，想起罗恩说的话：“听见别人听不见的声音，这不是一个好兆头，即使在魔法世界里也是这样。”他还想起了大家议论他的话，以及他的越来越强烈的担心，生怕自己与萨拉查·斯莱特林存在什么关系……

“没有，”哈利说，“什么也没有，先生。”

贾斯廷和差点没头的尼克双双遭到袭击，这使原本已经紧张不安的气氛变得真正恐慌起来。说来奇怪，最使人们感到恐慌的倒是差点没头的尼克的遭遇。什么东西能对一个幽灵下此毒手呢？人们互相询问；什么可怕的力量能够伤害一个已经死去的人呢？学生们差不多是争先恐后地预订霍格沃茨特快列车的座位，盼着可以回家过圣诞节。

“这样的话，学校里就剩下我们了。”罗恩对哈利和赫敏说，“我们三人，还有马尔福、克拉布和高尔。这将是一个多么有趣的节日啊。”

克拉布和高尔一向是马尔福做什么他们就做什么，所以也在留校过节的名单上签了名。不过，哈利倒很高兴大部分学生都离校。他已经厌倦了人们在走廊里躲着他走，好像他随时都会长出獠牙，喷出毒汁；也厌倦了每当他走过时，人们都要指指点点、嘀嘀咕咕地议论他。

然而，弗雷德和乔治却觉得这一切都很好玩。他们在走廊里特地跑到哈利前面，昂首阔步地走着，嘴里喊道："给斯莱特林的继承人让路，最邪恶的巫师驾到……"

珀西对这种行为十分不满。

"这不是一件拿来取笑的事。"他冷冷地说。

"喂，闪开，珀西，"弗雷德说，"哈利时间紧张。"

"是啊，他要赶到密室，和他长着獠牙的仆人一起喝茶呢。"乔治哈哈大笑着说。

金妮也觉得这事一点儿也不可笑。

"哦，别这样。"每次弗雷德大声问哈利接下来打算对谁下手，或者乔治见到哈利，假装用一个大蒜头挡住他的进攻时，金妮总是悲哀地喊道。

哈利倒并不在意，弗雷德和乔治至少认为他是斯莱特林继承人的想法是荒唐可笑的，这使他感到欣慰。但是他们的滑稽行为似乎更加激怒了德拉科·马尔福，他看到他们这么做时，脸色一次比一次难看。

"这是因为他巴不得声明这实际上是他干的。"罗恩很有见识地说，"你知道他多么讨厌别人在任何方面超过他。他干了卑鄙的勾当，现在你却得到了所有的荣誉。"

"不会太久了。"赫敏用满意的口吻说，"复方汤剂很快就要熬好了，我们随时可以从他嘴里套出话来。"

终于，学期结束了，寂静像地上的积雪一般厚重，笼罩了整个城堡。哈利不觉得沉闷，反而觉得很宁静，一想到他和赫敏、韦斯莱兄妹可以在格兰芬多塔楼里随意进出，他就感到很开心。这意味着他们可以大声玩噼啪爆炸牌而不妨碍任何人，还可以偷偷地演习决斗。弗雷德、乔治和金妮决定留在学校，而不和韦斯莱夫妇一起去埃及看望比尔。珀西对他们这些孩子气的行为不以为然，便很少待在格兰芬多的公共休息室里。珀西曾经很自负地告诉他们，他之所以留下来过圣诞节，只是因为他作为级长，有责任在这段动荡的时期支持老师的工作。

圣诞节的黎明到来了，天气寒冷，四下里白皑皑的。宿舍里只剩下哈利和罗恩两个人，一大早，他们就被赫敏吵醒了。她穿戴整齐，怀里抱着给他们两个人的礼物。

“醒醒吧。”她一边大声说，一边把窗帘拉开了。

“赫敏——你不应该来这里的。”罗恩边说边用手遮着眼睛，挡住光线。

“祝你圣诞快乐。”赫敏说着，把罗恩的礼物扔给了他，“我已经起床快一个小时了，给汤剂里又加了一些草蛉虫。它已经熬好了。”

哈利坐起身来，一下子完全清醒了。

“你能肯定？”

“绝对肯定。”赫敏说。她把老鼠斑斑挪到一边，自己在哈利的四柱床边坐下，“如果要行动的话，我认为应该就在今晚。”

就在这时，海德薇猛地飞进屋子，嘴里衔着一个很小的包裹。

“你好，”海德薇落在哈利的床上后，哈利高兴地说，“你又要对我说话吗？”

它以十分亲热的方式轻轻咬了咬哈利的耳朵，这份问候比它带给哈利的那份礼物珍贵得多。原来，那个小包裹是德思礼夫妇捎来的。他们送给哈利一根牙签，还附有一封短信，叫他打听一下能不能暑假也留在霍格沃茨度过。

哈利收到的其他圣诞礼物就令人满意得多了。海格送给他一大包糖浆太妃糖，哈利决定放在火边烤软了再吃；罗恩送给他一本名叫《与火炮队一起飞翔》的书，里面讲的都是他最喜欢的魁地奇队的一些事情；赫敏给他买了一支华贵的鹰毛笔。哈利拆开最后一包礼物，原来是韦斯莱夫人送给他的一件崭新的手织毛衣，以及一块大大的葡萄干蛋糕。他竖起韦斯莱夫人的贺卡，心头又涌起一股负疚感。他想到了韦斯莱先生的汽车，它自从与打人柳相撞之后，一直无影无踪，他还想到他和罗恩接下来又打算违反校规了。

在霍格沃茨的圣诞晚宴上，所有的人都吃得津津有味，甚至包括那些暗自担心待一会儿要服用复方汤剂的人。

礼堂看上去宏伟气派。不仅有十几棵布满银霜的圣诞树，和天花板上十字交叉的由槲寄生和冬青组成的粗粗的饰带，而且还有施了魔法的雪，温暖而干燥，从天花板上轻轻飘落。邓布利多领着大家唱了几支他最喜欢的圣诞颂歌，海格灌下了一杯又一杯的蛋奶酒后，嗓门也随之越来越响亮。珀西没有注意到弗雷德已经对他的级长徽章施了魔法，使上面的字变成了“笨瓜”，还傻乎乎地一个劲儿问大家在笑什么。坐在斯莱特林餐桌上的德拉科·马尔福粗声大气地对哈利的新毛衣大加嘲讽，哈利对此毫不介意。如果运气好，不出几个小时，马尔福就会得到应有的惩罚了。

哈利和罗恩刚刚吃完第三份圣诞布丁，赫敏就领着他们走出礼堂，去实施他们当晚的计划。

“还需要一些我们想变的人的东西。”赫敏轻描淡写地说，就好像在打发他们到超市去买洗衣粉，“不用说，如果你们能弄到克拉布和高尔的什么东西，那是最好不过的；他们是马尔福最好的朋友，马尔福会把什么话都告诉他们的。我们还需要确保，待会儿在审问马尔福时，千万不能让真正的克拉布和高尔闯进来。

“我已经把一切都计划好了。”她一口气说下去，没有理睬哈利和罗恩脸上惊呆的表情。她举起两块巧克力蛋糕，“我在这里面放了普通的催眠药。你们只需保证让克拉布和高尔发现它们就行了。你们知道他们的嘴有多馋，肯定会把蛋糕吃掉的。等他们俩一睡着，就拔下他们的几根头发，然后把他们藏在扫帚间里。”

哈利和罗恩不敢相信地看着对方。

“赫敏，我不认为——”

“那样可能会酿成大错——”

可是赫敏眼里闪着铁一般强硬的光，与麦格教授有时候的目光颇为相似。

“没有克拉布和高尔的头发，汤剂就不会有用。”她毫不动摇地说，“你们是想审查马尔福的，是吗？”

“噢，好吧，好吧。”哈利说，“可是你怎么办呢？你去拔谁的头发？”

“我的已经有了！”赫敏开心地说，从口袋里掏出一个小瓶子，给他们看里面的一根头发，“还记得在决斗俱乐部里，米里森跟我摔跤的情景吗？她拼命卡住我脖子的时候，把这个留在我的衣服上了！她回家过圣诞节了——我只要对斯莱特林们说我又决定回来了。”

赫敏又匆匆地赶去查看复方汤剂，罗恩带着一脸大祸临头的表情，转向哈利。

“你听说过哪个计划有这么多环节都可能出毛病吗？”

然而，令哈利和罗恩大为吃惊的是，第一阶段的行动，正如赫敏说的，进行得十分顺利。他们吃过圣诞节茶点后，偷偷溜进空无一人的门厅，等着独自留在斯莱特林餐桌上狼吞虎咽地吃第四份松糕的克拉布和高尔。哈利已把巧克力蛋糕放在了栏杆边上。看见克拉布和高尔走出礼堂，哈利和罗恩赶紧藏在正门旁边的一套盔甲后面。

“你们真是要多蠢有多蠢！”罗恩欣喜若狂地说。他看见克拉布开心地指着蛋糕给高尔看，然后一把抓在手里。他们咧嘴傻笑着，把蛋糕整个儿塞进了大嘴。两个人贪婪地咀嚼着，脸上的表情得意扬扬。接着，并不见他们的神情有丝毫变化，他们就向后一翻身，倒在了地板上。

最难做到的就是把他们藏在门厅那头的扫帚间里。不过片刻之后，他们总算安安稳稳地待在拖把和水桶中间了。哈利赶忙揪下高尔脑门上两根粗硬的短毛，与此同时罗恩也拔了克拉布几根头发。他们还把克拉布和高尔的鞋子也偷了出来，因为他们自己的鞋子是装不下克拉布和高尔的大脚的。然后，两人一边飞快地奔向哭泣的桃金娘的盥洗室，一边仍然为刚才所做的事情而惊魂不定。

赫敏还在小单间里搅拌坩埚，坩埚中冒出一股股浓密的黑烟，使他们几乎什么也看不见。哈利和罗恩把长袍拉上来遮住脸，轻轻地敲了敲门。

“赫敏?”

他们听见门锁刺耳地一响,赫敏出现了,脸上亮晶晶的,显得很焦急。在她身后,他们听见冒着气泡的、糖浆一般浓稠的汤剂在咕嘟咕嘟地响。三个平底玻璃酒杯已经放在了马桶座上。

“弄到了吗?”赫敏屏住呼吸问。

哈利给她看了高尔的头发。

“很好。我从洗衣房偷出了这些换洗的衣服,”赫敏说着,举起一个小布袋,“你们变成克拉布和高尔后,需要穿大号的衣服。”

三个人盯着坩埚里。离得近了,汤剂看上去像是黑乎乎的黏稠的泥浆,懒洋洋地泛着泡泡。

“我相信我安排的每一个环节都没问题。”赫敏说着,又紧张地去阅读《强力药剂》上污迹斑斑的那一页,“它看上去正像书上说的那样……我们喝下去以后,可以有整整一个小时才变回我们自己。”

“现在怎么办?”罗恩低声问。

“把汤剂分到三个杯子里,再把头发加进去。”

赫敏用长柄勺子舀起大团汤剂,倒进了每个玻璃杯。然后,她的手颤抖着,把米里森的头发从瓶子里倒进了第一个玻璃杯。

汤剂响声大作,像一壶滚开的水,并且起劲地泛着泡沫。一秒钟后,它变成了一种难看的黄颜色。

“哦——米里森·伯斯德的精华,”罗恩一边说,一边厌恶地瞅着它,“我猜它肯定很难喝。”

“行了,加进你的。”赫敏说。

哈利把高尔的头发扔进中间的那个杯子,罗恩把克拉布的头发放进最后一个杯子。两个杯子都嘶嘶作响,冒着气泡:高尔的变成了坦克一般的土黄色,克拉布的变成了一种黑乎乎的深褐色。

罗恩和赫敏伸手去端自己的杯子。“慢着,”哈利说,“最好不要都在这里喝,一旦我们变成了克拉布和高尔,这里就装不下了。米里森也不是一个小巧玲珑的人。”

“想得有道理。”罗恩说着，把门打开，“我们每人占用一个单间吧。”

哈利小心翼翼地不让复方汤剂洒出一滴，闪身溜进了中间的小单间。

“准备好了吗？”他喊。

“准备好了。”传来罗恩和赫敏的声音。

“一——二——三——”

哈利捏着鼻子，两口把汤剂吞进肚里。味道像煮得过熟的卷心菜。

立刻，他的五脏六腑开始翻腾起来，仿佛他刚才吞下的是几条活蛇——他弯下身子，心想自己会不会病倒——突然，一种灼烧的感觉从胃里迅速传遍全身，直达手指和脚尖。接着便是一种可怕的正在熔化的感觉，仿佛浑身的皮肤都像滚热的蜡一样泛着气泡，使得他匍匐在地上喘息着；他眼睁睁地看着自己的手开始变大，手指变粗，指甲变宽，指关节像螺栓一样鼓突出来。他的肩膀开始伸展，使他感到疼痛难忍；额头上针刺般的痛感告诉他，头发正在朝着他的眉毛蔓延；随着胸膛的膨胀，他的长袍被撑破了，就像水桶挣断了铁箍一样；他的脚挤在小了四号的鞋里，痛苦不堪……

事情来得突然，去得也快。一下子，一切都停止了。哈利脸朝下躺在冰冷的砖地上，听着桃金娘在尽头的抽水马桶间里郁闷地汩汩作响。他费劲地脱掉鞋子，站了起来。原来，成为高尔就是这种感觉。他的大手颤抖着，脱去原先的长袍——它现在悬在他脚脖子上边一英尺的地方——穿上了那套换洗衣服，又穿上了高尔那双小船似的鞋子。他伸手拂去挡住眼睛的头发，触摸到的是钢丝一般粗硬的短毛，低低的发际一直延伸到他前额。这时，他意识到是他的眼镜使得视线模糊不清，因为高尔显然是不需要眼镜的。于是，他把眼镜摘下，然后喊道：“你们俩没事儿吧？”高尔低沉粗哑的声音从他嘴里发出。

“没事儿。”他右边传来克拉布浑厚的咕哝声。

哈利打开门锁，站到裂了缝的镜子前面。高尔用深陷的眼睛呆滞地回望着他。哈利搔了搔耳朵，高尔也做得分毫不差。

罗恩的门开了，他们互相瞪着对方。罗恩活脱脱就是克拉布的翻版，从那短短的布丁盆发型到长长的大猩猩般的手臂，只是脸色显得苍白而惶恐。

“真令人难以置信，”罗恩说着，走到镜子面前，戳了戳克拉布的塌鼻子，“难以置信。”

“赶紧走吧，”哈利一边说，一边松开勒住高尔粗手腕的手表，“还得弄清斯莱特林的公共休息室在哪里，真希望我们能找一个人可以跟着……”

罗恩一直注视着哈利，这时说道：“看到高尔居然在思考，你不知道这有多么古怪。”他砰砰地敲着赫敏的门，“快点，我们得走了……”

一个尖尖的声音回答他道：“我——我实在不想出来了。你们自己去吧。”

“赫敏，我们知道米里森长得很丑，谁也不会知道是你。”

“不行——真的不行——我想我不能来了。你们俩赶紧行动，你们在浪费时间。”

哈利望着罗恩，一脸的困惑。

“这样就更像高尔了，”罗恩说，“每当老师向他提问时，他总是这副表情。”

“赫敏，你没事儿吧？”哈利隔着门问道。

“没事儿……我很好……走吧……”

哈利看了看手表。他们宝贵的六十分钟已经过去了五分钟。

“我们还回这里和你见面，好吗？”他说。

哈利和罗恩小心地打开盥洗室的门，看清了四下里没有人，便出发了。

“别那么晃悠你的胳膊。”哈利小声对罗恩说。

“怎么啦？”

“克拉布的胳膊有些僵硬……”

“这样怎么样？”

“啊，好多了。”

他们走下大理石阶梯。现在，只需要看见一个斯莱特林学生，然后跟着他走到斯莱特林的公共休息室就行了，可是周围空无一人。

“有什么主意吗？”哈利低声问道。

“斯莱特林学生总是从那里出来吃早饭的。”罗恩说，朝通向地下教室的入口处点了点头。他语音未落，就见一个留着长长卷发的姑娘从入口处出来了。

“对不起，”罗恩快步向她走去，说道，“我们忘记到咱们的公共休息室怎么走了。”

“对不起，我不明白。”那姑娘傲慢地说，“咱们的公共休息室？我是拉文克劳学院的。”

她走开了，还一边狐疑地回头看着他们。

哈利和罗恩飞快地走下石阶，隐入黑暗之中，克拉布和高尔的大脚敲着地面，脚步的回声特别响亮。他们感觉这件事不会像希望的那样容易。

迷宫似的过道里空空荡荡。他们在学校的地面下越走越深，一边不停地看表，计算还剩下多少时间。过了一刻钟，就在他们开始感到绝望的时候，前面突然有了动静。

“哈！”罗恩兴奋地说，“总算碰到他们的一个人了！”

那个人影从旁边的一个房间里闪了出来。可是，当他们匆匆走近时，却感到心往下一沉。这不是什么斯莱特林的学生，而是珀西。

“你在这下面做什么？”罗恩吃惊地问。

珀西仿佛受到了冒犯。

“这个，”他高傲地说，“用不着你们来管。你是克拉布吧？”

“谁——哦，是啊。”罗恩说。

“那好，回你自己的宿舍去吧。”珀西严厉地说，“最近在漆黑的走廊里乱逛很不安全。”

“你就在乱逛。”罗恩指出。

“我？”珀西挺直身子，说道，“我是一个级长。没有东西会来袭击我。”

一个声音突然在哈利和罗恩身后回响起来。德拉科·马尔福正悠闲地朝他们走来，哈利平生第一次很高兴看见他。

“你们在这儿呢，”马尔福看着他们，拉长声调说，“你们俩是不是一直在礼堂里大吃大喝啊？我正在找你们呢，我要给你们看一样特别好玩的东西。”

马尔福咄咄逼人地扫了珀西一眼。

“你在这下面做什么，韦斯莱？”他讥讽地问道。

珀西显得极为愤慨。

“你需要对级长表现得尊敬一点儿！”他说，“我不喜欢你的态度！”

马尔福冷笑一声，示意罗恩和哈利跟他走。哈利想对珀西说几句道歉的话，但及时制止了自己。他和罗恩匆匆跟在马尔福身后，在转向下一条过道时，马尔福说：“那个彼得·韦斯莱——”

“是珀西。”罗恩不假思索地纠正他。

“管他是什么呢。”马尔福说，“最近我注意到他老偷偷地在附近转悠。我敢说我知道他想干什么。他想一个人抓住斯莱特林的继承人。”

他发出一声短促的嘲笑。哈利和罗恩交换了一个兴奋的目光。

马尔福在一道空荡荡、湿乎乎的石墙旁边停住脚步。

“新口令是什么来着？”他问哈利。

“嗯——”哈利支吾着。

“哦，对了——纯血统！”马尔福并没有听他的，兀自说道。隐藏在石墙里的一道石门徐徐敞开。马尔福大步走了进去，哈利和罗恩紧随其后。

斯莱特林的公共休息室是一间狭长、低矮的地下室，墙壁和天花板都由粗糙的石头砌成，圆圆的，泛着绿光的灯被链子拴着，从天花板上挂下来。他们前面一座雕刻精美的壁炉台下，噼噼啪啪地燃着一堆火，映出坐在周围的雕花椅上的几个斯莱特林学生的身影。

“在这里等着。”马尔福对哈利和罗恩说，示意他们坐到远离炉火的两把空椅子上，“我去把它拿来——我父亲刚给我捎来的——”

哈利和罗恩一边暗自猜测马尔福会给他们看什么，一边尽量显出轻松自在的样子。

片刻之后，马尔福回来了，手里拿着一张像是剪报一样的东西。他把它塞到罗恩的鼻子底下。

"你看了准会哈哈大笑。"他说。

哈利看到罗恩惊愕地睁大眼睛。罗恩迅速把剪报读了一遍，十分勉强地笑了一声，又把它递给哈利。

是从《预言家日报》上剪下来的，上面写着——

魔法部的调查

禁止滥用麻瓜物品办公室主任亚瑟·韦斯莱，今日因对一辆麻瓜汽车施以魔法而被罚款五十加隆。

这辆被施魔法的汽车于今年早些时候在霍格沃茨魔法学校撞毁，该校的一位董事卢修斯·马尔福先生近日打电话要求韦斯莱先生辞职。"韦斯莱损害了魔法部的名誉，"马尔福对本报记者说，"他显然不适合为我们制定法律，他那个荒唐可笑的《麻瓜保护法》应该立刻废除。"

韦斯莱先生对此不置评论，不过他的妻子叫记者离开，不然她就把家里的食尸鬼放出来咬他们。

"怎么样？"当哈利把剪报递还给马尔福时，马尔福不耐烦地问道，"你不觉得很有趣吗？"

"哈哈哈。"哈利干巴巴地笑了几声。

"亚瑟·韦斯莱太喜欢麻瓜了，应该把他的魔杖折成两段，让他加入麻瓜的行列。"马尔福轻蔑地说，"瞧韦斯莱一家人的德行，你真看不出他们是纯血统巫师。"

罗恩的脸——准确地说，是克拉布的脸——愤怒地扭曲起来。

"你怎么了，克拉布？"马尔福凶狠地问道。

"肚子疼。"罗恩呻吟着说。

"好吧，那你就上医院，替我把那些泥巴种都踢一顿。"马尔福窃笑着说，"你知道，《预言家日报》居然还没有报道所有这些攻击事件，真让我吃惊。"他若有所思地继续说道："我猜是邓布利多想把一切都掩盖起来。如果不立即阻止事态发展，他就会被解雇。我爸爸总是说，让邓布利多当校长是这个学校碰到的最倒霉的事。他喜欢麻瓜。一个体面的校长绝不会让克里维那样的笨蛋进入学校。”

马尔福假装用一只照相机开始拍照，恶毒然而逼真地模仿科林：“波特，我能给你照一张相吗？波特，我可以得到你的亲笔签名吗？我可以舔舔你的鞋子吗？求求你了，波特。”

他垂下双手，望着哈利和罗恩。

“你们两个怎么回事？”

哈利和罗恩这才强迫自己笑了几声，但马尔福看上去还挺满意；也许克拉布和高尔一向就是反应迟钝。

“圣人波特是泥巴种的朋友，”马尔福慢吞吞地说，“他也是没有纯巫师感觉的人，不然就不会整天和那个自高自大的泥巴种格兰杰混在一起了。人们认为他是斯莱特林的继承人。”

哈利和罗恩屏住呼吸等待着：马尔福肯定马上就要对他们说，他才是那个继承人。然而——

“我真希望知道那个人是谁，”马尔福蛮横地说，“我可以帮助他们。”

罗恩张大了嘴巴，使克拉布的脸显得比平日更加蠢笨。幸好，马尔福没有注意到。哈利飞快地转着念头，说道：“你肯定多少有些知道，是谁操纵了这一切……”

“你明知道我不知道，高尔，还要我对你说多少遍？”马尔福厉声说，“我爸爸不肯告诉我密室上次被打开的任何情况。当然啦，那是五十年前的事了，他还没有出生，但是他什么都知道。他说这一切都是保密的，如果我知道得太多，就会显得可疑。但有一件事我是知道的：密室上次被打开时，一个泥巴种死了。所以，我敢说这次也得死一个泥巴种，只是时间早晚的问题……我希望是格兰杰。”他津津乐道地说。

罗恩攥紧了克拉布的大拳头。哈利觉得，如果罗恩朝马尔福狠揍一拳，事情就败露了。他赶紧用警告的目光瞪了罗恩一眼，然后说：“你知道上次打开密室的那个人被抓住了吗？”

“哦，抓住了……不管是谁，反正被开除了。”马尔福说，“他们现在大概还在阿兹卡班。”

“阿兹卡班？”哈利不解地问。

“阿兹卡班——就是巫师监狱，高尔。”马尔福一边说，一边怀疑地看着哈利，“说句实话，如果你再这样迟钝下去，就要走回头路了。”

他不安分地在椅子上动来动去，说道：“我爸爸叫我不要抛头露面，让斯莱特林的继承人继续行动。他说学校必须清除所有泥巴种的污秽，但是没必要纠缠在这件事里。当然啦，他现在要办的事情太多了。你们知道吗，上星期魔法部突然查抄了我们的庄园。”

哈利拼命想让高尔的脸上露出关切的神情。

“是啊……”马尔福说，“好在他们没有找到什么。我爸爸有一些非常有价值的秘密法宝。幸亏我们的密室设在了客厅的地板下边——”

“嗬！”罗恩说。

马尔福看着他，哈利也看着他。只见罗恩的头发正在变红，鼻子也在慢慢地变长——他们的时间到了。罗恩正在变回他自己，哈利从他突然向自己投来的惊恐目光中，知道自己一定也在恢复原状。

他们俩同时一跃而起。

“去拿药治肚子疼。”罗恩含混地嘟哝一声。他们不再啰唆，一下子蹿过斯莱特林的公共休息室，冲向石墙，然后在走廊里撒腿狂奔。他们希望马尔福什么也没有觉察到。哈利可以感觉到他的脚在高尔的大鞋子里打滑，他的身体在缩小，他不得不把衣服拎起。他们横冲直撞地奔上台阶，进入黑暗的门厅，只听见关押克拉布和高尔的扫帚间里传来沉闷的撞击声。他们把鞋子扔在扫帚间门口，穿着袜子奔上大理石楼梯，向哭泣的桃金娘的盥洗室冲去。

“还好，不是完全浪费时间，”罗恩喘着气说，回身关上盥洗室的门，“我知道我们还是没有弄清是谁发动了这些攻击，但是我明天要写信给我爸，叫他去搜查一下马尔福家的客厅下边。”

哈利在裂了缝的镜子前查看自己的脸。他又恢复了正常。他戴上眼镜，罗恩重重地敲着赫敏单间的门。

“赫敏，快出来，我们有很多话要告诉你——”

“走开！”赫敏尖着嗓子说。

哈利和罗恩吃惊地望着对方。

“怎么回事?”罗恩说,“你现在一定已经恢复正常了,我们……”

只见哭泣的桃金娘突然从单间的门缝里闪了出来。哈利从没见过她显得这样高兴。

“哎哟,等着瞧吧,”她说,“太可怕了!”

他们听见门锁滑开,赫敏出现了,哭哭啼啼的,长袍拉上来遮住了脑袋。

“怎么啦?”罗恩不敢确定地说,“难道你还长着米里森的鼻子什么的?”

赫敏松开了长袍,罗恩后退一步,撞在水池上。

她满脸都是黑毛,眼睛变成了黄色,两只尖尖的长耳朵从她的头发里支棱出来。

“那是一根猫毛!”她凄厉地哭喊着,“米—米里森一定养了一只猫!可这汤—汤剂不是用来搞动物变形的啊!”

“真倒霉。”罗恩说。

“你会被取笑个没完的。”桃金娘开心地说。

“没关系,赫敏,”哈利赶紧说道,“我们送你去医院。庞弗雷女士从来不多问……”

他们花了好长时间,才劝说赫敏离开了盥洗室。哭泣的桃金娘兴高采烈地粗声大笑,使得他们更加快了脚步。

“等着吧,大家都会发现你长了一条尾巴!”

第13章

绝密日记

赫敏在医院病房里住了几个星期。同学们过完圣诞节回到学校后，对她的失踪议论纷纷，都想当然地以为她遭到了攻击。所以，他们排着队走过医院，想看赫敏一眼。庞弗雷女士不得不再次取出布帘子，挂在赫敏的病床周围，不让别人看见她毛茸茸的脸，免得她感到羞愧难当。

哈利和罗恩每天晚上都去看赫敏。新学期开始后，他们把每天的家庭作业带给她。

“如果我的腮帮子上长出胡子，就也可以休息休息，不用做功课了。”一天晚上，罗恩把一大堆书放在赫敏病床边的桌上，说道。

“别说傻话了，罗恩，我必须把功课赶上去。”赫敏轻快地说。她脸上的毛都消失了，眼睛也慢慢地重新变成了褐色，这使她的情绪大为好转。“你们大概没有得到什么新的线索吧？”她又压低声音问，以免庞弗雷女士听见。

“没有。”哈利沮丧地说。

“我可以肯定就是马尔福。”罗恩说，这是他第一百次说这个话了。

“那是什么？”哈利问，指着赫敏枕头下边伸出来的一个金色的东西。

“一张问候卡。”赫敏赶忙说，想把它塞回去，不让他们看。可是罗恩出手比她快得多。他一把抽出卡片，打开来大声念道：

致格兰杰小姐，希望你早日康复。关心你的教师吉德罗·洛哈特教授，梅林爵士团三级勋章，黑魔法防御联盟荣誉会员，五次荣获《巫师周刊》最迷人微笑奖。

罗恩抬头看着赫敏，一脸厌恶的表情。

“你把这放在枕头底下睡觉？”

赫敏用不着回答他了，因为庞弗雷女士端着她晚上要吃的药匆匆走来。

“洛哈特是不是你见过的最会溜须拍马的家伙？”罗恩问道，和哈利离开病房，踏上了回塔楼的楼梯。斯内普给他们布置了一大堆家庭作业，哈利简直以为要一直到六年级才能做完。罗恩正要说他真后悔没有问问赫敏，应该往生发剂里加多少根老鼠尾巴才管用，突然他们听见楼上传来一个人愤怒的喊叫。

“是费尔奇。”哈利低声说。他们三步两步奔上楼梯，躲在别人看不见的地方，侧耳细听。

“你说，会不会又有人遭到攻击了？”罗恩紧张地问。

他们一动不动地站着，把头朝费尔奇声音发出的方向探去，那声音简直有些歇斯底里。

“……又来给我添麻烦了！拖地拖了整整一个晚上，就好像我的活儿还不够干的！不行，这实在令人无法忍受，我要去找邓布利多……”

费尔奇的脚步声渐渐隐去，远处传来猛烈的关门声。

他们从拐角处探出脑袋。费尔奇显然是在他平常放哨的地方站岗放哨：他们又来到了洛丽丝夫人遭到攻击的地方。他们一眼就看出费尔奇为什么大喊大叫了。一大片水漫延到半个走廊，看样子，水还在源源不断地从哭泣的桃金娘的盥洗室门缝下边渗出来。现在费尔奇不再吼叫了，他们听见桃金娘的哭喊声在盥洗室的四壁间回荡。

“她这又是怎么啦？”罗恩说。

“我们过去看看。”哈利说，于是他们把长袍提到脚脖子以上，蹚着汹涌漫延的积水，走向挂着故障牌子的那扇门。他们像平常一样，对这个牌子视而不见，径直走了进去。

哭泣的桃金娘的哭喊声居然比以前还要响亮、凄厉，这真是令人不敢相信。她似乎藏在惯常躲藏的那个抽水马桶里。盥洗室里光线昏暗，因为喷涌的水浇灭了蜡烛，墙壁和地板也被溅得一片潮湿。

“怎么回事，桃金娘？”哈利问。

“你是谁？”桃金娘惨兮兮地用汩汩的声音问，“又要用东西砸我？”

哈利蹚水向她的单间走去，说道：“我为什么要用东西砸你？”

“别问我，”桃金娘大喊一声冒了出来，又喷出一股更大的水流，泼溅在已经湿透了的地板上，“我在这里待得好好儿的，想自己的心事，有人觉得往我身上扔一本书怪好玩的……”

“即使有人扔东西砸你，也不会把你砸痛啊。”哈利很理智地说，“我的意思是，那东西可以径直从你身上穿过，是不是？”

哈利说错了话。桃金娘一下子使自己膨胀起来，尖声叫道：“让大家都用书砸桃金娘吧，因为她根本感觉不到！如果你们用书投中她的肚子，得十分！如果投中她的脑袋，得五十分！很好，哈哈，哈哈！多么好玩的游戏，可我不这么认为！”

“那么是谁用书砸你的？”哈利问。

“我不知道……当时我就坐在马桶圈上，想着死亡，那本书就突然从我脑袋上落了下来。”桃金娘狠狠地瞪着他们，说道，“就在那儿呢，全被水泡烂了。”

哈利和罗恩顺着桃金娘指的方向，朝水池下边一看，只见一本薄薄的小书躺在地上。破破烂烂的黑色封皮，和盥洗室的每件东西一样，完全湿透了。哈利上前一步，想把书捡起来，可是罗恩突然伸出一只手臂，把他拉住了。

“怎么?”哈利问。

“你疯了吗?”罗恩说,“可能有危险。”

“危险?”哈利说着,笑了起来,“别胡扯了,怎么可能有危险呢?”

“说出来你会感到吃惊的,”罗恩说,恐惧地看着那本书,“我爸告诉我,在被魔法部没收的一些书当中,有一本会把你的眼睛烧瞎。凡是读过《巫师的十四行诗》这本书的人,一辈子都只能用五行打油诗说话。巴斯的一位老巫师有一本书,你一看就永远也放不下来!走到哪儿都把脸埋在书里,只好学着用一只手做所有的事情。还有——”

“好了,我已经明白了。”哈利说。

那本小书躺在地板上,湿乎乎的,看不清是什么。

“可是,我们只有看了才会知道啊。”他说,一低头绕过罗恩,把书从地板上捡了起来。

哈利一眼就看出这是一本日记,封皮上已经褪色的日期表明它是五十年前的。哈利急切地翻开,第一页上,只能认出一个模糊不清的用墨水写的名字:T.M.里德尔。

“慢着。”罗恩说,“我知道这个名字……里德尔五十年前获得了对学校的特殊贡献奖。”他已经小心翼翼地靠上前来,从哈利身后望着日记。

“你怎么会知道的?”哈利诧异地问。

“我那次被关禁闭时,费尔奇叫我给他擦奖牌,有一块我擦了差不多有五十遍呢。”罗恩愤愤不平地说,“我打嗝把鼻涕虫弄在上面了,不得不把它们擦干净。如果你花整整一个小时去擦一个名字上的黏液,你也会记住那个名字的。”

哈利轻轻翻开潮湿的纸页,一页一页全是空白,没有丝毫写过字的痕迹,就连“梅布尔姨妈过生日”或“三点半看牙医”之类的字样都没有。

“他一个字也没写。”哈利失望地说。

“我不明白为什么有人要把它扔掉。”罗恩好奇地说。

哈利翻到封底,看见上面印着伦敦沃克斯霍尔路一位报刊经销人的名字。

“里德尔一定是一个麻瓜，”哈利若有所思地说，“所以才会在沃克斯霍尔路买日记本……”

“好啦，反正对你也没有多大用处。”罗恩说，然后放低了声音，“如果你能用它投中桃金娘的鼻子，能得五十分。”

然而，哈利却把日记本放进了口袋。

二月初，赫敏出院了，她的胡须没有了，尾巴没有了，浑身的猫毛也没有了。她回到格兰芬多塔楼的第一天晚上，哈利就把T.M.里德尔的日记本拿给她看了，并原原本本地对她讲了他们找到这本日记的经过。

“哦，它里面可能藏着魔法呢。”赫敏兴奋地说，接过日记，仔细地看着。

“如果真是这样，倒隐藏得很巧妙。”罗恩说，“也许是不好意思见人吧。我不明白为什么你不把它扔掉，哈利。”

“我希望知道为什么有人想把它扔掉。”哈利说，“另外，我还很想了解里德尔是怎么获得对霍格沃茨的特殊贡献奖的。”

“什么都有可能，”罗恩说，“也许他得到了三十个O.W.L.证书，或者从大乌贼的巨爪下救出了一位老师。也许他谋杀了桃金娘，那一定使大家都感到称心如意……”

可是哈利看到赫敏脸上专注的神情，知道她正在转着和自己同样的念头。

“怎么？”罗恩说，望望哈利，又望望赫敏。

“是这样，密室是五十年前被打开的，是不是？”赫敏说，“马尔福是这么说的。”

“是啊……”罗恩慢悠悠地说。

“这本日记也是五十年前的。”赫敏激动地拍着日记本。

“那又怎么样？”

“哦，罗恩，你醒醒吧。”赫敏毫不客气地说，“你知道，上次打开密室的那个人是五十年前被开除的。我们知道，T.M.里德尔是五十年前获得了对学校的特殊贡献奖。那么，里德尔会不会是因为抓住了斯莱特林的继承人而获奖的呢？他的日记很可能会把一切都告诉我们：密室在哪里？怎样打开？里面关着什么样的动物？这次制造这些攻击行为的那个人，肯定不会希望这本日记到处乱放，是吗？”

“是个绝妙的推理，赫敏，”罗恩说，“只有一点儿美中不足。他的日记里什么也没写。”

赫敏从她的书包里抽出魔杖。

“也许是隐形墨水！”她小声说。

她用魔杖敲了日记本三下，说道：“急急现形！”

没有反应。赫敏毫不气馁，又把手伸进书包，掏出一个东西，像一块鲜红色的橡皮。

“这是显形橡皮，我在对角巷弄到的。”她说。

她在“一月一日”上面使劲地擦，结果什么也没有出现。

“告诉你吧，你不会在这里面发现什么的。”罗恩说，“里德尔就是圣诞节得到了一个日记本，但不高兴花工夫在上面写东西而已。”

哈利甚至对自己也无法解释，他为什么不把里德尔的日记一扔了之。实际的情况是，他尽管知道日记本里是空的，却总是若有所思地把它拿起来，一页页地翻着，就好像这是一个故事，他希望能有一个结局。哈利虽然确信自己以前从没听说过T.M.里德尔这个名字，但心里总觉得这名字对他意味着一些什么，就仿佛里德尔是他小时候的一个朋友，已经被他淡忘。然而这是荒唐的。他在来霍格沃茨之前一个朋友也没有，德思礼夫妇死活不肯让他交朋友。

尽管如此，哈利还是决定多了解一些里德尔的情况。第二天课间休息时，他朝奖品陈列室走去，想仔细看看里德尔的特别奖牌。他后面跟着兴趣盎然的赫敏，以及完全抱着怀疑态度的罗恩。罗恩对他们说，他对奖品陈列室早就看腻了，一辈子也不想再看。

里德尔的那个擦得锃亮的金色奖牌，收在墙角的一只陈列柜里。它上面并没有详细说明为什么要颁发给里德尔。（“幸亏如此，不然奖牌就更大了，我擦到现在都擦不完呢。”罗恩说。）不过，他们在一枚旧的优秀品德奖章和一份昔日的男生学生会主席名单上，都发现了里德尔的名字。

“听起来他很像珀西，”罗恩说着，厌恶地皱起鼻子，“级长，男生学生会主席——也许还是门门功课第一。”

“听你说话的口气，似乎这是一件不好的事情。”赫敏以一种略微受到伤害的语气说。

现在，太阳又开始微弱地照着霍格沃茨了。城堡里，人们的情绪变得乐观起来。自从贾斯廷和差点没头的尼克被石化之后，没有再发生攻击事件。庞弗雷女士很高兴地报告说，曼德拉草变得喜怒无常和沉默寡言了，这就意味着它们正在迅速脱离童年时代。

“只要它们的粉刺一消失，就可以重新移植了。”一天下午，哈利听见她温和地对费尔奇说，“然后，用不了多久，就可以把它们割下来，放在火上熬。你的洛丽丝夫人很快就会回来了。”

斯莱特林的继承人也许已经失去了勇气，哈利心想。全校师生都提高了警惕，整天疑神疑鬼，这时候要打开密室，风险一定越来越大。也许那怪物——不管是什么怪物，现在已经安稳下来，准备再冬眠五十年……

赫奇帕奇的厄尼·麦克米兰却不赞成这种令人愉快的观点。他仍然相信哈利才是罪魁祸首，在决斗俱乐部里“不小心露出了狐狸尾巴”。皮皮鬼也没有起好作用：他总是突然出现在拥挤的走廊里，放声大唱“哦，波特，你这个讨厌鬼……”，而且还配上了固定的舞蹈动作。

吉德罗·洛哈特似乎认为是他阻止了那些攻击。一天，格兰芬多的学生排着队去上变形课时，哈利无意中听见他对麦格教授这么说。

“我认为不会再有麻烦了，米勒娃。”洛哈特说，狡黠地轻轻敲了敲自己的鼻子，又眨眨眼睛，“我认为密室这次永远不会被打开了。罪犯肯定已经知道我迟早都会抓住他们的，只是时间问题。趁我还没有开始收拾他们，现在罢手是明智的。

“你知道，学校里眼下需要鼓舞鼓舞士气。消除对上学期那些事情的记忆！现在不便多说，但我认为我是胸有成竹的……”

他又敲了敲自己的鼻子，迈着大步走开了。

二月十四日吃早饭的时候,大家便知道洛哈特是用什么办法鼓舞士气了。哈利前一天晚上训练魁地奇,一直练到很晚,所以睡眠不足,匆匆赶到礼堂时已经有一点儿晚了。一时间,他还以为自己走错了门。

四面墙上都布满了大朵大朵的耀眼的粉红色鲜花。更糟糕的是,还有许多心形的五彩纸屑不停地从浅蓝色的天花板上飘落下来。哈利朝格兰芬多的餐桌走去,罗恩坐在那里,一脸厌恶的表情,赫敏似乎一直在傻笑。

"这是怎么回事?"哈利问他们,一边坐下来,拂去落在他的熏咸肉上的五彩纸屑。

罗恩指着教师餐桌,显然是厌恶得不想说话。洛哈特穿着与那些装饰品相配的鲜艳的粉红色长袍,挥手让大家安静。坐在他对面的老师们个个都板着脸。哈利从他坐的地方可以看见,麦格教授面颊上的一块肌肉突了起来。斯内普的样子,就好像有人刚给他灌了一大杯生骨灵。

"诸位,情人节快乐!"洛哈特大声说,"到现在为止,已有四十六个人向我赠送了贺卡,我谨向他们表示感谢!是的,我自作主张,为大家安排了这一小小的惊喜——而且还不止这些!"

洛哈特拍了拍手,十二个脸色阴沉的小矮人从通往门厅的几扇门里大步走了进来。而且他们不同于一般的小矮人,洛哈特让他们都插着金色的翅膀,背着竖琴。

"我的友好的、带着贺卡的小爱神!"洛哈特喜气洋洋地说,"他们今天要在学校里到处游荡,给你们递送情人节贺卡!乐趣还不止这些呢!我相信我的同事们都愿意踊跃地参加进来!为什么不请斯内普教授教你们怎么调制迷情剂呢?如果你们感兴趣的话,弗立维教授比我所见过的任何巫师都更精通迷幻魔法,这条狡猾的老狗!"

弗立维教授把脸埋在双手里。看斯内普的神情,似乎如果有谁向他请教迷情剂的制法,准会被强迫灌进毒药。

"赫敏,求求你告诉我,你不是那四十六个人中的一个吧?"当他们离开礼堂,去上第一节课时,罗恩说。赫敏突然专心致志地在书包里翻找着她的课程表,没有回答。

整整一天，小矮人们不停地闯进他们的教室，递送情人节贺卡，弄得老师们厌烦透顶。下午，格兰芬多的学生上楼去上魔法课时，一个小矮人突然撵上哈利。

“喂，你！哈利·波特！”脸色特别阴沉的小矮人喊道，用胳膊肘分开众人，朝哈利挤来。

当着一队一年级新生的面收到一张情人节贺卡，简直太令人恼火了——尤其是金妮·韦斯莱碰巧也在新生里。哈利想逃跑。可是没等跑出两步，小矮人就一路踢着人们的小腿，挤开人群追上了他。

“我有一个配乐的口信要亲自传达给哈利·波特。”小矮人说着，用咄咄逼人的架势拨响了竖琴。

“别在这儿。”哈利压低声音说，一边又想逃跑。

“站住别动！”小矮人咕哝了一声，一把抓住哈利的书包，把他拉了回来。

“让我走！”哈利吼道，用力拽书包。

随着一声很响的撕裂声，书包被扯成了两半。他的书、魔杖、羊皮纸和羽毛笔稀里哗啦地落到地板上，墨水瓶摔碎在这些东西上面。

哈利手忙脚乱地抓着散落在地上的东西，想赶在小矮人开始唱歌之前把它们都捡起来，结果造成了走廊里的交通堵塞。

“这是怎么回事？”传来了德拉科·马尔福那冷冷的、拖腔拖调的声音。哈利开始胡乱地把东西往被撕裂的书包里塞，不顾一切地想立刻逃走，不让马尔福听见他的情人节配乐贺礼。

“怎么这么乱？”又传来一个熟悉的声音，珀西·韦斯莱来了。

哈利完全慌了神，只想赶紧逃脱，可是小矮人一把抱住他的两个膝盖，使他重重地摔倒在地。

“好了，”小矮人说，一屁股坐在哈利的膝盖上，“这就是你的带歌声的情人节贺礼：

他的眼睛绿得像新腌的蛤蟆，
他的头发像黑板一样乌黑潇洒，

我希望他属于我，他真的很帅气，
他就是那个征服黑魔头的勇士。”

哈利愿意交出古灵阁里的所有金币，只希望能当场变作蒸汽消失。他勇敢地强迫自己和大家一起哈哈大笑，一边站了起来，他的脚被小矮人坐得发麻。珀西·韦斯莱尽力驱散人群，有些人开心得大喊大叫。

“走吧，走吧，上课铃五分钟前就响过了，快去上课吧。”珀西说，把年纪较小的学生轰走了，“还有你，马尔福。”

哈利瞥了一眼，看见马尔福弯腰从地上抓起了什么东西。他斜着眼睛把它拿给克拉布和高尔看。哈利明白了，他抓去的是里德尔的日记。

“还给我。”哈利小声说。

“想知道波特在里面写了什么吗？”马尔福说，显然没有注意到封皮上的日期，以为拿到的是哈利自己的日记。围观者们顿时安静下来。金妮看看日记，又看看哈利，神色惊恐。

“拿过来，马尔福。”珀西严厉地说。

“等我看一眼再说。”马尔福说，嘲弄地朝哈利挥舞着日记本。

珀西说：“我作为一个级长——”可是哈利发脾气了。他抽出魔杖，喊道：“除你武器！”于是，就像斯内普解除了洛哈特的武器一样，马尔福发现日记本突然从他的手中飞向了空中。罗恩开心地笑着，一把抓住了本子。

“哈利！”珀西大声地说，“不许在走廊里施魔法。这件事我要汇报的，你知道！”

可是哈利不在乎，他又赢了马尔福一个回合，即使格兰芬多要为此丢掉五分也完全值得。马尔福看上去气疯了，当金妮从他身边走进教室时，他恶狠狠地冲着她的后背嚷道：“我认为波特不太喜欢你的情人节贺礼！”

金妮双手捂着脸，跑进了教室。罗恩大吼一声，也拔出了魔杖，可是哈利把他拉走了。罗恩犯不着整堂魔咒课都忙着吐鼻涕虫。

来到弗立维教授的课堂上，哈利才注意到里德尔的日记十分奇怪。他的其他书都染上了鲜红色的墨水，而那本日记，却像以前一样，干干净净。他想向罗恩指出这一点，但罗恩的魔杖又出了麻烦：魔杖头上喷出大朵大朵的紫色泡泡，弄得他对什么都不感兴趣了。

那天晚上，哈利上床比宿舍里其他人都早。这一半是因为他认为他无法忍受弗雷德和乔治再一次高唱“他的眼睛绿得像新腌的蛤蟆”，另一半是因为他想再仔细研究一下里德尔的日记，他知道罗恩认为他是在浪费时间。

哈利坐在四柱床上，翻着那些空白的纸页，上面没有一点红墨水的痕迹。然后，他从床头柜里取出一瓶新墨水，将羽毛笔插进去蘸了蘸，让一滴墨水落在日记本的第一页上。

墨水在纸上鲜艳地闪耀了一秒钟，接着就好像被纸吸了进去，消失得无影无踪。哈利兴奋起来，又将羽毛笔蘸满墨水，写道：“我叫哈利·波特。”

这行文字在纸上闪了闪，也被吸了进去，一点痕迹也没有留下。然后，奇迹终于出现了。

纸上突然渗出一些哈利从没写过的文字，用的正是他的墨水。

你好，哈利·波特。我叫汤姆·里德尔。你是怎么找到我的日记的？

这些文字也很快消失了，不过是在哈利开始匆匆写字后才消失的。

“有人想把它扔进抽水马桶里冲走。”

他迫不及待地等着里德尔的回答。

幸好我用的是比墨水更持久的方式记录我的往事。我一直知道总有些人不愿意这本日记被人读到。

“你是什么意思？”哈利潦草地写着，激动得把纸都戳破了。

我的意思是，这本日记里记载着一些可怕的往事。一些被掩盖的往事。一些发生在霍格沃茨魔法学校的往事。

“我现在就在这里，”哈利飞快地写着，“我在霍格沃茨学校，这里不断发生可怕的事情。你知道密室的情况吗？”

他的心狂跳起来。里德尔很快就回答了，笔迹变得凌乱潦草，好像他迫不及待要把自己知道的一切都说出来。

我当然知道密室的情况。在我那个时候，他们告诉我们说那是一个传说，一个并不存在的东西。但这是谎话。我上五年级时，密室被打开了，怪兽攻击了几个学生，最后还弄死了一个。我抓住了那个打开密室的人，他被开除了。但是校长迪佩特教授因为霍格沃茨出了这样的事而感到丢脸，不许我说出真相。他们向外面宣布说，那个姑娘死于一次古怪的事故。他们给了我一块金光闪闪的刻着字的漂亮奖牌，奖励我的辛劳，并警告我不许乱说。但我知道这种事还会发生。怪兽还活着，而那个有能力释放它的人并没有被关起来。

哈利忙着写话回答，差点把墨水瓶打翻了。

“现在事情又发生了。已经出现了三起攻击事件，似乎没有人知道是谁策划的。上次是谁？”

“如果你愿意，我可以领你去看，”里德尔这样答复，“你不用看我写的文字。我可以把你带入我的记忆，进入我抓住他的那个晚上。”

哈利迟疑了，羽毛笔悬在日记本上方。里德尔是什么意思？他怎么可能被带进别人的记忆呢？他紧张地朝宿舍门口瞥了一眼，天渐渐黑了下来。目光回到日记上时，他发现又有一行字冒了出来。

我领你去看。

哈利只停顿了一下，便立刻写了两个字。

"好吧。"

日记本仿佛被一股大风吹着，纸页哗啦啦地翻过，停在六月中旬的某一页。哈利目瞪口呆地看着六月十三日的那个小方块似乎变成了一个微型电视屏幕。他双手微微颤抖着，把本子举起来，让眼睛贴近那个小窗口；没等他反应过来是怎么回事，他就向前倾倒过去；窗口在变大，他觉得自己的身体离开了床铺，头朝前跌进了那一页的豁口，进入了一片飞舞旋转的色彩与光影之中。

他觉得双脚落在了坚实的地面上。他颤抖着站住了，周围模糊的景象突然变得清晰起来。

他一下子就知道自己到了哪里。这间墙上挂着呼呼大睡的肖像的圆形房间，正是邓布利多的办公室——但此刻坐在桌子后面的却不是邓布利多，而是一个显得很虚弱的干瘪巫师，秃脑袋上只有几缕白毛，正就着烛光读一封信。哈利以前从没见过这个人。

"对不起，"他声音发抖地说，"我不是故意闯进来……"

但是那个巫师头也没抬。他继续读信，并微微皱起了眉头。哈利走近他的办公桌，结结巴巴地说："哦——那我走了。行吗？"

巫师还是不理他，似乎根本没有听见他的话。哈利以为那巫师大概耳朵不好，便提高了嗓门。

"对不起，打扰你了，我走了。"他简直喊了起来。

巫师叹了一口气，把信叠起，站起身来，从哈利身边走过，连看都不看他，径直走过去拉开了窗帘。

窗外的天空布满红霞；似乎此刻正是日落时分。巫师返回桌边，坐下来，心不在焉地玩弄着两个大拇指，望着门口。

哈利环顾着这间办公室。没有凤凰福克斯，也没有那些呼呼旋转的银质小玩意儿。这是里德尔所知道的那个霍格沃茨，也就是说，这位他不认识的巫师是校长，但不是邓布利多，而他哈利比鬼魂强不了多少，五十年前的人是完全看不见他的。

办公室外面有人敲门。

“进来。”老巫师用虚弱无力的声音说。

一个大约十六岁的男孩走了进来，摘下头上的尖帽子。一枚银质的级长徽章在他胸口闪闪发光。他比哈利高得多，但也有一头乌黑发亮的头发。

“啊，里德尔。”校长说。

“您想见我，迪佩特教授？”里德尔说，显得有些紧张。

“坐下吧，”迪佩特说，“我刚才一直在读你给我的那封信。”

“哦。”里德尔说。他坐了下来，双手紧紧地攥在一起。

“我亲爱的孩子，”迪佩特慈祥地说，“我不能让你留在学校里过暑假。你肯定愿意回家度假吧？”

“不，”里德尔立刻说道，“我情愿留在霍格沃茨，也不愿到那个——那个——”

“你假期住在一家麻瓜孤儿院里，是吗？”迪佩特好奇地问。

“是的，先生。”里德尔说，微微地红了脸。

“你是麻瓜出身吗？”

“是混血统，先生，”里德尔说，“父亲是麻瓜，母亲是巫师。”

“你的父母都——”

“母亲刚生下我就去世了，先生。他们在孤儿院里对我说，母亲只来得及给我起了名字：‘汤姆’，随我的父亲；中间名字‘马沃罗’，随我的外祖父。”

迪佩特同情地咂了咂舌头。

“事情是这样的，汤姆，”他叹了口气说，“我们本来想对你做一些特殊的安排，可是在目前的情形下……”

“你指的是所有这些攻击事件吗，先生？”里德尔问。

哈利的心跳顿时加快，他凑得更近些，生怕漏掉一句话。

“一点儿不错，”校长说，“我亲爱的孩子，你必须看到，如果我允许你学期结束后继续待在城堡里，会是多么愚蠢。尤其是发生了最近那场悲剧之后……那个可怜的小姑娘死了……你待在孤儿院里要安全得多。实话对你说吧，魔法部甚至在讨论关闭学校呢。对于所有这些不幸事件的——哦——根源，我们还没有半点儿头绪……”

里德尔的眼睛睁大了。

“先生……如果那个人被抓住了……如果一切都停止了……”

“你是什么意思?”迪佩特一边说一边从椅子上站了起来，他的声音有点刺耳，“里德尔，你难道是说你对这些攻击事件有所了解?”

“不，先生。”里德尔赶紧说道。

然而哈利可以肯定，里德尔说的“不”，和他自己对邓布利多说的“不”是一样的性质。

迪佩特跌坐回去，显得微微有些失望。

“你可以走了，汤姆……”

里德尔从他的椅子上滑下来，拖着沉重的脚步走出房间。哈利跟了上去。

他们走下旋转楼梯，接着从逐渐暗下来的走廊里的怪兽状滴水嘴旁边走了出来。里德尔停下脚步，哈利也停住了，注视着他。可以看出里德尔在很严肃地思考着，只见他咬着嘴唇，前额上起了皱纹。

接着，他似乎突然拿定了主意，匆匆走开了，哈利悄没声儿地跟在后面。一路上没有看见一个人。最后他们来到门厅，一个高个子的巫师，留着飘逸的赤褐色长头发和长胡子，在大理石楼梯上向里德尔打招呼。

“你在做什么，汤姆? 这么晚了还在乱逛?”

哈利目瞪口呆地望着这位巫师。他不是别人，正是年轻了五十岁的邓布利多。

“我刚才得去见校长，先生。”里德尔说。

“好了，快上床睡觉吧。”邓布利多说着，用哈利非常熟悉的那种具有穿透性的目光，凝视着里德尔，“这些日子最好不要在走廊里闲逛。既然已经……”

他沉重地叹息一声，向里德尔道了晚安，就大步走开了。里德尔看着他走出视线，然后迅速迈开脚步，走上通往地下教室的石阶，哈利在后面紧追不舍。

然而，令哈利失望的是，里德尔没有把他带到某条隐秘通道或秘密地道,而是来到了哈利跟着斯内普上魔药课的那间地下教室。火把没有点燃,所以,当里德尔把门差不多推上时,哈利只能看见里德尔一动不动地站在门口,注视着外面的通道。

哈利觉得,他们在那里待了至少一个小时。他只能看见里德尔站在门口的身影,里德尔正从门缝里向外窥视,像一尊雕塑一样等候着。然后,就在哈利不再感到紧张和有所期待,开始希望回到现实中来时,他听见门外有了动静。

有人悄悄地在通道里走动。他听见那个人走过他和里德尔藏身的地下教室。里德尔像影子一样毫无声息,侧身从门缝穿过,跟了上去。哈利踮着脚跟在后面,忘了别人是听不见他的声音的。

大约有五分钟的时间,他们一直跟着那个脚步。最后里德尔突然停住了,侧着脑袋,倾听着刚刚出现的声音。哈利听见一扇门吱扭一声开了,然后有人用沙哑的声音低声说话。

"过来……出来,上这儿来……过来吧……到箱子里来……"

这个人的声音似乎有点儿熟悉。

里德尔突然一跳,转过墙角。哈利跟着他蹿了出去。他可以看见一个大块头男孩的黑乎乎的身影,那男孩蹲在一扇开着的门前,门边放着一个很大的箱子。

"晚上好,鲁伯。"里德尔严厉地说。

男孩砰地把门关上,站了起来。

"你在这儿做什么,汤姆?"

里德尔逼近了几步。

"该结束了,"他说,"我不得不告发你了,鲁伯。他们正在商量,如果攻击事件再不停止,就要关闭霍格沃茨了。"

"你说什——"

"我知道你不是故意要杀人。但是怪兽可不是理想的宠物,我猜想你只是让它出来活动活动,结——"

"它绝没有杀人!"大块头男孩说着,后退几步,把身体靠向那扇关着的门。哈利可以听见他后面传来一阵古怪的窸窸窣窣和咔啦咔啦的声音。

“别闹了，鲁伯，”里德尔说，又向前逼近了一些，“那个死去的姑娘的父母明天就要到这儿来了。霍格沃茨至少可以保证把弄死他们女儿的那个家伙杀死……”

“不是它！”男孩大吼一声，声音在昏暗的通道里回荡，“它不会！绝不会！”

“闪开。”里德尔说着，拔出了魔杖。

他的咒语以一道突如其来的火光照亮了走廊。大块头男孩身后的门猛地弹开，那股巨大的力量把他撞到对面的墙上。从门里出来了一个东西，哈利发出了一声凄厉的、长长的尖叫，但除了他本人以外，似乎谁也没有听见。

一个硕大的、毛森森的低矮身躯，几条黑乎乎的腿纠缠在一起，许多闪闪发亮的眼睛，两把刀子般锋利的钳子——里德尔又举起了魔杖，可是已经来不及了。怪物慌忙逃跑，把他撞翻在地，然后飞快地奔过走廊，消失了。里德尔跌跌撞撞地站起来，看着怪物的背影；他举起魔杖，但是大块头男孩朝他扑去，一把抓住魔杖，又把他打翻在地，一边大声嚷道：“不——！”

接着，天旋地转，周围漆黑一片。哈利感到自己在坠落，最后轰的一声，掉在格兰芬多宿舍他的四柱床上。里德尔的日记本打开了放在他的肚子上。

没等他来得及把气喘匀，宿舍的门开了，罗恩走了进来。

“你在这儿。”他说。

哈利坐了起来。他大汗淋漓，浑身发抖。

“怎么了？”罗恩一边问，一边关切地看着他。

“是海格，罗恩。五十年前是海格打开了密室。”

第14章

康奈利·福吉

哈利、罗恩和赫敏早就知道，海格不幸对庞大的怪兽情有独钟。他们去年在霍格沃茨期间，海格曾经试图在他的小木屋里喂养一条火龙，还有被他称为“路威”的三个脑袋的大狗，也使他们很长时间不能忘记。哈利知道，当年还是一个少年的海格，如果听说城堡的什么地方藏着一头怪兽，他肯定会想尽一切办法去看它一眼。海格很可能认为，把那怪兽囚禁那么久很不像话，应该给它一个机会出来活动活动腿脚；哈利甚至可以想象十三岁的海格想给那怪兽拴上皮带，套上颈圈。但是哈利也同样相信，海格绝不会故意把人害死。

哈利甚至有点希望他没有发现怎样阅读里德尔的日记。罗恩和赫敏一遍遍地叫他讲述他的所见所闻，最后他讲得厌烦了，对之后没完没了的、车轱辘式的谈话也感到腻烦透顶。

“里德尔可能找错了人，”赫敏说，“害人的也许是另外一头怪兽……”

"你以为这个地方能关着几头怪兽?"罗恩没精打采地问。

"我们早就知道海格是被开除的。"哈利苦恼地说,"自从海格被赶走后,攻击事件一定停止了。不然的话,里德尔是不会获奖的。"

罗恩试着换了个角度。

"里德尔说话的口气很像珀西——说到底,是谁叫他去告发海格的呢?"

"但是怪兽杀了人,罗恩。"赫敏说。

"如果他们关闭霍格沃茨,里德尔就要回一家麻瓜孤儿院。"哈利说,"我认为他希望待在这里是情有可原的……"

罗恩咬着嘴唇,然后试探地说:"你上次在翻倒巷遇见了海格,是吗,哈利?"

"他在买驱除食肉鼻涕虫的药。"哈利很快地说。

三个人都沉默了。经过长时间的冷场,赫敏迟疑不决地提出了最棘手的一个问题:"你们看,我们是不是应该拿这些事情去问问海格?"

"那可是一次愉快的拜访。"罗恩说,"你好,海格,跟我们说说,最近你有没有把城堡里某个野蛮的、浑身是毛的东西放出来?"

最后,他们决定什么也不对海格说,除非又有攻击事件发生。日子一天天过去了,再也没有听见那个幽灵发出低语。他们乐观起来,以为永远用不着去问海格当年为什么被开除了。自从贾斯廷和差点没头的尼克被石化,时间已过去了四个月,差不多每个人都认为那个攻击者,不管他是谁,已经永远洗手不干了。皮皮鬼终于唱腻了他那首"哦,波特,你这个讨厌鬼"的歌。一天在上草药课时,厄尼·麦克米兰礼貌地请哈利把一小桶跳动的伞菌递给他。三月里,几株曼德拉草在第三温室开了一个热热闹闹、吵吵嚷嚷的舞会,斯普劳特教授感到非常高兴。

"等它们想移到别的花盆里时,我们就知道它们完全成熟了。"她对哈利说,"然后我们就能让医院里那些可怜的人都活过来了。"

复活节假日期间,二年级学生又有了新的事情要考虑。要选择三年级的课程了,这件事,至少在赫敏看来,是需要慎重对待的。

“这会影响到我们的整个未来。”她对哈利和罗恩说。这时他们都在仔细研究新课程名单，在上面做着记号。

“我只想放弃魔药课。”哈利说。

“不可能，”罗恩情绪低落地说，“原来的科目都得上，不然我早就扔掉黑魔法防御术课了。”

“但那门课是很重要的！”赫敏吃惊地说。

“像洛哈特那种教法，我看未必。”罗恩说，“除了不能把小精灵放出来，我没有从他那里学到任何东西。”

纳威·隆巴顿家里的那些男男女女的巫师纷纷给他来信，在选课的事情上对他提出许多不同的建议。纳威无所适从，心里很紧张。他坐在那里看课程单，舌头伸在外面，问别人是不是觉得算术占卜听上去比古代如尼文更难学。迪安·托马斯和哈利一样，是在麻瓜身边长大的。他最后闭上眼睛，用魔杖在单子上随意地点来点去，点到哪门课就选哪门课。赫敏没有听从任何人的建议，在所有科目上都签了名。

哈利想，如果他去跟弗农姨父和佩妮姨妈商量他的魔法课程，他们还不知道会说什么呢。想到这里，他暗暗地苦笑。他并不是没有得到任何指导：珀西·韦斯莱就在很迫切地向他言传身教。

“就看你想去什么地方了，哈利。”他说，“必须早点为将来打算，所以我向你推荐占卜学。人们说选择麻瓜研究是愚蠢的，但我个人认为，巫师应该对非魔法社会有一个全面彻底的了解，尤其是如果想从事与麻瓜联系密切的工作的话——你看我父亲，他每时每刻都必须跟麻瓜事务打交道。我哥哥查理一向喜欢在户外活动，所以他选择了保护神奇动物课。发挥你的强项，哈利。”

可是哈利觉得他唯一真正擅长的就是魁地奇。最后，他选择了和罗恩一样的几门新课。他想，如果这几门课学起来费劲，至少还有一个人愿意友好地帮助他。

格兰芬多队的下一场魁地奇比赛是对赫奇帕奇队。伍德坚持让队员们每天晚饭后训练，所以哈利除了训练和完成家庭作业，几乎没有时间做别的。不过，训练越来越得心应手，至少不大淋雨了。在星期六比赛的前一天晚上，哈利走到宿舍去放飞天扫帚时，觉得格兰芬多队从来没有像现在这样有把握赢得魁地奇杯。

但是他愉快的心情并没有持续多长时间。刚来到宿舍楼上，就看见了一脸惊慌的纳威·隆巴顿。

“哈利——我不知道是谁干的。我刚发现——”

纳威惊恐地望着哈利，一把推开了房门。

哈利箱子里的东西被扔得到处都是。衣服皱巴巴地躺在地板上。床单被人从他的四柱床上扯了下来，床头柜的抽屉被拉开了，里面的东西都散落在床垫上。

哈利张大嘴巴向床边走去，脚底下踩到了几张从《与巨怪同行》里掉出来的纸页。

当他和纳威把床单重新铺回床上时，罗恩、迪安和西莫也进来了。迪安大声嚷了起来。

“怎么回事，哈利？”

“不知道。”哈利说。罗恩正在仔细查看哈利的衣服。所有的口袋都被翻在了外面。

“有人在找什么东西。”罗恩说，“有什么东西不见了吗？”

哈利动手把自己的东西都捡起来，一件件扔回到箱子里。当他把洛哈特的最后一本书也扔进去时，才意识到少了什么。

“里德尔的日记本不见了。”他压低声音对罗恩说。

“什么？”

哈利把头朝宿舍门的方向一摆，罗恩跟着他走了出来。他们匆匆下楼，回到格兰芬多的公共休息室，那里面没有什么人。赫敏独自坐着，在读一本名叫《古代如尼文简易入门》的书。他们走了过去。

赫敏听了这个消息，顿时惊呆了。

“可是——只有格兰芬多的人才可能偷——别人都不知道我们的口令……”

“一点儿不错。”哈利说。

他们第二天清早醒来，天气晴朗，阳光明媚，宜人的微风轻轻吹拂。

“是魁地奇比赛最理想的天气！”在格兰芬多餐桌上，伍德一边热情洋溢地说着，一边给每个队员的盘子里添了许多炒蛋，“哈利，振作起来，你需要好好吃一顿早饭。”

哈利一直望着拥挤的格兰芬多餐桌，猜想里德尔日记本的新主人是否就在他眼前。赫敏催促他把遭窃的事向校方汇报，但是哈利不愿意这么做。难道必须对老师讲清日记的来龙去脉，并告诉老师有多少人知道五十年前海格为什么被开除吗？他可不想成为重新挑起这件事的人。

哈利和罗恩、赫敏一起离开礼堂，去收拾他的比赛用品。这时，他已经纷乱不堪的心里又多了一份非常沉重的忧虑，因为他刚踏上大理石楼梯，突然又听见了那个声音：“这次要杀人……让我撕……让我撕裂……”

他大喊一声，罗恩和赫敏惊恐地从他身边跳向一旁。

“那个声音！”哈利说着，扭过头向后看，“我刚才又听见了——你们听见了吗？”

罗恩摇了摇头，眼睛睁得圆圆的。赫敏却突然伸手一拍前额。

“哈利——我突然明白了一件事！我要去一趟图书馆！”

她匆匆跑开，往楼上去了。

“她明白了什么？”哈利心慌意乱地问，仍然四下环顾，想弄清声音是从什么地方发出来的。

“我不知道。”罗恩摇着头说。

“可是她为什么要去图书馆呢？”

“因为这就是赫敏的作风，”罗恩说着，耸了耸肩膀，“一有疑问，就上图书馆。”

哈利犹豫不决地站在那里，想再次捕捉那个声音。可这时人们都从礼堂里拥了出来，在他身后高声谈笑，准备从前门到魁地奇球场去。

“你最好赶紧行动，”罗恩说，“快十一点了——比赛。”

哈利快步走向格兰芬多塔楼，拿起他的光轮2000，加入到熙熙攘攘穿过场地的人流中，但是他的思绪还留在城堡里，追寻着那个声音。当他在更衣室里换上鲜红色的长袍时，唯一聊以自慰的就是现在大家都在外面观看比赛。

队员们在震天动地的欢呼声中走向赛场。奥利弗·伍德腾空而起，围着球门柱作热身飞行。霍琦女士把球放了出来。赫奇帕奇队的队员穿着淡黄色衣服，此刻正聚在一起，抓紧最后一分钟时间讨论战术。

哈利正要骑上自己的飞天扫帚，麦格教授突然连走带跑地穿过赛场，手里拿着一个巨大的紫色麦克风。

哈利的心像石头一样沉落下去。

“比赛取消了。”麦格教授通过麦克风对拥挤的露天看台说。人群里发出不满的嘘声和喊叫。奥利弗·伍德显得垂头丧气。他降落到地面，没有从飞天扫帚上下来，就朝麦格教授跑去。

“可是教授！”他喊道，“我们必须比赛……魁地奇杯……格兰芬多……”

麦格教授没有理睬他，继续拿着麦克风喊话：“所有的学生必须返回本学院的公共休息室，在那里，学院的负责人会告诉你们更多的情况。请大家尽快离开！”

然后她放下麦克风，示意哈利过去。

“波特，我认为你最好和我一起来……”

哈利正纳闷这次麦格怎么又怀疑到自己，却见罗恩使劲从正在抱怨的人群中钻出来。就在麦格教授和哈利开始朝城堡走去时，罗恩向他们跑了过来。使哈利感到吃惊的是，麦格教授居然没有反对。

“好吧，也许你最好也来一下，韦斯莱。”

学生们拥挤在他们周围，有的嘟嘟哝哝地抱怨比赛被取消了，有的则显出很紧张的样子。哈利和罗恩跟着麦格教授回到学校，登上大理石楼梯。但是这次他们没有被带进任何人的办公室。

“你们会觉得有些震惊，”走近医院时，麦格教授用出奇温柔的声音说，“又发生了攻击事件……又是双重攻击。”

哈利的内脏剧烈地翻腾起来。麦格教授把门推开，哈利和罗恩走了进去。

庞弗雷女士正在俯身查看一个留着长长鬈发的六年级学生。哈利认出她就是那天他们向她打听斯莱特林公共休息室在哪儿的那个拉文克劳女生。在她旁边的那张床上——

"赫敏!"罗恩惊呼道。

赫敏一动不动地躺在那里,呆滞的眼睛大大地睁着。

"她们是在图书馆附近被发现的,"麦格教授说,"我想你们俩大概没人能对此做出解释吧?这是她们身边地板上的……"

麦格教授举起一面圆圆的小镜子。

哈利和罗恩摇了摇头,都死死地盯着赫敏。

"我护送你们回格兰芬多塔楼。"麦格教授心情沉重地说,"不管怎样,我都要去对学生们讲话。"

"所有的学生晚上六点钟以前必须回到自己学院的公共休息室。任何学生不得在这个时间之后离开宿舍。每次上课都由一位老师护送。在没有老师陪伴的情况下,任何学生不得使用盥洗室。所有的魁地奇训练和比赛都被延期。晚上不再开展任何活动。"

格兰芬多的学生挤在公共休息室里,默默地听麦格教授讲话。麦格卷起刚才念过的羊皮纸文件,用一种有些窒息的声音说:"不用说,我以前很少这样痛苦。学校很可能要关闭了,除非策划这些攻击行为的罪犯被抓住。我敦促每一个认为自己知道一些情况的人主动站出来。"

她有些笨拙地爬过肖像洞口,格兰芬多的学生立刻就嘁嘁喳喳地议论开了。

"已经有两个格兰芬多倒下了,还不算一个格兰芬多的幽灵,还有一个拉文克劳和一个赫奇帕奇。"韦斯莱孪生兄弟的朋友李·乔丹扳着指头数道,"有没有哪位老师注意到,斯莱特林们全都安然无恙?显然这些玩意儿都是从斯莱特林出来的,不是吗?斯莱特林的继承人,斯莱特林的怪兽——为什么不干脆把所有的斯莱特林都赶出去呢?"他大声嚷道,听众们频频点头,并响起稀稀拉拉的掌声。

珀西·韦斯莱坐在李·乔丹旁边的椅子上,似乎平生第一次不急于发表自己的观点。他看上去脸色惨白,受了惊吓。

“珀西吓坏了,”乔治悄悄对哈利说,“那个拉文克劳女生——佩内洛·克里瓦特——是个级长。珀西以前大概以为怪兽是不敢攻击级长的。”

但是哈利没有认真听。他似乎不能摆脱赫敏躺在医院病床上,像石雕一样僵硬呆滞的画面。如果罪犯不能很快被抓住,他就要回德思礼家度过一生了。汤姆·里德尔之所以要告发海格,就是因为一旦学校关闭,他就面临着返回麻瓜孤儿院的前景。哈利现在完全理解了他的感受。

“怎么办呢?”罗恩在哈利耳边悄悄问道,“你认为他们怀疑到海格了吗?”

“我们必须去跟他谈谈,”哈利拿定了主意,说道,“我没法相信这次是他。但既然他上次把怪兽放了出来,一定知道怎样进入密室,这就是一个突破点。”

“可是麦格教授说我们必须待在塔楼里,除非去教室上课——”

“我认为,”哈利说,声音放得更轻了,“现在应该把我爸爸的那件旧斗篷再拿出来了。”

哈利只从父亲那里继承了一件东西:隐形衣,一件长长的、银光闪闪的隐形斗篷。要想偷偷溜出学校去拜访海格而不被别人发觉,就全靠它了。晚上,哈利和罗恩像平常一样上了床,一直等到纳威、迪安和西莫不再讨论密室、终于进入梦乡之后,他们才从床上起来,重新穿好衣服,把隐形衣披在两个人的身上。

穿过阴森森的走廊的一路上并不令人愉快。哈利以前好几次半夜三更在城堡里游逛,却从没有看见在太阳落山后还有这么多人。老师、级长和幽灵成双成对地在走廊里巡逻,四处查看有无异常情况。哈利的隐形衣并不能防止他们发出声音,有一次格外惊险,罗恩突然绊了一下,而斯内普就在离他几步远的地方站岗。幸好,斯内普几乎就在罗恩发出咒骂的同时打了一个喷嚏。当终于来到橡木大门前,轻轻把它打开时,他们才算松了一口气。

这是一个星光灿烂的夜晚,他们匆匆朝海格住处的那扇映着灯光的窗户走去,一直来到他的门外,才脱去了隐形衣。

在他们敲过门几秒钟后,海格猛地把门打开了。他们迎面看见海格举着一张弩正对准他们,大猎狗牙牙在他身后高声狂吠。

"哦,是你们,"海格说着,放下手里的武器,瞪着他们,"你们俩到这儿来干什么?"

"那是做什么的?"他们走进屋里,哈利指着那张弩,说道。

"没什么……没什么,"海格含混地说,"我还以为……没关系……坐下吧……我去沏茶……"

他似乎有些心神不定,水壶里的水泼洒出来,差点把炉火浇灭了,然后他粗大的手猛地一抖,把茶壶打翻了。

"你没事儿吧,海格?"哈利问,"赫敏的事你听说了吗?"

"哦,对,我听说了。"海格说,声音有些哽咽。

他老是紧张地朝窗口张望。他给他们俩各倒了一大杯开水(忘记放茶叶袋了),正要把一块厚厚的水果蛋糕放在一个盘子里,突然传来了很响的敲门声。

海格失手扔掉了水果蛋糕,哈利和罗恩十分恐慌地交换了一下目光,然后赶紧把隐形衣披在身上,退缩到一个角落里。海格看到他们都藏好了,就抓起他的弩,又一次猛地把门拉开。

"晚上好,海格。"

是邓布利多。他走了进来,神情非常严肃,后面还跟着一个模样十分古怪的男人。

这个陌生人长得矮矮胖胖、敦敦实实,一头乱糟糟的灰发,脸上带着焦虑的神情。他身上的衣服是个奇怪的大杂烩:细条纹的西服、鲜红色的领带、黑色的长斗篷、紫色的尖头靴。他胳膊底下夹着一顶暗绿色的礼帽。

"那是我爸的上司!"罗恩喘着气说,"康奈利·福吉,魔法部部长!"

哈利用胳膊肘使劲捅了捅罗恩,让他闭嘴。

海格一下子脸色煞白,脑门上开始出汗。他跌坐在一把椅子上,看看邓布利多,又看看康奈利·福吉。

“真糟糕,海格,”福吉用一种清脆快速的语调说,“非常糟糕,不得不来。在麻瓜身上发生了四起攻击事件,太过分了,魔法部必须采取行动。”

“我没有,”海格恳求地望着邓布利多,“你知道我没有,邓布利多教授,先生……”

“我希望你明白,康奈利,我是完全信任海格的。”邓布利多对福吉皱着眉头说道。

“可是你瞧,阿不思,”福吉很不自然地说,“海格的前科记录对他不利啊。魔法部不得不采取一些措施——已经和校董事会取得了联系。”

“不过康奈利,我还是要告诉你,把海格带走根本无济于事。”邓布利多说,他的蓝眼睛里闪烁着哈利从没见过的怒火。

“你从我的角度看一看吧,”福吉说,手里玩弄着他的礼帽,“我压力很大呀。必须做点什么才行。如果最后查出来不是海格,他还会回来的,别人就没什么可说的了。可是我不得不把他带走。我难道不该履行自己的——”

“把我带走?”海格说,他浑身瑟瑟发抖,“带到哪儿?”

“时间很短,”福吉说,没去看海格的眼睛,“不是惩罚,只是一种预防措施。如果抓住了另外一个人,就会把你放出来,并致以充分的歉意……”

“不是阿兹卡班吧?”海格声音嘶哑低沉地问。

福吉还没来得及回答,又有人重重地敲门。

邓布利多过去开门。这次轮到哈利肋骨上挨了一臂肘:他发出了一声清晰可闻的惊喘。

卢修斯·马尔福先生大踏步地走进海格的小屋,全身严严实实地裹着一件长长的黑色旅行斗篷,脸上带着一种冷冰冰的、心满意足的微笑。牙牙开始狂吠起来。

“你已经来了,福吉,”他满意地说,“很好,很好……”

“你来这儿干什么?”海格愤怒地说,“出去,离开我的房子!”

“亲爱的朋友，请你相信我，我也并不高兴进入你的这间——哦——你管这也叫房子？”卢修斯·马尔福环顾着小小的陋室，讥笑道，“我只是到学校来看看，有人告诉我校长到这儿来了。”

“你找我到底有何贵干，卢修斯？”邓布利多问。他话说得很礼貌，但那团怒火仍然在他的蓝眼睛里燃烧着。

“事情糟糕透了，邓布利多。”马尔福先生一边懒洋洋地说，一边拿出一卷长长的羊皮纸，“董事会觉得应该让你走人了。这是暂时停职令——你会看到十二位董事都在上面签了名。我们觉得你恐怕没有发挥你的才能。到现在为止，已经发生了多少起攻击事件？今天下午就有两起，是吗？照这个速度，霍格沃茨的麻瓜学生就会一个不剩了，我们都知道那将是学校的一个可怕的损失。”

“哦，怎么，你说什么呢，卢修斯？”福吉说，他显得很惊慌，“邓布利多被暂时停职……不，不……我们现在绝对不愿意……”

“对校长的任命——或暂时停职——是董事会的事情，福吉。”马尔福先生用平稳的语调说，“既然邓布利多未能阻止这些攻击……”

“可是你看，卢修斯，如果邓布利多不能阻止——”福吉说，上唇开始出汗了，“那么，谁能阻止呢？”

“那就等着瞧吧，”马尔福说，脸上泛起一丝奸笑，“可是我们十二个人都投票——”

海格猛地站了起来，毛蓬蓬、黑乎乎的大脑袋擦着了天花板。

“你对多少人进行了威胁、敲诈，才迫使他们同意的，嗯，马尔福？”

“天哪，天哪，要知道，你的这个坏脾气总有一天会给你惹麻烦的，海格。”马尔福说，“我想给你一句忠告，可不要对阿兹卡班的看守这样大喊大叫。他们是不会喜欢的。”

“你不能带走邓布利多！”海格喊道，吓得大猎狗牙牙在筐子里瑟瑟发抖，呜呜地哀叫，“如果把他带走，麻瓜们就没有一点活路了！很快就会出现杀人事件的！”

“你冷静一点儿，海格。”邓布利多严厉地说。他看着卢修斯·马尔福。

“如果董事会希望我走，卢修斯，我当然会把位子让出来。”

“可是——”福吉结结巴巴地说。

“不行!”海格低吼道。

邓布利多炯炯有神的蓝眼睛始终盯着卢修斯冷冰冰的灰眼睛。

“不过，”邓布利多的语调十分缓慢而清晰，使在场的每个人都能听清他说的每一个字，“只有当这里的人都背叛我的时候，我才算真正离开了这所学校。你们还会发现，在霍格沃茨，那些请求帮助的人总是能得到帮助的。”

一刹那间，哈利几乎可以肯定邓布利多朝他和罗恩藏身的角落瞥了一眼。

“情感可嘉，”马尔福说着，鞠了一个躬，“我们大家都会怀念你——哦——处理事情的极富个性的方式，阿不思，只希望你的接班人能够彻底阻止——啊——杀人事件。”

马尔福大步走向小屋的门，把门打开，鞠躬送邓布利多出去。福吉玩弄着他的礼帽，等待海格走到他前面，可是海格站着不动，深深吸了口气，谨慎地说：“如果有人想找什么东西，他们只需跟着蜘蛛，就会找到正确的方向！我就说这么多。”

福吉惊愕地瞪着他。

“好吧，我来了。”海格说着，穿上他的鼹鼠皮大衣。就在跟着福吉出门时，他又停住脚步，大声说道：“我不在的时候，需要有人喂喂牙牙。”

门砰地关上了，罗恩一把扯下隐形衣。

“这一下可麻烦了，”他声音粗哑地说，“邓布利多不在了。他们很可能今晚就要关闭学校。邓布利多走了以后，天天都会有攻击事件发生的。”

牙牙又狂吠起来，用爪子挠着紧闭的房门。

第15章

阿拉戈克

夏天悄悄来到了城堡周围的场地上；天空和湖面一样，都变成了泛着紫光的浅蓝色，温室里绽开出一朵朵大得像卷心菜一般的鲜花。可是，从城堡的窗口看不见海格大步走过场地、牙牙紧跟在他脚边的身影，哈利总觉得眼前的情景不太对头；实际上，它比乱作一团的城堡内部好不了多少。

哈利和罗恩曾经想去看望赫敏，但是探视者都被挡在了医院外面。

"我们不能再冒险了，"庞弗雷女士把医院的门开了一道缝，严肃地对他们说，"不行，对不起，攻击者很可能还会回来，把这些人彻底弄死……"

邓布利多走了，恐惧以前所未有的形式在迅速蔓延，因此温暖城堡外墙的太阳似乎照不进装着直棂的窗户。学校里的每一张面孔都显得惶恐不安，走廊里响起的每一声大笑都听上去刺耳、怪异，并且很快就被压抑住了。

哈利不断地对自己重复着邓布利多最后说的那番话。“只有当这里的人都背叛我的时候，我才算真正离开了这所学校……在霍格沃茨，那些请求帮助的人总是能得到帮助的。”可是这些话有什么用呢？当每个人都像他们一样困惑和惊惧时，究竟该向谁求助呢？

海格关于蜘蛛的暗示倒是很容易理解——问题是，城堡里似乎没有一只蜘蛛可以让他们跟踪。哈利走到哪里找到哪里，罗恩也（很不情愿地）在帮他寻找。当然啦，由于不能擅自乱逛，必须和其他格兰芬多学生成群结队地在城堡里活动，他们的搜寻工作受到了很大阻碍。同学们似乎很高兴有老师护送他们从一个教室走到另一个教室，但哈利觉得非常厌烦。

然而，有一个人似乎特别喜欢这种惊恐和疑惧的气氛。德拉科·马尔福神气活现地在学校里走来走去，好像刚被任命为男生学生会主席一般。哈利一直不明白他为什么这样得意。最后，在邓布利多和海格走了大约两个星期后的一次魔药课上，哈利正好坐在马尔福后面，无意中听到了他得意扬扬地对克拉布和高尔的吹嘘。

“我早就知道父亲会赶走邓布利多的。”他说，并没有刻意把声音压低，“告诉你们吧，他认为邓布利多是学校有史以来最糟糕的校长。现在我们大概会有一个像样的校长了，那是个不愿意让密室关闭的人。麦格也待不长的，她只是临时补缺……”

斯内普快步从哈利身边走过，对赫敏空空的座位和坩埚不置一词。

“先生，”马尔福大声说，“先生，你为什么不申请校长的职位呢？”

“哎呀，马尔福，”斯内普说，但他控制不住嘴角露出淡淡的笑容，“邓布利多教授只是暂时被董事会停职了，我敢说他很快就会回到我们中间的。”

“是啊，没错，”马尔福傻笑着说，“先生，如果你申请这个职位，我猜我父亲会投你一票的。我会告诉我父亲，你是这里最好的老师，先生……”

斯内普昂首阔步地在地下教室走来走去，脸上得意地笑着，西莫·

斐尼甘假装朝自己的坩埚里呕吐，还好斯内普没有看见。

“泥巴种们居然还没有收拾东西滚蛋，这使我非常吃惊，”马尔福继续说道，“我用五个加隆跟你打赌，下一个必死无疑。真可惜不是格兰杰……”

幸好，就在这时铃声响了；罗恩听了马尔福的最后一句话，一下子从凳子上跳起来，在大家匆匆收拾书包和书本的混乱中，除了哈利和迪安，没有人注意到他想过去教训马尔福。

“让我揍他，”哈利和迪安揪住罗恩的膀子时，罗恩气冲冲地说，“我不在乎，我不需要魔杖，我要赤手空拳把他打死——”

“快点儿，我要带你们大家去上草药课。”斯内普对着全班同学吼叫，接着，大家两个两个地排队离开了教室。哈利、罗恩和迪安排在最后，罗恩还在拼命挣脱。直到斯内普把大家送出了城堡，他们才敢把罗恩放开。他们穿过菜地，朝温室走去。

草药课气氛非常压抑；班上已经少了两个同学——贾斯廷和赫敏。

斯普劳特教授安排大家都去修剪阿比西尼亚①缩皱无花果。哈利抱着一些枯枝放在堆肥顶上，正好和厄尼·麦克米兰打了个照面。厄尼深深吸了口气，非常正式地说：“我只想说，哈利，对不起，我曾经怀疑过你。我知道你绝不会攻击赫敏·格兰杰，我为我以前说过的所有混账话向你道歉。现在我们面临着同样的危险，因此——”

他伸出一只粗短肥胖的手，哈利握了握。

厄尼和他的朋友汉娜过来和哈利、罗恩在同一株无花果上干活。

“那个叫德拉科·马尔福的家伙，”厄尼一边折下枯枝，一边说道，“似乎幸灾乐祸，开心得要命，是不是？你们知道，我怀疑他可能就是斯莱特林的继承人。”

“你倒是够机灵的。”罗恩说，似乎并没有像哈利那样一下子就原谅了厄尼。

“哈利，你认为是马尔福吗？”厄尼问。

---

① 阿比西尼亚，东非国家埃塞俄比亚的旧称。

“不。”哈利说，口气非常坚定，厄尼和汉娜都吃惊地瞪着他。

紧接着，哈利突然看见了一样东西，赶忙用整枝的剪刀敲了一下罗恩的手背。

“哎哟！你干吗——”

哈利指着地上几步外的地方。几只大蜘蛛匆匆爬过地面。

“哦，好啊，”罗恩想显出高兴的样子，但是没有成功，“可惜我们现在没法跟踪它们……”

厄尼和汉娜好奇地听着。

哈利眼看着蜘蛛逃走了。

“看样子是往禁林的方向去的……”

罗恩听了这话，显得更不高兴了。

下课后，斯普劳特教授护送同学们去上黑魔法防御术课。哈利和罗恩落在其他同学后面，这样就能悄悄说话，不被别人听见了。

“我们又得用上隐形衣了，”哈利对罗恩说，“可以带上牙牙。它经常跟着海格到林子里去，应该能帮得上忙。”

“对。”罗恩不安地用手指旋转着魔杖。

“哦——禁林里有没有——有没有狼人？”当他们在洛哈特班上自己惯常的座位上坐定后，他又问了一句。

哈利觉得不便回答这个问题，他说：“那里也有一些好东西呢。马人是很不错的，还有独角兽。”

罗恩以前从没进过禁林。哈利也只进去过一次，并希望再也不会有第二次。

洛哈特连蹦带跳地进了教室，同学们吃惊地盯着他。学校里的其他老师都显得比平常严肃，可洛哈特看上去倒是轻松愉快。

“好了，好了，”他喜气洋洋地看着四周，说道，“你们干吗都拉长着脸啊？”

大家交换着恼怒的目光，没有人回答。

“难道你们没有发现，”洛哈特说着，放慢语速，似乎觉得他们都有些迟钝似的，“危险已经过去了！罪犯已经被带走了。”

“说谁呢？”迪安·托马斯大声说。

“我亲爱的年轻人，如果魔法部部长没有百分之百认定海格有罪，是不会把他带走的。”洛哈特说，那种口气，就好像某人在解释一加一等于二。

“哦，那不一定。”罗恩说，声音比迪安的还大。

“我自信我对海格被捕的真相知道得比你稍多一些，韦斯莱先生。”洛哈特用一种自鸣得意的口气说道。

罗恩刚要说他并不这么认为，但话没说完就停住了，因为哈利在桌子底下狠狠地踢了他一脚。

“我们当时没在场，你忘了？”哈利小声说。

可是，洛哈特那令人厌恶的喜悦，那暗示自己早就认为海格不是好人的表白，以及他说的相信整个事情已经结束的话，都使哈利恼火万分，恨不得把那本《与食尸鬼同游》的书对准洛哈特那张愚蠢的脸扔去。他给罗恩写了一张潦草的纸条：我们今晚行动。

罗恩看了纸条，使劲咽了一口唾沫，扭头看了看赫敏以前坐的那个空座位。这情景似乎坚定了他的决心，他点了点头。

最近这些日子，格兰芬多的公共休息室里总是挤满了人，因为晚上六点钟以后，格兰芬多的学生就没有别的地方可去了。而且同学们总是有许多话要谈，结果，公共休息室里经常到午夜之后还有人。

吃过晚饭，哈利从箱子里取出隐形衣，然后整个晚上都坐在它上面，等着屋里的人全都走光。弗雷德和乔治向哈利和罗恩提出挑战，要求玩噼啪爆炸牌，金妮在一旁观看。她坐在赫敏惯常的座位上，情绪低落。哈利和罗恩不停地故意输掉，想早点儿结束比赛，但即使这样，等到弗雷德、乔治和金妮去睡觉时也已经过了午夜。

哈利和罗恩等着远处宿舍传来两声关门声，才抓起隐形衣，披在身上，从肖像洞口爬了出去。

穿过城堡的路也不好走，要千方百计躲着老师。最后，他们总算走到了门厅，溜到了那两扇橡木大门的门锁后面，从门缝里挤了出去，尽量不发出吱吱扭扭的声音，然后来到月光皎洁的场地上。

"当然，"当他们大步穿过黑黝黝的草地时，罗恩突然说道，"也许到了林子里以后，根本就找不到东西可以跟踪。那些蜘蛛可能压根儿就没有去那儿。我知道它们当时似乎是朝那个方向移动，但是……"

他没有说下去，给哈利留下了一点希望。

他们来到了海格的小屋前，悲哀而忧伤地看着那几扇黑洞洞的窗户。哈利把门推开，牙牙一看见他们，顿时欣喜若狂。他们生怕它低沉浑厚的狂吠吵醒城堡里的人，赶紧从壁炉架上的一个罐头里拿出糖浆太妃糖给它吃，把它的牙齿粘住了。

哈利把隐形衣放在海格的桌上。在漆黑的树林里是用不着它的。

"来吧，牙牙，我们出去散散步。"哈利说着，拍了拍牙牙的后腿。牙牙高兴地跟在他们后面出了小屋，朝禁林边缘跑去，并在一棵大西克莫无花果树旁翘起了一条腿。

哈利拿出魔杖，喃喃地说："荧光闪烁！"于是魔杖头上放出一束细光，刚好够他们观察路上有没有蜘蛛的影子。

"好主意，"罗恩说，"我也想让我的魔杖发亮，可是你知道，弄得不好它会爆炸的……"

哈利拍了拍罗恩的肩膀，指着草地上。两只孤独的蜘蛛正匆匆逃离魔杖的光亮，钻进阴暗的树影。

"好吧，"罗恩叹了口气，似乎只好迎接最坏的命运了，"我准备好了。我们走吧。"

于是，他们走进了禁林，牙牙在他们周围蹦蹦跳跳地跑着，一路嗅着树根和树叶。就着哈利魔杖的光亮，他们跟随着持续不断地在小路上爬行的蜘蛛。他们走了大约有二十分钟，谁也没有说话，只侧耳细听除了树枝折断声和树叶沙沙声之外，还有没有别的声音。然后，树木越发茂密，头顶上的星星也看不见了。哈利的魔杖孤零零地在无边无际的漆黑中闪着微光，这时他们发现那些蜘蛛向导偏离了小路。

哈利停住脚步，想看清蜘蛛移动的方向，但是在被那点微光照亮的范围之外，是伸手不见五指的黑暗。他以前从没这样深入过禁林。他清晰地回忆起上次进入林子时，海格曾告诫他不要偏离林间小路。但是海格此刻远在千里之外，大概正坐在阿兹卡班的囚室里，而且他也说过要跟着蜘蛛走。

什么东西碰到了哈利的手，他猛地向后一跳，踩了罗恩的脚，结果那只是牙牙的鼻子。

“你有什么想法？”哈利问罗恩。他勉强能分辨出罗恩的眼睛，瞳孔里反射着魔杖的微光。

“我们已经走了这么远了。”罗恩说。

于是，他们跟着蜘蛛飞奔的影子进入了树丛。现在无法走得很快，到处都是树根和树桩挡住了小路，在近乎漆黑一片的光线下简直看不出来。哈利可以感觉到牙牙热乎乎的呼吸喷在他手上。他们不止一次被迫停住脚步，哈利蹲下去，就着魔杖的光寻找蜘蛛的踪迹。

看样子，他们已经走了至少半个小时，衣服经常被低矮的树枝和刺藤挂住。过了一会儿，他们注意到地面似乎在往下倾斜，但树木还和刚才一样茂密。

这时，牙牙突然发出一声响亮的吠叫，在林子里回荡不绝，把哈利和罗恩都吓得灵魂出了窍。

“什么东西？”罗恩大声问，他一边朝一片漆黑中张望着，一边使劲抓住哈利的臂肘。

“那里有什么东西在动，”哈利喘着气说，“听……像是一个大家伙。”

他们仔细听着。在右边一段距离之外，那个大东西正从树丛中辟出一条路来，折断了无数根树枝。

“哦，不，”罗恩说，“哦，不，哦，不，哦——”

“闭嘴，”哈利狂怒地说，“它会听见你的声音。”

“听见我？”罗恩用一种很不自然的尖声说，“它已经听见了牙牙！”

他们站在那里，惊恐万状地等待着，黑暗似乎压迫着他们的眼球。突然一阵轰隆隆的声响，接着又归于寂静。

“你认为它在做什么？”哈利问。

“大概准备扑过来。”罗恩说。

他们等待着，浑身发抖，一动也不敢动。

“你认为它走了吗？”哈利小声问。

“不知道——”

这时，在他们右边，突然出现了一片夺目的光，在黑暗中亮得刺眼，两人都举起手挡住眼睛。牙牙咆哮着想逃走，却被一片荆棘绊住，它叫得更响了。

“哈利！”罗恩喊道，声音因为大松一口气而有些哽咽，“哈利，是我们的汽车！”

“什么？”

“来吧！”

哈利跟在罗恩后面，跌跌撞撞地朝亮光走去，一路上不住地被绊倒。片刻之后，他们来到了一片空地上。

韦斯莱先生的汽车停在一圈茂密的树木中央，顶上是密密麻麻交错的枝叶，车里空无一人，车灯发出耀眼的光。罗恩大张着嘴巴向它走去时，它也在慢慢朝罗恩移动，就像一条青绿色的大狗在迎接它的主人。

“原来它一直在这里！”罗恩欣喜地说，围着汽车走来走去，“你看它，林子把它变野了……”

汽车的两翼被刮破了，上面沾满烂泥。显然它养成了独自在林子里移动的习惯。牙牙似乎对它丝毫不感兴趣，寸步不离地跟着哈利。哈利可以感觉到它在发抖。哈利的呼吸又慢慢平静下来，他把魔杖收回到长袍里。

“我们还以为它要进攻我们呢！”罗恩说着，靠在汽车上，拍了拍它，“我一直不知道它到哪儿去了！”

哈利眯起眼睛，在被灯光照亮的地面上继续寻找蜘蛛的影子，可是它们都匆匆避开刺眼的车灯，跑得不知去向了。

“我们失去踪迹了。”他说，“来吧，去找蜘蛛……”

罗恩没有说话，也没有动弹。他眼睛死死盯着哈利身后离地面十英尺高的地方。他的脸色铁青，活生生地写着恐惧二字。

哈利甚至没来得及转身，只听见一阵响亮的咔嗒咔嗒声。他突然觉得一个长长的、毛茸茸的东西把他拦腰抄起,让他脸朝下悬在半空。他挣扎着,内心极度惊恐。这时他又听见了咔嗒咔嗒声,看见罗恩的双腿也离开了地面,还听见牙牙在哀鸣、咆哮——接着,它就被拖进了漆黑的树丛。

哈利的脑袋倒悬着,看见那个抓住他的家伙迈着六条长得离奇、汗毛浓密的腿,前面还有两条腿紧紧地钳住他,上面是一对闪闪发亮的大黑螯。在他身后,可以听见还有一个这样的动物,它显然是在抱着罗恩。他们正朝着林子的中心移动。哈利听见牙牙呜呜地叫着,正在拼命挣脱第三只怪物,而哈利即使想叫也叫不出来,他似乎把他的声音和汽车一起留在空地上了。

他不知道自己在那动物的利爪里待了多久;只知道黑暗似乎突然消退了一些,他看见铺满落叶的地面上现在密密麻麻的都是蜘蛛。他把脖子扭过去,发现已经来到一片宽阔凹地的边缘,凹地里的树木被清除了,星星照亮了他有生以来见过的最可怕的景象。

蜘蛛。不是那些在下面的落叶中匆匆爬过的小蜘蛛,而是每一只都有拉车的马那么大,八只眼睛,八条腿,黑乎乎、毛森森的,像一个个庞然大物。那个抱着哈利的巨型蜘蛛沿陡坡而下,朝凹地正中央的一张雾气迷蒙的半球形的蛛网走去,它的同伴们把它团团围住。它们看见它钳住的东西后,都兴奋地活动着大螯,发出一片咔嗒咔嗒的声音。

蜘蛛松开爪子,哈利扑倒在地。罗恩和牙牙也重重地跌落在他旁边。牙牙不再咆哮,而是静静地蜷缩着不动。罗恩看上去的感觉与哈利一模一样。他的嘴巴咧得大大的,似乎在发出无声的嘶喊,眼睛向外暴突着。

哈利突然意识到那只把他扔掉的蜘蛛正在说话。不容易听出来,因为它每说一个字都要咔嗒咔嗒地摆弄它的大螯。

"阿拉戈克!"它喊道,"阿拉戈克!"

从雾气迷蒙的半球形的蛛网中间,非常缓慢地钻出来一只小象那么大的蜘蛛。它身体和腿的颜色黑中带灰,那长着大螯的丑陋脑袋上的每只眼睛都蒙着一层白翳。它是个瞎子。

“怎么回事?”它说,咔嗒咔嗒,两只大螯飞快地动着。

“人。”刚才抓住哈利的那只蜘蛛说。

“是海格吗?”阿拉戈克说着,靠近了一些,八只乳白色的眼睛茫然地张望着。

“是陌生人。”把罗恩带来的那只蜘蛛咔嗒咔嗒地说。

“把他们弄死,”阿拉戈克烦躁地说,咔嗒咔嗒,“我正在睡觉……”

“我们是海格的朋友。”哈利喊道。他的心似乎要离开胸腔,从嗓子眼里跳出来了。

咔嗒咔嗒,咔嗒咔嗒,凹地里到处都是蜘蛛的大螯在动。

阿拉戈克迟疑了。

“海格以前从不派人到我们的凹地来。”它慢吞吞地说。

“海格遇到麻烦了,”哈利说,他的呼吸非常急促,“所以我们才来的。”

“麻烦?”那只年迈的蜘蛛说。哈利觉得在那咔嗒咔嗒的大螯声中听出了几分关切。“但他为什么要派你们来呢?”

哈利本想站起来,但后来决定还是趴着;他认为他的腿支撑不住身体的重量。他趴在地面上,尽可能使语气平静。

“在学校里,他们认为海格最近放出了一个——一个——什么东西加害学生。他们把他带到阿兹卡班去了。”

咔嗒咔嗒,阿拉戈克愤怒地舞动着大螯,这声音得到了凹地上那一大群蜘蛛的响应;就像是掌声,只不过通常的掌声不会使哈利恐惧得作呕。

“但那是很多年前的事了,”阿拉戈克恼火地说,“很多很多年前。我记得很清楚。正是因为这件事,他们当时才让他离开学校的。他们相信我就是那只住在他们所谓的密室里的怪兽。他们以为是海格打开了密室,把我放了出来。”

“那么你……你不是从密室里出来的?”哈利问,感到脑门上出了一层冷汗。

“我!”阿拉戈克说,大螯愤怒地咔嗒咔嗒着,“我不是在城堡里出生的。我来自一个遥远的国度。当我还没有从蛋里孵出来时,一个旅游者把我送给了海格。当时海格还只是一个孩子,但他照顾我,把我藏在城堡的一个碗柜里,喂我吃撒在餐桌上的面包屑。海格是我的好朋友,他是一个好人。人们发现了我,并要我为一个姑娘的死承担责任时,是海格保护了我。从那以后,我就一直住在这林子里,海格还经常来看我。他甚至还给我找了个妻子——莫萨格。你看我们的家庭发展得多么兴旺,这都是托了海格的福……"

哈利鼓起仅存的一点儿勇气。

"那么你从来没有——从来没有攻击过任何人?"

"没有,"老蜘蛛怨恨地说,"我是有这种本能的,但出于对海格的尊敬,我从没伤害过一个人。那个被害姑娘的尸体是在一间盥洗室里发现的。而我除了那个我在里面长大的碗柜,我从没见过城堡的任何地方。我们蜘蛛喜欢阴暗和寂静……"

"可是当时……你知道是什么害死了那姑娘吗?"哈利说,"因为不管那是什么东西,现在又回来对人发起了攻击——"

顿时,咔嗒咔嗒的声音响成一片,无数条长腿在窸窸窣窣地移动;庞大的黑影在哈利周围晃来晃去。

"那个住在城堡里的家伙,"阿拉戈克说,"是一种我们蜘蛛最害怕的古代生物。我记得很清楚,当我感觉到那野兽在学校里到处活动时,曾恳求过海格放我走。"

"它是什么?"哈利迫切地问。

咔嗒咔嗒声更响了,窸窸窣窣的声音也更密了,蜘蛛们似乎正在围拢过来。

"我们不说!"阿拉戈克情绪激烈地说,"我们不说出它的名字!我甚至没有把那个可怕生物的名字告诉海格,尽管他问过我,问过许多次。"

哈利不想再逼问这个话题了,尤其是在蜘蛛们从四面八方聚拢过来的情况下。阿拉戈克似乎不想说话了。它缓缓退回到那半球形的蛛网里,但那些蜘蛛伙伴还在慢慢地、一寸一寸地向哈利和罗恩移动。

"那我们走了。"哈利不顾一切地对阿拉戈克喊道,同时听见它身后的树叶沙沙作响。

“走?”阿拉戈克慢悠悠地说,“我看不要……”

“可是——可是——”

“我的儿女们听从了我的命令,没有伤害海格。但新鲜的人肉自动送上门来,我不能阻止它们去享受。别了,海格的朋友……”

哈利转过身,在几步之外,在他上面高高的地方,蜘蛛组成了一道坚实的、高耸的铜墙铁壁,大螯咔嗒咔嗒响成一片,许多双眼睛在那些丑陋的黑脑袋上闪闪发亮……

哈利虽然在掏他的魔杖,但知道这无济于事。蜘蛛数量太多了,但就在他挣扎着站起来、想拼死一搏时,突然响起了一个高亢悠长的声音,一道耀眼的光照亮了整个凹地。

韦斯莱先生的汽车轰隆隆地开下斜坡,前灯闪耀,喇叭尖叫,把蜘蛛们撞到一旁;有几只蜘蛛被撞得仰面倒下,无数条长腿在空中舞个不停。随着一阵刺耳的声音,汽车在哈利和罗恩面前停下,车门猛地敞开了。

“带上牙牙!”哈利喊道,闪身钻进前座。罗恩拦腰抓住狂吠的大猎狗,把它扔到后座上。车门砰地关上了。罗恩没有碰油门,但汽车也并不需要他做什么;发动机轰响起来,他们出发了,又撞倒了更多的蜘蛛。汽车飞快地驰上斜坡,离开了凹地。很快就在树林里横冲直撞地穿行,沿着一条它显然很熟悉的路线,机灵地左拐右拐,寻找着最宽的豁口。

哈利扭头看了看罗恩,只见他的嘴仍然张着,像在发出无声的嘶喊,但眼球不再鼓突了。

“你没事吧?”

罗恩直瞪瞪地看着前方,说不出一个字。

汽车稀里哗啦地在低矮的灌木丛中冲闯,牙牙在后座上大声咆哮。哈利看到,当他们挤过一棵大橡树时,车子两侧的镜子被撞掉了。经过十分钟吵闹而颠簸的疾驰,树木渐渐稀疏,哈利又可以看见一小块一小块的夜空了。

汽车停下了,停得十分突然。由于惯性,他们差点撞在挡风玻璃上。这时已经来到了禁林边缘。牙牙扑向车窗,迫不及待地想出来。哈利一打开车门,它就箭一般地穿过树丛,夹着尾巴,向海格的小屋奔去。哈利也下了车,过了大约一分钟,罗恩似乎恢复了四肢的感觉,也跟着下来了,但他的脖子仍然僵着,眼神也直勾勾的。哈利感激地拍了拍汽车,它掉头返回树林,消失不见了。

哈利回到海格的小屋去拿隐形衣。牙牙在筐子里的毯子下瑟瑟发抖。哈利从小屋出来时,发现罗恩正在南瓜地里拼命呕吐。

"跟着蜘蛛,"罗恩有气无力地说,用袖子擦了擦嘴,"我永远不会原谅海格。我们活下来算是幸运。"

"我敢说他以为阿拉戈克不会伤害他的朋友。"哈利说。

"海格的问题就在这里!"罗恩说,重重地敲打着小屋的墙壁,"他总是以为怪兽不像人们虚构的那样坏,看看他自己的下场吧!关在阿兹卡班的牢房里!"他开始无法控制地发抖,"把我们打发到那里去有什么意义?我倒想知道,我们究竟弄清了什么?"

"弄清了海格从没打开过密室。"哈利说着,把隐形衣披在罗恩身上,捅了捅他的胳膊,让他迈开步子,"他是无辜的。"

罗恩很响地哼了一声。显然,在他看来,在碗柜里把阿拉戈克孵出来就是个错误。

城堡越来越近了,哈利使劲拉了拉隐形衣,确保四只脚都藏好了,然后把吱扭作响的前门推开了一道缝。他们小心地走过门厅,走上大理石台阶,屏住呼吸,穿过有人巡视的走廊。终于平安地回到了格兰芬多的公共休息室,那里的炉火已经燃尽,只剩下余烬在闪着微光。他们脱下隐形衣,爬上旋转楼梯,回到宿舍。

罗恩连衣服都懒得脱,就一头倒在了床上。可哈利并不感到很困。他坐在四柱床边,拼命想着阿拉戈克所说的每一句话。

他想,那个潜伏在城堡什么地方的活物,听上去和伏地魔有些相似——就连其他怪兽也不愿说出它的名字。但是那东西是什么,又是怎样使被害者变成石头的,他和罗恩还是一无所知。就连海格也一直不知道密室里关着的是什么。

哈利把腿一摆，上了床，靠在枕头上，看着月光透过城堡的窗户向他闪烁着光芒。

他想不出还有什么办法。他们处处碰壁，陷入了僵局。里德尔抓错了人，斯莱特林的继承人跑了，这次打开密室的究竟是同一个人，还是另外一个人，谁也不知道。也没有人可以问。哈利躺下了，脑子里仍然想着阿拉戈克的话。

他已经昏昏欲睡了，突然产生了一个念头，使他猛地坐了起来，这似乎是他们唯一的希望了。

“罗恩。”他在黑暗中小声唤道。

罗恩发出一声像牙牙一般的叫声，茫然四顾，看见了哈利。

“罗恩——那个死去的姑娘。阿拉戈克说她是在盥洗室里被发现的，”哈利说，不顾纳威在墙角呼哧呼哧地打着鼾，“如果她一直没有离开盥洗室呢？如果她还在那儿呢？”

罗恩揉了揉眼睛，在月光下皱起了眉头。接着，他明白了。

“难道你认为是——是哭泣的桃金娘？”

第16章

密　　室

“当时我们就在那个盥洗室里，跟她只隔三个抽水马桶，都没有能够问她。”第二天吃早饭的时候，罗恩苦恼地说，“现在……”

这些日子，寻找蜘蛛就已经够他们受的了。要想长时间地避开老师，溜进女生盥洗室——这个女生盥洗室不在别处，偏偏就在第一次攻击事件现场的隔壁——这简直是不可能的事。

然而，就在上午第一节的变形课上，发生了一件事，使他们几个星期来第一次把密室忘到了脑后。麦格教授走进教室刚刚十分钟，就告诉他们说，考试将于六月一日举行，离今天只有短短一个星期了。

“考试？”西莫·斐尼甘惨叫道，“我们还要考试？”

啷！哈利后面传来一声巨响，纳威·隆巴顿的魔杖从手里滑落，使课桌的一条腿突然消失了。麦格教授用她自己的魔杖一挥，把桌腿又安了回去，然后她转过身来，朝西莫皱起了眉头。

“在目前这种非常状态下，学校仍然没有关闭，目的就是为了让你们接受教育。”她严厉地说，“因此，考试仍像平时一样进行，我相信你们都会认真复习的。”

认真复习？哈利从来没有想过，城堡里已经是这种状况了，居然还要考试。班上的同学们七嘴八舌地议论开了，教室里一阵嘁嘁喳喳，这使麦格教授的眉头皱得更紧，脸色更阴沉了。

“邓布利多教授的指示，是尽可能地维持学校的正常运转。”她说，“这就意味着，要考察一下你们今年到底学到了多少知识。”

哈利低头看着那一对小白兔，他应该把它们变成拖鞋的。今年到现在为止，他究竟学到了什么呢？他简直想不出脑子里有哪些知识可以用来应付考试。

看罗恩的神情，就好像有人刚对他说，他必须到禁林里去生活一样。

“你能想象我用这个破玩意儿考试吗？”他举起魔杖问哈利，就在刚才，那魔杖还突然发出刺耳的呼啸声。

离第一门考试只有三天了，早饭时，麦格教授又宣布了一条消息。

“我有好消息要告诉大家。”她说，礼堂里不仅没有变得安静，反而喧哗了起来。

“邓布利多要回来了！”有几个人高兴地大叫。

“斯莱特林的继承人抓住了！”拉文克劳餐桌上的一个女生尖声尖气地喊道。

“魁地奇比赛恢复了！”伍德兴奋地嚷。

等这些吵闹声平息下来后，麦格教授说：“斯普劳特教授告诉我，曼德拉草终于可以收割了。今晚，我们就能使那几个被石化的人起死回生。我无须向你们指出，他们中间的某个人可能会告诉我们，当时是谁，或什么东西，攻击了他们。我衷心地希望，这可怕的一年将以我们抓住凶手而告终。”

大家爆发出一片欢呼。哈利朝斯莱特林的餐桌望去，没有看见德拉科·马尔福的身影，对此他丝毫也不感到意外。不过，罗恩倒是几天来第一次露出了笑容。

“那么,我们去不去问桃金娘就没有什么关系了!”他对哈利说,“等他们使赫敏苏醒过来后,她也许就能回答所有的问题! 不过你别忘了,如果赫敏发现还有三天就要考试,肯定会急疯了的。她还没来得及复习啊! 也许更仁慈的做法是让她保持现状,等考试结束了再说。”

就在这时,金妮·韦斯莱走了过来,坐在罗恩旁边。她显得非常紧张,惶恐不安。哈利注意到,她的两只手在膝盖上紧紧地扭在一起。

“怎么啦?”罗恩说着,又给自己添了些粥。

金妮什么也没说,目光在格兰芬多的餐桌上来回扫视,脸上那种惊恐的神情使哈利想起了一个人。可究竟是谁呢,他又想不起来。

“有话快说。”罗恩望着她说道。

哈利突然想起金妮的这副神情像谁了。看她在椅子上微微地前后摇晃的样子,哈利想起每当多比要向他透露一些不能说的秘密、欲言又止时,也是这样晃来晃去的。

“我有件事情要告诉你们。”金妮嘟哝着,小心地避开哈利的目光。

“什么事?”哈利问。

金妮似乎找不到合适的字眼。

“怎么啦?”罗恩问。

金妮张了张嘴,却没有发出声音。哈利凑上前去,把声音压得很低,只有金妮和罗恩能够听见。

“是关于密室的事吗? 你看见了什么? 是不是有人行为反常?”

金妮深深地吸了一口气,正要说话,恰在这时珀西·韦斯莱出现了,一副疲惫而憔悴的样子。

“金妮,如果你吃完了,就把座位让给我吧。我饿坏了,刚刚值勤回来。”

金妮猛地跳起,仿佛她的椅子突然通了电似的。她惊慌失措地匆匆看了珀西一眼,逃走了。珀西一屁股坐下,从桌子中央抓过一只大杯子。

“珀西!”罗恩恼火地说,“她刚要告诉我们一件很重要的事!”

珀西一口茶刚咽到一半,呛住了。

“什么事?”他一边咳嗽,一边问道。

“我刚才问她有没有看见什么异常情况,她正要说——”

“噢——那件事——那件事和密室无关。”珀西立刻说道。

“你怎么知道?”罗恩吃惊地扬起眉毛问。

“是这样,嗯,如果你们一定想知道,金妮,嗯,她那天突然碰见我,当时我正在——唉,不说也罢——实际上就是,她正好看见我在做一件事,我,呃,我叫她不要告诉别人。唉,我就知道她不可能说到做到。其实也没什么,我情愿——”

哈利从没看见珀西显得这么尴尬过。

“你当时在做什么呀,珀西?”罗恩狡猾地笑着问道,“别瞒着了,快告诉我们吧,我们不会笑你的。”

珀西没有笑。

“把那些小圆面包递给我,哈利,我真是饿坏了。”

哈利知道,即使没有他们的帮助,整个秘密到明天也会水落石出的,但是如果有机会跟桃金娘谈谈,他也不愿意错过——令他高兴的是,这个机会很快就来了。上午两节课后,他们在吉德罗·洛哈特的护送下去上魔法史课。

洛哈特曾经多次向他们保证危险已经过去,但事实很快就证明他错了。现在洛哈特更加坚决地认为,根本用不着护送学生安全通过走廊。他头发不像平常那样光滑了,看样子整夜忙着在五楼巡逻,睡不了多少觉。

“记住我的话吧,”他招呼同学们拐过一个墙角,说道,“那些可怜的被石化的人,醒过来说的第一句话肯定就是:‘海格是凶手。’坦率地说,我真感到吃惊,麦格教授居然认为有必要采取这么多安全措施。”

“我同意,先生。”哈利说,罗恩惊讶得把书掉在了地上。

“谢谢你,哈利。”洛哈特态度慈祥地说,他们站到一边,等待排成长队的赫奇帕奇学生走过,“我的意思是,我们老师要做的事情已经够多的了,还要护送学生上课,整夜放哨站岗……”

“说的是啊，”罗恩立刻心领神会，“你不妨就送到这里吧，先生，我们只有一条走廊要走了。”

“好吧，韦斯莱，就这样吧，”洛哈特说，“我真应该去准备准备下节课了。”

他说完就匆匆地走了。

“什么准备下节课，”罗恩对着他的背影嘲笑道，“去卷他的头发还差不多。”

他们让格兰芬多的其他同学走到前面，然后偷偷蹿进旁边的一条过道里，急匆匆地向哭泣的桃金娘的盥洗室赶去。然而，就在他们准备祝贺这个计划天衣无缝时……

“波特！韦斯莱！你们在做什么？”

是麦格教授，嘴唇抿成了一根细得不能再细的直线。

“我们想——我们想——”罗恩结结巴巴地说，“我们想去——去看看——”

“赫敏。”哈利接口道。罗恩和麦格教授都望着他。

“我们好长时间没有看见她了，教授。”哈利踩了一下罗恩的脚，一口气说道，“我们刚才想偷偷溜到医院去，告诉赫敏曼德拉草快要长成了，叫她不要担心。”

麦格教授仍然盯着哈利，一时间，哈利以为她要大发雷霆了。结果她说话了，声音有些异样的颤抖。

“当然，”她说，哈利吃惊地发现她犀利的眼睛里居然闪着一点泪花，“当然，我知道，对所有那些不幸的受害者的朋友来说，这痛苦确实很难忍受……我非常理解。是的，波特，你们当然可以去看望赫敏。我会告诉宾斯教授你们到哪儿去了。就对庞弗雷女士说是我批准你们去的。”

哈利和罗恩走开了，简直不敢相信自己侥幸逃避了关禁闭。转过墙角时，他们清晰无误地听见了麦格教授擤鼻子的声音。

“太棒了，”罗恩激动地说，“那可是你编出的最妙的谎话。”

现在没有别的选择，只好去医院，告诉庞弗雷女士，麦格教授批准他们来看望赫敏。

庞弗雷女士让他们进去了，可是不太情愿。

“跟一个被石化的人谈话，完全是白费工夫。”她说。在赫敏床边的椅子上落座后，他们不得不承认庞弗雷女士说得对。显然，赫敏一点儿也不知道有人来看她，他们还不如跟床头柜说话，叫它不要担心，一切都会好起来的呢。

“不知道她有没有看见那个攻击者？”罗恩悲哀地看着赫敏僵硬的脸，说道，“如果那家伙从背后偷偷接近她们，那就谁也不会知道……”

然而，哈利并没有望着赫敏的脸。他似乎对她的右手更感兴趣。那只紧握着的手放在毯子上，哈利凑近一些，看见她拳头里攥着一张纸。

哈利确信庞弗雷女士不在旁边后，就把那张纸指给罗恩看。

“把它取出来。”罗恩一边小声说，一边把椅子挪了一下，挡住庞弗雷女士的视线，不让她看见哈利。

哈利费了好大的工夫。赫敏把纸攥得太紧了，哈利觉得自己肯定会把它扯破的。就这样，罗恩在旁边放哨，哈利又掰又扭，经过几分钟紧张的努力，总算把那张纸弄了出来。

这是从一本很旧的图书馆藏书上撕下来的一页纸。哈利迫不及待地把它展开，罗恩也凑了上来，两人一起读道：

> 在我们国家，游荡着许多可怕的野兽和怪物，其中最离奇、最具有杀伤力的莫过于蛇怪，又被称为蛇王。这种蛇体积可以变得十分巨大，通常能活好几百年，它是从一只鸡蛋里、由一只蟾蜍孵出的。蛇怪杀人的方式十分惊人，除了致命的毒牙外，它的瞪视也能致人死亡。任何人只要被它的目光盯住，就会立刻丧命。蜘蛛看到蛇怪就会逃跑，因为蛇怪是蜘蛛的死敌，而蛇怪只要听见公鸡的叫声就会仓皇逃命，因为公鸡的叫声对它来说也是致命的。

在这段话下面，还写着两个字，哈利一眼就认出是赫敏的笔迹。那两个字是：管子。

突然，就好像有人在哈利的脑海里点亮了一盏明灯。

“罗恩,”他激动得几乎喘不过气来,“就是这样。答案就在这里。密室里的怪兽就是蛇怪——是一条巨蛇!难怪我走到哪儿都能听见那个声音,别人却听不见。因为我能听得懂蛇佬腔……”

哈利看着周围的那几张病床。

“蛇怪的眼睛看着谁,谁就会死。可是这里一个人也没有死——因为他们谁也没有直接跟它对视。科林是通过照相机看见它的。蛇怪把照相机里的胶卷都烧焦了,而科林只是被石化了。贾斯廷呢……贾斯廷一定是透过差点没头的尼克看见蛇怪的!尼克倒是被蛇怪的目光盯住了,但是他不可能再死第二回……赫敏和那个拉文克劳女生被人发现时,旁边还有一面镜子。而赫敏当时已经知道怪物是蛇怪。我可以拿任何东西跟你打赌,赫敏提醒她遇到的第一个人要先用镜子照照拐弯处!那个女生刚掏出镜子——就——”

罗恩吃惊地张大嘴巴。

“那么洛丽丝夫人呢?”他急切地小声问。

哈利苦苦思索,回忆万圣节前夕的情景。

“水……”他慢慢地说,“从哭泣的桃金娘的盥洗室里漫出来的那片水。我敢说洛丽丝夫人只是看见了水里的倒影……”

他又急切地看了看手里的那页纸,越看,越觉得心里透亮起来。

“……蛇怪只要听见公鸡的叫声就会仓皇逃命,因为公鸡的叫声对它来说也是致命的!”他大声念道,“海格的公鸡都被杀死了!一旦密室被打开,斯莱特林的继承人绝不希望城堡附近有公鸡存在!蜘蛛看到蛇怪就会逃跑!啊,每一条都能对得上号!”

“可是蛇怪怎么可能到处爬来爬去呢?”罗恩说,“一条丑陋的大蛇……肯定会有人看见它的……”

哈利指着赫敏在那张纸下面草草写就的那两个字。

“管子,”他说,“管子……罗恩,它一直在管道里活动。我总是听见那个声音在墙的里面……”

罗恩一把抓住了哈利的手臂。

“密室的入口!”他声音嘶哑地说,“说不定就在一间盥洗室里呢?说不定就在——”

“——哭泣的桃金娘的盥洗室。”哈利说。

他们坐在那里，激动得难以自制，简直不敢相信这一切。

“这就意味着，”哈利说，“在这个学校里，懂得蛇佬腔的不止我一个人。斯莱特林的继承人也懂。所以他们才能一直控制蛇怪。”

“我们怎么办呢？”罗恩问，眼睛闪闪发亮，“是不是直接去找麦格教授？”

“我们到教工休息室去，”哈利说着，一跃而起，“她十分钟后就会到那里去，很快就要下课了。”

两个人跑下楼。他们不希望麦格教授又发现他们在另一条走廊里乱逛，就直接走进了空无一人的教工休息室。这是一间四周镶着木板的大屋，里面摆满了黑木椅子。哈利和罗恩在里面踱来踱去，激动得坐不下来。

可是，下课的铃声一直没有响起。

相反，走廊里回响着麦格教授的声音，被魔法放大了许多倍。

“所有的同学立即回到各自学院的宿舍。所有的老师回到教工休息室。请立即行动。”

哈利猛地转过身，瞪着罗恩。

“难道又出事了？在这个时候？”

“我们怎么办？”罗恩惊骇地问，“回宿舍去？”

“不行。”哈利说着，目光在四下里搜寻。左边有一个很难看的衣柜，里面堆满了老师的斗篷。“躲在这里面。听听是怎么回事，然后再把我们的发现告诉他们。”

他们躲进了衣柜，听着好几百人在楼上走动的脚步声。接着，教工休息室的门被重重地推开了。他们透过一层层散发着霉味的斗篷，看着一个个走进房间的老师，有的一脸迷惑，有的吓得魂不守舍。随后，麦格教授赶到了。

“又出事了，”她对着房间里沉默不语的老师们说，“一个学生被怪兽掳走了。直接带进了密室。”

弗立维教授发出一声尖叫。斯普劳特教授猛地用双手捂住嘴巴。斯内普紧紧地抓住一把椅子的椅背,问道:“你怎么能肯定?”

“斯莱特林的继承人,”脸色十分苍白的麦格教授说,“又留下了一行字。就在上次那段文字的下边,写着:她的尸骨将永远留在密室。”

弗立维教授忍不住哭了出来。

“是谁?”霍琦女士双膝一软,瘫坐在一把椅子上,“是哪个学生?”

“金妮·韦斯莱。”麦格教授说。

哈利感到罗恩在他身边无声地跌倒在衣柜的地板上。

“我们必须明天就把所有的学生都打发回家,”麦格教授说,“霍格沃茨到此为止了。邓布利多以前常说……”

教工休息室的门又一次被重重地撞开。哈利一时突发奇想,以为肯定是邓布利多回来了。结果却是洛哈特,脸上居然还笑嘻嘻的。

“对不起——打了个盹儿——我错过了什么?”

他似乎没有注意到,其他老师都以一种可以说是仇恨的目光在盯着他。斯内普向前跨了一步。

“解决问题的人来了,”他说,“就是这个人。洛哈特,一个姑娘被怪兽抓走了。被带进了密室。你展示辉煌的时候终于到了。”

洛哈特的脸色唰地变白了。

“是啊,吉德罗,”斯普劳特教授插进来说,“你昨天晚上不是说,你完全清楚密室的入口在哪里吗?”

“我——这个,这个,我——”洛哈特结结巴巴地说。

“你不是告诉我说,你有把握知道那里面的怪兽是什么吗?”弗立维教授也插话说。

“我——我说过吗?我不记得……”

“我当然记得你说的话,你说你没能在海格被抓走前与怪兽较量一番,很是遗憾。”斯内普说,“你不是还说,整个事情都被搞得一团糟,应该从一开始就放手让你去处理的吗?”

洛哈特目瞪口呆地望着那些板着脸的同事。

“我……我真的从来没有……你们大概是误会了……”

“那么，吉德罗，我们就让你去处理吧，”麦格教授说，“今晚正是你大显身手的绝好机会。我们保证不让任何人来妨碍你。你可以独自一个人去对付那只怪兽。现在终于放手让你去干了。”

洛哈特绝望地左右张望着，但是没有一个人出来替他解围。他现在的样子一点儿也不英俊潇洒了。嘴唇哆嗦着，脸上没有了往常那种露出晶亮牙齿的微笑，显得下巴瘪瘪的，一副枯瘦憔悴的模样。

“那—那好吧，”他说，“我—我到我的办公室去，做好—做好准备。”

说完他就离开了房间。

“行了，”麦格教授说，鼻孔扇动着，喷着粗气，“总算摆脱了他的妨碍。现在，各学院的院长去通知学生发生了什么事情。告诉他们，霍格沃茨特快列车明天一早就送他们回家。其他老师要确保不让一个学生留在宿舍外面。”

老师们站起身，一个接一个地离开了。

这大概是哈利一生中最难熬的一天。他、罗恩、弗雷德和乔治坐在格兰芬多公共休息室的一个角落里，谁也说不出一句话。珀西不在。他派了一只猫头鹰给韦斯莱夫人送信，然后就把自己关在了宿舍里。

从来没有哪一个下午过得像今天这样缓慢，格兰芬多塔楼也从来没有像现在这样显得拥挤而又寂静。太阳快要落山时，弗雷德和乔治再也坐不住了，就回宿舍睡觉去了。

“她准是知道点什么，哈利。”罗恩说，这是他们躲进教工休息室的衣柜之后他第一次说话，“所以才被抓走了。根本就与珀西做的傻事毫无关系。她肯定是发现了跟密室有关的情况。肯定是这样，所以她才会——”罗恩拼命地揉了揉眼睛，“我的意思是，她是个纯血统，本来轮不到她的。不可能有别的原因。”

哈利可以看见太阳红得像血一样，渐渐沉落到地平线以下。他心里从来没有像现在这样难过。哪怕他们能够做点什么也好啊。不管是什么。

“哈利，”罗恩说，“你说，她是不是可能还没有——你知道——”

哈利不知道该说什么。他想不出金妮怎么可能还活着。

“你说呢?”罗恩说,“我认为我们应该去找找洛哈特。把我们知道的情况告诉他。他不是准备进入密室吗!我们可以对他说我们认为密室在哪里,并告诉他在密室里的是一条蛇怪。”

哈利想不出别的办法,而又希望做点什么,便同意了罗恩的提议。周围的格兰芬多学生心情都很悲哀,都为韦斯莱兄弟感到难过,所以当哈利和罗恩起身穿过房间、钻出肖像洞口时,没有人试图阻拦他们。

他们下楼走向洛哈特的办公室时,夜幕已经降临了。办公室里面好像动静很大。可以听见摩擦声、撞击声,以及匆匆忙忙的脚步声。

哈利敲了敲门,里面突然安静下来。接着,门打开了很细很细的一条缝,他们看见洛哈特的一只眼睛正朝外窥视着。

“哦……波特先生……韦斯莱先生……”他说,把门稍稍开大了一点,“我现在正忙着呢。希望你们有话快……”

“教授,我们有一些情况要告诉你,”哈利说,“我们认为会对你有些帮助。”

“哦—是这样—其实并不怎么——”他们看到洛哈特露出的半边脸显得十分紧张,“我的意思是—唉—好吧。”

他打开门,让他们进去。

他的办公室差不多完全搬空了。两个大皮箱敞开着放在地板上。各种颜色的衣服,翠绿色的、淡紫色的、深蓝色的,被胡乱地叠放在其中一个皮箱里。各种图书乱七八糟地堆满另一个皮箱。原来挂在墙上的那些照片都塞进了桌上的纸箱。

“你要到什么地方去吗?”哈利问道。

“哦,是啊,是啊,”洛哈特一边说,一边从门背后扯下一张他本人的真人大小的招贴画,把它卷了起来,“接到一个紧急通知……躲不开……不得不去……”

“那么我妹妹怎么办呢?”罗恩冲动地问。

“啊,至于那件事——真是太不幸了。”洛哈特说,避开他们俩的目光,用力拉开一个抽屉,把里面的东西装进了一个大包,“没有谁比我更感到遗憾了——”

“你是黑魔法防御术课的老师啊！”哈利说，“你现在不能走！现在有这么多邪恶的东西在这里作祟！”

“这个，这个，怎么说呢……当初我接受这份职务时……”洛哈特一边含混不清地嘟哝着，一边把袜子堆在箱子里的衣服上，“工作条例里并没有包括……我没想到……”

“你是说你要逃跑？”哈利不敢相信地说，“可你在书里写了你那么多了不起的事啊？”

“书是可以骗人的。”洛哈特狡猾地说。

“是你写的啊！”哈利喊道。

“我亲爱的孩子，”洛哈特直起身，皱起眉头看着哈利，“用你的常识思考一下吧。如果不让人们以为那些事情都是我做的，书的销路可就差远啦。读者不会愿意去读一个丑陋的美国老巫师的事迹，尽管他使一个村子里的人摆脱了狼人的祸害。把他的照片放在封面上，那还不难看死啦。他穿衣服一点品位也没有。还有那个驱逐万伦女鬼的巫婆，她长着一个毛乎乎的下巴！我的意思是，你想想看……”

“所以你就把别人做的事情全部都记在你自己的账上了？”哈利难以置信地问。

“哈利呀，哈利，”洛哈特不耐烦地摇着头，说道，“可不像你说的那样简单。我的工作也不少呢。我要跟踪查找这些人，问他们究竟怎么做到那些事的。然后我还要给他们施一个遗忘咒，这样他们就会把这事忘得一干二净。如果说我有什么值得骄傲的，那就是我的遗忘咒。你知道了吧，哈利，我也要付出很多很多辛苦呢。你知道吗，可不仅仅是签名售书和拍名人照片。要想出名，就必须准备长时间地艰苦努力。”

他乒乒乓乓给皮箱盖上盖子，上了锁。

“让我想想，”他说，“东西都收拾齐了。噢，对了，还忘了一件事。”

他抽出魔杖，转向哈利和罗恩。

“由衷地抱歉，孩子们，我不得不给你们施一个遗忘咒。不能让你们把我的秘密到处张扬。不然的话，我的书就别想卖出去了……”

哈利及时地拔出自己的魔杖。洛哈特刚把魔杖举起，哈利就大吼一声："除你武器！"

洛哈特被击得倒退几步，摔倒在他的皮箱上。他的魔杖高高地飞到空中，被罗恩接住，扔到敞开的窗户外面去了。

"你不应该让斯内普教授教我们那个咒语的。"哈利气愤地说，一脚把洛哈特的箱子踢到一边。洛哈特抬头看着他，那模样显得更枯瘦憔悴了。哈利仍然用魔杖指着他。

"你们想要我做什么？"洛哈特虚弱地说，"我可不知道密室在哪儿。我什么也不会。"

"算你运气好，"哈利说，他用魔杖指着洛哈特，强迫他站起身来，"我们碰巧知道密室在哪儿。还知道密室里关着什么。走吧。"

他们押着洛哈特走出他的办公室，沿着最近的一道楼梯下去，走过墙上闪着那些文字的昏暗走廊，来到哭泣的桃金娘的盥洗室门口。

他们让洛哈特走在最前面。哈利开心地看见他浑身发抖。

哭泣的桃金娘正坐在最里面的一个抽水马桶的水箱上。

"噢，是你，"她看见哈利，说道，"这次你想要什么？"

"想问问你是怎么死的。"哈利说。

桃金娘的整个神态一下子就变了。看样子，从来没有人问过她这样一个让她感到荣幸的问题。

"哎哟哟，太可怕了，"她津津有味地说，"事情就是在这里发生的。我就死在这个单间里。我记得非常清楚。当时，奥利夫·洪贝嘲笑我戴着眼镜像四眼狗，我就躲到这里来了。我把门锁上，在里面哭，突然听到有人进来了。他们说的话很滑稽。我想一定是另外一种语言吧。不过最让我感到恼火的，是我听见一个男孩的声音在说话。于是我就把门打开，呵斥他走开，到自己的男生厕所去，然后——"桃金娘自以为很了不起地挺起胸膛，脸上容光焕发，"我就死了。"

"怎么死的？"哈利问。

"不知道，"桃金娘神秘地压低声音说，"我只记得看见一对大得吓人的黄眼睛。我的整个身体好像都被抓了起来，然后我就飘走了……"

她神情恍惚地看着哈利，"后来我又回来了。你知道，我一心要找奥利夫·洪贝算账。哦，她非常后悔当初嘲笑我戴眼镜。"

"你到底是在哪儿看见那双眼睛的？"哈利问。

"差不多就在那儿吧。"桃金娘说，很模糊地指了指她前面的水池。

哈利和罗恩赶紧走过去。洛哈特慌忙退到一边，脸上露出万分惊恐的表情。

那个水池看上去很平常。他们把它里里外外、上上下下检查了一番，连下边的水管子也没有放过。接着，哈利看见了：在一个铜龙头的侧面，刻着一条小小的蛇。

"这个龙头从来都不出水。"桃金娘看到哈利想把龙头拧开，高兴地说。

"哈利，"罗恩说，"你说几句话，用蛇佬腔说几句话。"

"可是——"哈利拼命地想。以前，他总是在面对一条真蛇时才能说蛇佬腔。他死死地盯着那条刻出来的小蛇，试着把它想象成一条真蛇。

"打开。"他说。

他抬头看着罗恩，罗恩摇了摇头。

"不行，你说的是人话。"他说。

哈利又转过头去望着那条蛇，强迫自己相信它是活的。哈利想，如果他把头晃动几下，那么摇曳的烛光就会使那条蛇看上去仿佛在动似的。

"打开。"他说。

然而，他听到的不是这句话，从他嘴里发出的是一种奇怪的咝咝声。顿时，龙头发出一道耀眼的白光，开始飞快地旋转。接着，水池也动了起来。他们眼看着水池慢慢地从视线中消失，露出一根十分粗大的水管，可以容一个人钻进去。

哈利听见罗恩倒抽了一口冷气。他抬起头，心里已经拿定了主意要怎么做。

"我要下去。"他说。

他不能不去，既然已经找到了密室的入口，既然还有很细小、很微弱、很渺茫的一线希望：金妮也许还活着。

“我也去。”罗恩说。

片刻的沉默。

“好吧，看来你们不需要我了，”洛哈特说，脸上又露出了一丝丝他惯有的那种笑容，“我就——”

他伸手抓住门把手，可是罗恩和哈利都用魔杖指向了他。

“你可以第一个下去。”罗恩吼道。

失去了魔杖的洛哈特脸色煞白，慢慢地走近洞口。

“孩子们，”他说，声音可怜兮兮的，“孩子们，这有什么用呢？”

哈利用魔杖捅了捅他的后背，洛哈特把双腿伸进了管子。

“我真的认为这样不——”他还想往下说，可是罗恩推了他一把，他就一下子滑了下去，看不见了。哈利紧跟着也慢慢钻进管子，然后一松手，让自己落下去。

那感觉就像飞快地冲下一个黏糊糊的、没完没了的、黑暗的滑道。他可以看见还有许多管子向四面八方岔开，但都没有这根管子这么粗。这根管子曲曲折折，七绕八绕，坡度很陡地一路向下。哈利知道他已经滑落到学校地底下很深很深的地方，甚至比那些地下教室还要深。他可以听见罗恩跟在他后面，在拐弯处发出轻微的碰撞声。

接着，就在他开始为接下来的事情感到担心时，他突然落到了地面上。水管变成了水平的，他从管口冒了出来，噗的一声跌在潮湿的地面。这是一条黑暗的石头隧道，大得可以容人站在里面。在离他很近的地方，洛哈特正从地上爬起来，浑身黏泥，脸色苍白得像一个幽灵。哈利站到一边，罗恩也呼地从管子里冒了出来。

“我们肯定到了学校下面好几英里深的地方。”哈利说，他的声音在漆黑的隧道里回响。

“大概到了湖底下。”罗恩说。他眯起眼睛，打量着周围黑魆魆、黏糊糊的墙壁。

然后，他们三个人都转眼盯着黑暗的前方。

“荧光闪烁！”哈利朝他的魔杖低声说了一句，魔杖便又发出了亮光。"走吧。"他对罗恩和洛哈特说。三个人的脚啪哒啪哒地踩在潮湿的地面上,发出很响的声音。

隧道里太黑了,他们只能看见面前的一小块地方。魔杖的光把他们的影子映在湿乎乎的墙壁上,看上去像妖怪一样。

"记住,"他们小心地往前走着时,哈利低声说道,"只要一有动静,就赶紧闭上眼睛……"

可是隧道里像坟墓一样寂然无声,只听见一个出乎意料的声音,咔啪,结果发现是罗恩踩到了一个老鼠的头骨。哈利把魔杖放低,查看地面,发现到处都是一些小动物的骨头。哈利拼命克制住自己,不去想象金妮被他们找到时会是什么样子。他领头向前面走去,转过隧道里一个黑暗的弯道。

"哈利,那儿有个什么东西……"罗恩一把抓住哈利的肩膀,声音嘶哑地说。

三个人顿时呆立不动了,注视着。哈利看见一个盘绕着的庞然大物的轮廓,躺在隧道的另一边,一动不动。

"也许它睡着了。"他喘着气说,回头望了望另外两个人。洛哈特用手紧紧捂住自己的眼睛。哈利又转过头去看那庞然大物,他的心跳得飞快,感到胸膛里隐隐作痛。

哈利尽可能地把眼睛眯得很小很小,同时又能看见东西。他侧着身子慢慢向前移动,手里高高地举着魔杖。

光线照在一副巨大的蛇皮上,绿莹莹的,十分鲜艳,一看就是一条毒蛇的皮,盘绕着躺在隧道的地面上,里面是空的。显然,那条刚蜕下这层皮的蛇至少有二十英尺长。

"天哪。"罗恩无力地叹了一声。

他们身后突然传来一个动静。是吉德罗·洛哈特膝盖一软,瘫倒了。

"起来。"罗恩严厉地说,用魔杖指着洛哈特。

洛哈特站了起来——他扑向罗恩,把他撞翻在地。

哈利冲上前去,可是已经来不及了。洛哈特气喘吁吁地站起身,手里拿着罗恩的魔杖,脸上又挂着他那特有的笑容,露出了晶亮的牙齿。

“孩子们，你们的冒险到此结束了！”他说，“我要把这张皮带到学校去，对他们说，我来晚了，没能救得了那个姑娘，而你们一看见她血肉模糊的尸体，就令人痛心地丧失了理智。

“向你们的记忆告别吧！”

他把罗恩那根失灵的魔杖高高地举过头顶，大喊一声：“一忘皆空！”

嘭！魔杖突然爆炸了，其威力不亚于一枚小炸弹。哈利用胳膊护住脑袋，撒腿就跑，被盘绕着的蛇皮绊倒，躲过了从隧道顶上崩落到地面的大块碎石。然后，他站起来，独自面对着一堵厚厚的碎石墙。

“罗恩！”他喊道，“你没事吧？罗恩！”

“我在这里！”碎石墙后面传来罗恩发闷的声音，“我没事。不过这个笨蛋可倒了霉——他被魔杖击中了。”

随着一记沉闷的撞击声，有人大声惨叫：“哎哟。”从声音听，似乎罗恩踢中了洛哈特的小腿肚子。

“现在怎么办呢？”罗恩说，声音显得很绝望，“我们过不去了。要花好长时间才能……”

哈利抬头望望隧道顶部，那里出现了几道巨大的裂口。他从来没有试过用魔法分开像这些石头这么大的东西，而现在进行尝试似乎不太合适——万一整个隧道都塌下来了呢？

石头那边又传来一声撞击和一声“哎哟”。他们在浪费时间。金妮已经在密室里待了好几个小时了。哈利知道，眼下只有一个办法。

“在这儿等着，”他大声对罗恩说，“和洛哈特一起等着。我继续往前走。如果一小时内没有回来……”

接着是片刻意味深长的停顿。

“我来看看能不能把这块石头搬走，”罗恩说，似乎竭力使语调保持平稳，“这样你就能——就能钻回来了。还有，哈利——”

“待会儿见。”哈利说，努力给自己颤抖的声音里注入一些自信。

然后，他独自迈过了那张巨大的蛇皮。

很快，罗恩吭哧吭哧搬石头的声音听不见了。隧道转了一个弯又一个弯。哈利的每一根神经都在很不舒服地颤抖着。他希望快点走到隧道尽头，同时又害怕隧道真的到了尽头。最后，他小心地转过又一个弯道，终于发现前面立着一堵结结实实的墙，上面刻着两条互相缠绕的蛇，它们的眼睛里镶着大大的、闪闪发亮的绿宝石。

哈利一步步地走近，感到喉咙发干。现在不需要把这两条石蛇假想成真的了，它们的眼睛看上去跟活的一模一样。

哈利猜到他必须怎么做了。他清了清喉咙，那绿宝石的眼睛似乎在闪烁。

“打开。”哈利用低沉的、喑哑的咝咝声说。

两条蛇分开了，石墙从中间裂开，慢慢滑到两边消失了。哈利浑身颤抖着，走了进去。

第17章

斯莱特林的继承人

他站在一个长长的、光线昏暗的房间的一侧。许多刻着纠缠盘绕的大蛇的石柱，高耸着支撑起消融在上面黑暗中的天花板，给弥漫着绿莹莹神秘氤氲的整个房间投下一道道长长的诡谲的黑影。

哈利的心怦怦狂跳着，他站在那里，倾听着这令人胆寒的寂静。蛇怪是不是就潜伏在某根石柱后面的黑暗角落里？金妮在什么地方？

他拔出自己的魔杖，在巨蛇盘绕的石柱间慢慢前进。小心翼翼迈出的每一步，都在鬼影幢幢的四壁间产生空洞、响亮的回声。他一直眯着眼睛，准备一有风吹草动，就把眼睛紧紧闭上。他总觉得那两只石蛇的空眼窝始终在跟随着他。不止一次，他仿佛看见了什么动静，紧张得肚子都痉挛起来。

走到与最后一对石柱平行时，眼前赫然出现了一座和房间本身一样高的雕像，紧贴在后面黑乎乎的墙壁上。

哈利必须高高地仰起脖子，才能看见上面那副巨大的面孔：那是一张老态龙钟的猴子般的脸，一把稀稀拉拉的长胡须，几乎一直拖到石头刻成的巫师长袍的下摆上，两只灰乎乎的大脚板站在房间光滑的地板上。在那两只脚之间，脸朝下躺着一个穿黑色长袍的小身影，头发红得像火焰一般。

"金妮！"哈利低声唤道，急步奔到她身边，跪了下来，"金妮！你不要死！求求你，千万别死！"他把魔杖扔到一边，抓住金妮的肩膀，把她翻转过来。金妮的脸像大理石一样，冷冰冰的，毫无血色，但一双眼睛是闭着的，这么说她没有被石化。那么，她一定是……

"金妮，求求你醒醒吧。"哈利绝望地摇晃着她，低声哀求道。金妮的脑袋毫无生气地耷拉着。

"她不会醒了。"一个声音轻轻地说。

哈利大吃一惊，跪着转过身来。

一个黑头发的高个子男孩靠在最近的那根石柱上，正注视着他。男孩的轮廓模糊不清，十分诡异，哈利就好像是隔着一层雾蒙蒙的窗户看着他。但毫无疑问就是他。

"汤姆——*汤姆·里德尔？*"

里德尔点了点头，眼睛没有离开哈利的脸。

"你这是什么意思？她不会醒了？"哈利气急败坏地问，"她没有——她没有——？"

"她还活着，"里德尔说，"但也活不了多久了。"

哈利愣愣地瞪着他。汤姆·里德尔是霍格沃茨五十年前的学生，可是现在他站在这里，周身散发着一种古怪的、雾蒙蒙的微光，那样子绝不会超过十六岁。

"你是鬼魂吗？"哈利不敢肯定地问。

"是一段记忆，"里德尔平静地说，"在一本日记里保存了五十年。"

他伸手指向雕像的大脚趾旁。那里躺着哈利在哭泣的桃金娘的盥洗室里发现的那本日记。哈利一时很想不通它怎么会在那里——但是他还有更紧迫的事情要处理。

"你必须帮助我,汤姆。"哈利说着,又扶起金妮的头,"我们必须把她从这里弄出去。有一条蛇怪……我不知道它在哪儿,但随时都可能过来。求求你,帮帮我吧……"

里德尔没有动弹。哈利满头大汗,总算把金妮从地上半抱起来,然后又俯身去捡他的魔杖。

可是魔杖不见了。

"你有没有看见——"

他一抬头,里德尔仍然在注视着他——修长的手指间摆弄着哈利的魔杖。

"谢谢。"哈利说,伸手去拿魔杖。

里德尔的嘴角露出一个古怪的微笑。他继续盯着哈利,漫不经心地把玩着魔杖。

"你听我说,"哈利焦急地说,毫无生气的金妮压得他膝盖发软,"我们必须走!如果蛇怪来了……"

"它不受召唤是不会来的。"里德尔无动于衷地说。

哈利把金妮重新放回到地板上,他再也抱不动她了。

"你这是什么意思?"他说,"快点,把魔杖给我,我可能会需要它的。"

里德尔的笑容更明显了。

"你不会需要它了。"他说。

哈利吃惊地望着他。

"你说什么,我不会——"

"哈利·波特,我等了很长时间,"里德尔说,"希望有机会看到你,跟你谈谈。"

"哎呀,"哈利渐渐失去了耐心,说道,"你大概还没有明白我的意思。我们现在是在密室里。有话不妨以后再谈。"

"必须现在就谈。"里德尔说,脸上仍挂着明显的笑容,他把哈利的魔杖揣进了自己的口袋。

哈利目瞪口呆地看着他。这里发生的事情真是太古怪了。

"金妮怎么会变成这样的?"他慢慢地问。

"哦,这可是一个有趣的问题,"里德尔愉快地说,"说来话长啊。据我看,金妮·韦斯莱之所以会变成这样,真正的原因就是她向一个看不见的陌生人敞开了心扉,倾诉了自己的全部秘密。"

"你在说些什么呀?"哈利问。

"日记,"里德尔说,"我的日记。好几个月来,小金妮一直在上面写她的心里话,向我诉说她令人心疼的烦恼和悲哀:她怎样被哥哥们取笑,怎样不得不穿着旧长袍、拿着旧课本来上学,还有,她认为——"里德尔的眼睛狡猾地闪烁着,"——认为大名鼎鼎的、善良的、伟大的哈利·波特永远也不会喜欢她……"

里德尔说话时,目光始终没有离开哈利的脸。他的眼睛里隐藏着一种近乎贪婪的神情。

"太乏味了,听一个十一岁小姑娘讲她那些幼稚的烦心事,"他继续说道,"但是我耐着性子,写出一些话答复她,我是慈祥的、善解人意的。金妮简直爱上我了。哦,汤姆,没有人像你这样理解我……我真高兴得到了这本日记,可以向你诉说知心话……就像是拥有一个可以放在口袋里随身携带的朋友……"

里德尔发出一声冷冰冰的刺耳的大笑,不像是一个十六岁孩子发出来的。这使哈利脖子后面的汗毛根根竖起。

"不是我自己吹嘘,哈利,我一向能够随心所欲地把人迷惑住。所以,金妮把她的整个灵魂都向我敞开了,而她的灵魂偏巧正是我所需要的。我吞食着她最隐秘的恐惧、最深藏的秘密,胃口越来越大。我渐渐强大起来,比小小的韦斯莱小姐强大得多,强大得足以向韦斯莱小姐透露我的几桩秘密,开始把我的一小部分灵魂也向她敞开……"

"你说什么?"哈利问,觉得嗓子眼里干得要冒火。

"你难道还猜不出来吗,哈利·波特?"里德尔轻声细语地说,"是金妮·韦斯莱打开了密室。是她掐死了学校里的公鸡,并在墙上涂抹了那些吓人的文字。是她放出斯莱特林的蛇怪,袭击了四个泥巴种,还有那个哑炮的瘦猫。"

"不可能。"哈利喃喃地说。

“是啊，”里德尔仍然平心静气地说，“当然啦，起先她不知道自己在做什么。这是非常有趣的。我真希望你能看看她新写的几篇日记……真是越来越有意思了……亲爱的汤姆，”他注视着哈利惊恐的眼睛，背诵着日记里的内容，“我觉得自己好像在失去记忆。我的长袍上到处都是鸡毛，我不知道它们是怎么弄上去的。亲爱的汤姆，我不记得万圣节前夕我都做了什么，但是一只猫遇害了，而我的胸前沾满了颜料。亲爱的汤姆，珀西总是对我说我脸色不好，样子也有些反常。我觉得他可能怀疑我了……今天又发生了一起攻击事件，我想不起当时我在哪里。汤姆，我该怎么办呢？我觉得自己快要疯了……我觉得我就是那个袭击所有这些人的凶手，汤姆！”

哈利的拳头攥紧了，指甲深深地陷进肉里。

“过了很长很长时间，傻乎乎的小金妮才不再信任她的日记本了。”里德尔说，“她终于起了疑心，试图把它扔掉。你就是那个时候插进来的，哈利。你发现了它，我真是再高兴不过了。没想到在这么多人里面，居然是你捡到了这本日记，你是我最迫切想见的人啊……”

“你为什么想见我？”哈利问。他气得浑身冒火，费了很大力气才使语调保持平静。

“噢，是这样的，哈利，金妮把你的情况都告诉我了，”里德尔说，“你的那些惊险迷人的往事。”他的目光掠过哈利前额上那道闪电形伤疤，脸上的神情变得更饥渴了，“我知道，我必须更多地了解你，跟你交谈，如果可能的话还要亲自见到你。所以我决定让你亲眼看见我抓住海格那个大蠢货的著名壮举，以获取你对我的信任。”

“海格是我的朋友，”哈利说，声音现在有些颤抖了，“你诬陷了他，是吗？我还以为你是弄错了，没想到——”

里德尔又发出他那种尖厉刺耳的狂笑。

“是我揭发海格的，哈利。你可以想象一下，摆在阿不思·邓布利多老先生面前的是个什么情况。一边是我，汤姆·里德尔，出身贫寒但聪明过人，父母双亡但智勇双全，是学校里的级长、模范学生；另一边呢，是傻大个海格，粗手笨脚，惹是生非，每隔一星期就要闯一次祸，在床底下养狼人崽子，溜到禁林里去跟巨怪摔跤。不过我得承认，就连我自己也没有想到计划会执行得这样顺利。我还以为肯定有人会意识到，海格不可能是斯莱特林的继承人呢。我花了整整五年时间，才想方设法弄清了密室的情况，发现了那个秘密入口……难道海格有这样的头脑，有这样的能力吗？

"似乎只有变形课老师邓布利多一个人认为海格是无辜的。他劝说迪佩特留下海格，把他培养成猎场看守。是的，我认为邓布利多大概有所察觉了。邓布利多似乎一直不像其他老师那样喜欢我……"

"我敢说邓布利多早把你看透了。"哈利咬牙切齿地说。

"是啊，自从海格被开除后，他就一直密切地监视着我，非常讨厌。"里德尔漫不经心地说，"我知道，我在学校的时候再打开密室就不保险了。但是我不想把这么多年寻找密室的努力付诸东流。我决定留下一本日记，在纸页间保存那个十六岁的我。这样，有朝一日，凭借运气，我就可以引导另一个人沿着我的足迹，完成萨拉查·斯莱特林高贵的事业。"

"可是，你并没有完成，"哈利得意地说，"这次一个人也没死，就连那只猫也没死。几个小时之内，曼德拉草药剂就要配好了，那些被石化的人就都可以活过来。"

"我刚才不是对你说过了吗？"里德尔轻声慢语地说，"对我来说，杀死泥巴种已经不重要了。许多月来，我的新目标一直是——你。"

哈利惊愕地瞪着他。

"当我的日记又一次被打开时，在上面写字的居然是金妮，而不是你，你想象一下我是多么恼火吧。你知道吗，她看见日记本到了你手里，非常紧张。万一你发现了日记本的使用方法，我把她的秘密都透露给你了呢？或者更糟糕的是，万一我告诉你是谁掐死了学校的公鸡呢？所以，这个蠢头蠢脑的小家伙就等到你宿舍没人的时候，进去把日记本偷了出来。但是我知道自己必须怎么做。我看得出来，你在寻找斯莱特林的继承人。从金妮向我透露的你的情况看，我知道你会想尽一切办法解开这个谜——特别是你一个最好的朋友也遭到了袭击。金妮曾经告诉过我,大家纷纷议论你会蛇佬腔,整个学校都炸开了锅……

“所以,我让金妮自己在墙上写了一行绝命书,来到这下边等着。她拼命挣扎,大哭大闹,真令人烦躁。但是她身体里已经没有多少生命了:她把大部分生命都注入了日记,注入到了我身上,使我终于可以离开日记本了。自从我和金妮到了这里以后,我就一直在等你。我知道你会来的。我有许多问题等着问你呢,哈利·波特。”

“什么问题?”哈利厉声问道,拳头仍然攥得紧紧的。

“比如说,”里德尔说,脸上露出快意的微笑,“一个婴儿,没有任何特别神奇的法力,是怎么打败有史以来最伟大的巫师的?你是怎么能够安然无恙地逃脱,只留下一道伤疤,而伏地魔的力量却被摧毁了?”

现在,他饿狼似的眼睛里闪着一种古怪的红光。

“你为什么关心我是怎么逃脱的?”哈利拖长了声音问,“伏地魔的事发生在你死后许多年。”

“伏地魔,”里德尔轻声地说,“是我的过去、现在和未来,哈利·波特……”

他从口袋里抽出哈利的魔杖,在空中画了几下,写出三个闪闪发亮的名字:

汤姆·马沃罗·里德尔

然后他把魔杖挥了一下,那些字母自动调换位置,变成了:

我是伏地魔[①]

“看见了吗?”他小声说,“这个名字是我在霍格沃茨读书时就用过的,当然啦,我只对最亲密的朋友用过。难道你认为,我要一辈子使用我

---

① 汤姆·马沃罗·里德尔的英文是“Tom Marvolo Riddle”,“我是伏地魔”的英文是“I am Lord Voldemort”,字母完全一样,只是排列不同。

那个肮脏的麻瓜父亲的名字吗？要知道，在我的血管里，流淌着萨拉查·斯莱特林本人的血，是通过他后代的女儿传给我的！难道我还会保留那个令人恶心的普通麻瓜的名字？他在我还没有出生时就抛弃了我，就因为他发现自己的妻子是个女巫！不，哈利。我给自己想出了一个新的名字，我知道有朝一日，当我成为世界上最伟大的魔法师时，各地的巫师都不敢轻易说出这个名字！”

哈利的脑子似乎僵住了。他木木地望着里德尔，就是这个人，曾经是一个父母双亡的孤儿，长大成人后居然杀死了哈利的父母，还有那么多别的人……最后，哈利终于强迫自己开口说话了。

“你不是。”他说，平静的声音里充满仇恨。

“不是什么？”里德尔厉声问。

“不是世界上最伟大的魔法师，”哈利呼吸急促地说，“很抱歉让你失望了，不过，世界上最伟大的巫师是阿不思·邓布利多。每个人都这么说。即使在你力量强大的时候，你也不敢试图控制霍格沃茨。邓布利多在你上学的时候就看透了你，他现在仍然令你闻风丧胆，不管你这些日子躲在哪里。”

里德尔脸上的笑容消失了，换上了一副非常丑陋的表情。

“我只不过利用了我的记忆，就把邓布利多赶出了这座城堡！”他咬牙切齿地说。

“你想得倒美，他并没有走！”哈利反驳道。他是随口说的，只想把里德尔吓住，他希望自己说的话是真的，但不敢相信。

里德尔张开嘴巴，刚要说话，却突然愣在了那里。

不知从什么地方飘来了音乐声。里德尔猛地转过身去，望着空荡荡的密室。音乐声越来越响了。这声音虚幻缥缈，空灵神秘，听了令人亢奋。它使哈利的头发都从头皮上竖了起来，使他的心房胀大到原来的两倍。音乐声越来越高，最后哈利觉得它似乎就在自己的胸腔里振动。就在这时，最近的那根石柱顶上突然喷出了火焰。

一只深红色的鸟突然从天而降，有仙鹤那么大，在拱形的天花板上演奏着它那神奇的音乐。它有一条金光闪闪的尾巴，像孔雀尾巴一样长，还有一对金光闪闪的爪子，爪子上抓着一个破破烂烂的包裹。

一秒钟后，大鸟径直朝哈利飞来。它把爪子上那个破破烂烂的东西扔在哈利脚边，然后重重地栖息在哈利的肩头。当它收拢两扇巨大的翅膀时，哈利抬起头来，看见它有一个长长的、尖利的金喙，和两只亮晶晶的黑眼睛。

大鸟停止了歌唱。它静静地栖在哈利肩头，热乎乎地贴着哈利的面颊，目光坚定地注视着里德尔。

"是一只凤凰……"里德尔也同样恶狠狠地瞪着它，说道。

"福克斯？"哈利吃惊得简直喘不过气来，感到大鸟的金爪子轻轻抓着他的肩膀。

"那玩意儿——"里德尔又将目光转向福克斯刚才扔下的那个破破烂烂的东西，"是学校的那顶破分院帽。"

果然是它。脏兮兮、皱巴巴的，上面还打着补丁，一动不动地躺在哈利脚下。

里德尔又狂笑起来。他笑得太厉害了，震得黑暗的密室微微发颤，就仿佛有十个里德尔同时在放声大笑。

"那就是邓布利多送给他想保护的人的东西！一只会唱歌的鸟和一顶破帽子！哈利·波特，你觉得有胆量了吗？你觉得安全了吗？"

哈利没有回答。他也许看不出福克斯和分院帽有什么用，但他觉得不再孤单了，他带着逐渐增长的勇气，等着里德尔停止他的狂笑。

"言归正传，哈利，"里德尔说，脸上仍然很得意地笑着，"在你的过去、我的未来，我们一共遭遇了两次。两次我都没能杀死你。你是怎么死里逃生的？把一切都告诉我吧。你的话有多长，你的小命就能维持多长。"

哈利飞快地思索着，权衡着他获胜的机会。里德尔拿着魔杖。他，哈利，拥有福克斯和分院帽，这两样东西在决斗中都没有多大用处。确实，情况很不妙。但是，里德尔站在那里的时间越长，金妮身上的生命就越来越少……与此同时，哈利突然发现，里德尔原本模糊不清的轮廓正在变得清晰、稳定。如果他和里德尔之间必须有一番搏斗，那是越快越好。

“你对我下手时为什么突然失去了法力，谁也不知道，”哈利生硬地说道，“我自己也不清楚。但是我知道你为什么没能杀死我。因为我母亲是为了救我而死的。我那普普通通的麻瓜出身的母亲，”他接着说道，因为拼命压抑怒火而浑身发抖，“是她阻止了你杀死我。我看见过真实的你，去年我又看见了你。你只剩下了一堆破烂，只能算是半死不活。看你原来神通广大，结果却落得这个下场。你东躲西藏，是个丑八怪，令人作呕！”

里德尔的脸扭曲了。然后他又强挤出一个狰狞的笑容。

“原来是这样。你母亲为了救你而死。是的，那是一个非常有效的解咒法。我现在明白了——说到底，你身上并没有什么特殊的东西。你知道吗，我本来一直想不通这个道理。因为我们俩之间存在着一些奇特的相似之处，哈利·波特。你自己肯定也注意到了。我们都是混血统，都是孤儿，都是由麻瓜抚养长大的。也许还是自伟大的斯莱特林本人之后，进入霍格沃茨的仅有的两个蛇佬腔。我们甚至长得还有几分相像呢……不过说到底，原来你只是凭运气从我手里逃脱的。我想了解的就是这些。”

哈利站在那里，紧张地等待着里德尔举起魔杖。但是里德尔脸上的狞笑更明显了。

“行了，哈利，我准备给你一点点儿教训。让我们比试比试力量吧，一边是伏地魔，萨拉查·斯莱特林的继承人，另一边是哈利·波特，带着邓布利多能够给他的最好武器。”

他朝福克斯和分院帽扫了一眼，似乎觉得非常滑稽，然后便走开了。哈利感到恐惧从他麻木的双腿向上蔓延，他注视着里德尔在高耸的石柱间停住脚步，抬头望着隐没在高处黑暗中的斯莱特林石雕像的脸。里德尔张开嘴巴，发出咝咝的声音——但是哈利听懂了他说的话。

“对我说话吧，斯莱特林——霍格沃茨四巨头中最伟大的一个。”

哈利赶紧转过身，抬头望着雕像，福克斯在他肩头摇晃了一下。

斯莱特林那张巨大的石雕面孔动了起来。哈利极度惊恐地看到它的嘴张开了,越张越大,最后形成一个巨大的黑洞。

什么东西在雕像的嘴里活动。什么东西从雕像深处窸窸窣窣地向上滑行。

哈利急步后退,身体撞在漆黑的密室墙壁上。他把眼睛闭得紧紧的,感觉到福克斯在展翅起飞,翅膀扫到了他的面颊。哈利真想大喊:“别离开我!”但是一只凤凰怎么可能敌得过蛇王呢?

一个庞然大物猛地摔落在石头地面上,哈利感到密室被震得颤抖起来。他知道是怎么回事,可以感觉到,他几乎可以看见那条巨蛇正从斯莱特林的嘴里展开它盘绕的身体。然后,他听见了里德尔那咝咝的声音:“杀死他。”

蛇怪正在向哈利移动,哈利听见它沉重的身体迟缓地滑过布满灰尘的地面。哈利一边仍然紧闭双眼,一边开始盲目地向旁边逃窜,双手伸在前面摸索着。里德尔在狂笑……

哈利绊倒了,重重地摔在石头上,嘴里有一股咸咸的血腥味。蛇怪离他只有几步了,他可以听见蛇怪正在一点一点地逼近。

突然,他头顶上方传来一声爆炸般的裂响,什么东西狠狠地击中哈利,把他撞到了墙上。他等着毒牙扎进自己的身体,这时却又听见了疯狂的咝咝声,什么东西把石柱猛地撞到了一边。

他再也忍不住了,把眼睛睁开细细的一条缝,想看看到底是怎么回事。

那条巨大的蛇怪,通体绿莹莹的,泛着毒蛇特有的艳丽光芒,身子有橡树的树干那么粗。它把上半身高高地伸向空中,扁平的大脑袋在石柱间胡乱地穿绕着,像喝醉了酒一样。就在哈利颤抖着想闭上眼睛时,蛇怪转过身,于是哈利看清是什么转移了它的注意力。

福克斯正绕着它的脑袋盘旋,蛇怪愤怒地朝凤凰扑去,嘴里露出军刀一般又薄又长的毒牙。

福克斯猛地俯冲下来,把长长的金喙扎进了蛇怪的脑袋。顿时,一股黑血泼溅到地面上,像一场阵雨。蛇怪的尾巴疯狂地摆动着,差点打中了哈利。没等哈利来得及闭上眼睛,蛇怪已经转过头来。哈利正面看见了它的脸,看见了它的眼睛——那两只灯泡般巨大的黄眼睛,都被凤凰啄瞎了。黑血汹涌地喷到地上,蛇怪痛苦地发出呼噜呼噜的声音。

“不要!”哈利听见里德尔在尖叫,“离开那只鸟! 离开那只鸟! 男孩在你后边! 你还可以闻到他的气味! 杀死他!”

瞎了眼的蛇怪转过身来,它失去了目标,不知道该怎么办,但是仍然很凶险。福克斯围着它的脑袋飞舞,嘴里唱着古怪的歌儿,时不时地对准蛇怪那布满鳞片的鼻子,这里啄一下,那里啄一下,黑血从蛇怪被戳瞎的眼睛里喷涌而出。

“救救我,救救我,”哈利不知所措地低唤道,“谁能救我,无论是谁!”

蛇怪的尾巴又扫了过来。哈利赶紧一低头,一个柔软的东西击中了他的脸。

蛇怪把分院帽扫进了哈利怀里。哈利抓住帽子,这是他仅有的武器,是他唯一的希望了。他胡乱地把帽子扣在脑袋上,接着便卧倒在地,因为蛇怪的尾巴又朝他扫了过来。

“救救我——救救我——”哈利想道,眼睛被紧紧地压在帽子下边,“请救救我。”

没有声音回答他。相反,帽子越来越紧,就好像有一只看不见的手在拼命地攥紧它似的。

啷! 一个很硬很重的东西落到哈利的头顶上,差点把他砸昏了。他眼前冒起了金星。他一把抓住帽顶,想把它摘掉,却摸到帽子下面有一个长长的、硬硬的东西。

一把闪闪发亮的银剑出现在帽子里,剑柄上镶着鸡蛋大的璀璨夺目的红宝石。

“杀死那个男孩! 离开那只鸟! 男孩在你后面! 你使劲闻闻——闻闻他的气味!”

哈利已经站起来,做好了准备。蛇怪的脑袋正在降落,它朝哈利转过脸,身体一圈圈地盘绕起来,啪啪地敲打着那些石柱。哈利可以看见它那两个巨大的、鲜血淋漓的眼窝,看见它的嘴巴张得很大很大,大得简直能把他整个吞下去,嘴里露出两排像他的银剑那么长的毒牙,薄薄的,闪着寒光,含着毒液……

它盲目地冲了过来。哈利慌忙躲闪,撞到了密室的墙上。它又扑了过来,分岔的舌头嗖地掠过哈利的身体。哈利用双手举起银剑。

蛇怪又一次扑了过来。这次它的目标很明确。哈利把全身的力气都运到了银剑上,猛地将它深深扎入蛇怪的上腭,深得直没到剑柄。

然而,就在热乎乎的蛇血淋透哈利的手臂时,他突然感到胳膊肘一阵钻心的疼痛。一只带着毒液的长牙正越来越深地陷进他的胳膊,当蛇怪痛苦地扭曲着,翻滚到一旁的地面上时,那根毒牙断裂了。

哈利顺着墙壁滑到地上。他抓住那根正在往他身体里喷射毒液的长牙,把它从胳膊里拔了出来。但是他知道已经晚了。剧烈的疼痛正缓慢而持续地从伤口向全身蔓延。当他扔掉毒牙,注视着自己的鲜血慢慢浸透长袍时,视线已经开始模糊。密室逐渐消融在一团飞速旋转的昏暗色彩中。

一道鲜红色的光轻盈地从眼前掠过,哈利听见身边传来爪子的轻轻抓挠声。

"福克斯,"哈利含混不清地说,"你太棒了,福克斯……"他感到大鸟把它美丽的脑袋贴在他被蛇怪毒牙刺中的地方。

他听见了伴随着回音的脚步声,接着,一个黑压压的影子站到了他的面前。

"你死了,哈利·波特,"里德尔的声音在他上边说,"死了。就连邓布利多的鸟也知道这一点。你看见它在做什么吗,波特?它在哭呢。"

哈利眨了眨眼睛。福克斯的脑袋忽而清晰忽而模糊。大滴大滴珍珠般的泪珠,顺着它富有光泽的羽毛滚落下来。

"我要坐在这里,亲眼看着你死去,哈利·波特。不要着急,我有的是时间。"

哈利感到昏昏欲睡。周围的一切似乎都在旋转。

"大名鼎鼎的哈利·波特就这样完蛋了,"里德尔的声音从很远的地方传来,"孤零零地在密室里,被朋友们抛弃了。他不自量力地向黑魔王挑战,终于败在了黑魔王的手下。哈利,你很快就要跟你亲爱的麻瓜母亲会面了……她以自己的生命为代价，让你苟活了十二年……可是伏地魔终于把你干掉了，其实，你早就知道他一定会做到这一点的。”

哈利心想，如果他正在死去，倒不算特别难受，就连疼痛的感觉也慢慢减轻了……

可是，这难道真是死亡吗？密室不仅没有变得一片漆黑，反而渐渐清晰起来。哈利轻轻地摇了摇头。他看见了福克斯，大鸟仍然把脑袋靠在他的胳膊上。他的伤口周围闪烁着一片珍珠般的泪水——咦，奇怪，伤口怎么不见了？

“滚开，你这只破鸟，”里德尔的声音突然说道，“快从他身上滚开。听见没有，滚开！”

哈利抬起头，里德尔正用哈利的魔杖指着福克斯。嘭的一声巨响，像打枪一样，福克斯飞了起来，如同一股金色和红色组成的旋风。

“凤凰的眼泪……”里德尔小声地说，眼睛盯着哈利的胳膊，“当然……有疗伤的作用……我忘记了……”

他注视着哈利的脸。“不过没有关系。实际上，我认为这样更好。只有你和我，哈利·波特……你和我……”

他举起了魔杖。

就在这时，福克斯迅速地扑扇着翅膀，又在他们头顶上盘旋起来。随即，一样东西落在了哈利的膝盖上——那本日记。

在那生死关头的一刹那，哈利，以及仍然举着魔杖的里德尔，眼睛都盯住了它。然后，哈利没有思考，也没有半点犹豫，就好像他一直打定主意要这么做似的。他一把抓起身边地上的蛇怪毒牙，径直把它插进了日记本的中心。

随着一声可怕的、持久的、穿透耳膜的尖叫，一股股墨水从日记本里汹涌地喷射出来，顺着哈利的双手淌到地上。里德尔扭曲着、挣扎着，双臂不停地挥舞着，嘴里发出声声惨叫，然后……

他消失了。啪哒一声，哈利的魔杖掉在地上，然后一切都沉寂下来，只听见墨水仍然从日记本里滴答滴答地渗出来。蛇怪的毒液把日记本灼穿了一个洞，还在嘶嘶地冒着黑烟。

哈利浑身颤抖，支撑着站了起来。他感到天旋地转，就好像刚刚用飞路粉旅行了十万八千里似的。慢慢地，他捡起他的魔杖和分院帽，又使出吃奶的力气，从蛇怪的上腭里拔出了那把银光闪闪的宝剑。

这时，一声轻轻的呻吟从密室那头传来。金妮开始动弹了。哈利匆匆赶过去时，金妮坐了起来。她茫然的目光先落到蛇怪庞大的尸体上，又落到穿着血迹斑斑的长袍的哈利身上，最后落到他手里的日记本上。她打了一个寒噤，倒抽了一口冷气，眼泪便哗哗地流了下来。

“哈利——哦，哈利——吃早饭的时候，我——我想告诉你的，可是当着珀西的面，我没—没法说。是我干的，哈利——可是我——我发誓我——我不是有意的，是里—里德尔逼我干的，他控—控制了我。你——你是怎么杀死那个——那个家伙的？里德尔在——在哪儿？我最后只记—记得他从日记里出来——”

“现在没事了，”哈利说，他给金妮看那个被毒牙穿透的大洞，“里德尔完蛋了。看！他和蛇怪都完蛋了。走吧，金妮，我们赶紧离开这里——”

“我会被开除的！”当哈利搀扶着她晃晃悠悠地站起来时，金妮哭泣着说，“自从比—比尔来上学以后，我就一直盼着到霍格沃茨来念书，现在我不得不离开了，爸爸妈妈会怎—怎么说呢？”

福克斯在密室的入口处盘旋，等待着他们。哈利催金妮快走，他们跨过蛇怪一动不动的盘绕着的尸体，穿过昏暗空旷、回音阵阵的房间，回到了隧道里。哈利听见，两扇石门在他们身后哧溜一下轻轻合上了。

他们顺着隧道往上走了几分钟，哈利听见远处传来慢慢搬动石头的声音。

“罗恩！”哈利喊道，脚底下加快了速度，“金妮没事儿！我找到她了！”

他听见罗恩发出一声沉闷的欢呼。他们又转过一个弯道，就看见罗恩的脸透过一个很大的豁口，急切地向他们张望着，这个豁口是他好不容易在坠落的碎石堆中掏出来的。

“金妮！”罗恩把手从豁口中伸出来，先把金妮拉了过去，“你还活着！我真不敢相信！怎么回事?”

他想搂抱金妮,可是金妮哭泣着不让他接近自己。

“你没事了,金妮,”罗恩微笑着对她说,“一切都过去了——那只鸟是从哪儿来的?”

福克斯跟在金妮后面飞过了豁口。

“它是邓布利多的。”哈利说着,自己也从豁口挤了过去。

“你怎么会有一把宝剑的?”罗恩盯着哈利手中那件银光闪闪的武器,吃惊地问。

“等我们离开这里以后,我再慢慢向你解释。”哈利瞟了金妮一眼,说道。

“可是——”

“以后再说。”哈利赶紧说道。他认为最好不要告诉罗恩是谁打开了密室,至少不能当着金妮的面告诉他。“洛哈特呢?”

“在那儿呢。”罗恩说着,咧开嘴笑了,他把头对着隧道通向水管的地方扬了扬,“他的情况很糟糕。过去看看吧。”

福克斯宽阔的鲜红色翅膀,在黑暗中放射出一道柔和的金光。他们跟在它后面,一路返回到水管的入口处。吉德罗·洛哈特坐在那里,自得其乐地哼着小曲儿。

“他的记忆消失了,”罗恩说,“遗忘咒向后发射,没有击中我们,倒把他自己给击中了。他完全不记得自己是谁,在什么地方,也不认识我们了。我叫他上这儿来等着。他在那里待着不安全。”

洛哈特和蔼可亲地抬头望着他们。

“你们好,”他说,“这个地方真奇怪,是吗？你们住在这里吗?”

“不是。”罗恩一边说,一边朝哈利扬了扬眉毛。

哈利弯下腰,透过长长的、黑洞洞的水管向上望去。

“你有没有想过,我们怎么顺着水管回到那上面去呢?”他对罗恩说。

罗恩摇了摇头。凤凰福克斯刚才嗖地飞过哈利身旁,此刻在他前面扑扇着翅膀,亮晶晶的眼睛在黑暗中显得格外明亮。它摆动着尾巴后面长长的金色羽毛。哈利迟疑地望着它。

“它好像希望你抓住它……”罗恩说，显得有些困惑，“可是你太重了，一只鸟不可能把你拉上去的。”

“福克斯可不是一只普通的鸟。”哈利说。他迅速转向其他人，“我们必须一个抓牢一个。金妮，你抓住罗恩的手。洛哈特教授——”

“他说的是你。”罗恩很不客气地对洛哈特说。

“你抓住金妮的另一只手。”

哈利把宝剑和分院帽塞进腰带中，罗恩抓住哈利的长袍后襟，哈利伸手抓住福克斯尾巴上热得出奇的羽毛。

一种奇特的轻松感迅速掠过他的全身，接着，呼的一下，他们都顺着水管向上飞去。哈利可以听见洛哈特悬挂在他下面，嘴里不住地喊道：“太惊人了！太惊人了！简直像魔法一样！”寒冷的气流吹拂着哈利的头发。就在他尽情享受这种飞行的乐趣时，旅程结束了——四个人落在哭泣的桃金娘的盥洗室的潮湿地板上，洛哈特刚把他的帽子扶正，那座掩盖水管的水池自动滑到了原来的地方。

桃金娘瞪大眼睛望着他们。

“你还活着。”她扫兴地对哈利说。

“没必要用这么失望的口气说话。”哈利板着脸说，一边擦去眼镜片上星星点点的血迹和黏液。

“噢，是这样……我一直在考虑，如果你死了，欢迎你和我共同使用这个抽水马桶。”桃金娘说，害羞得脸变成了银白色。

“哈哈！”他们离开盥洗室，走向外面空荡荡的走廊时，罗恩说道，“哈利！我觉得桃金娘喜欢上你了！金妮，你有了竞争对手啦！”

可是，金妮的眼泪仍然像断了线的珍珠一样，无声地从面颊上滚落下来。

“现在往哪儿走？”罗恩焦虑地看了金妮一眼，问道。哈利指了指前面。

福克斯在前面领路，顺着走廊一路闪着金光。他们大步跟着它，片刻之后，发现自己来到了麦格教授的办公室外面。

哈利敲了敲门，然后把门推开了。

第18章

多比的报偿

哈利、罗恩、金妮和洛哈特站在门口，身上布满了淤泥和黏液，哈利的长袍上还沾着血渍。一时间，四下里一片静寂。突然，一声尖叫——

"金妮!"

是韦斯莱夫人，她刚才一直坐在炉火前哭泣。她猛地跳起来，后面跟着韦斯莱先生，两个人同时伸出双臂，搂住了他们的宝贝女儿。

哈利的目光越过他们，朝屋里望去。邓布利多教授面带微笑，站在壁炉架前，在他旁边的是麦格教授，她用手揪住胸口，大口大口地抽着冷气。福克斯呼地贴着哈利耳边飞过，落在邓布利多的肩头。就在这时，哈利发现自己和罗恩都被韦斯莱夫人紧紧地搂到了怀里。

"你们救了她！你们救了她！你们是怎么做的?"

"这也是我们大家都想知道的。"麦格教授虚弱无力地说。

韦斯莱夫人松开了哈利，哈利迟疑了片刻，走到书桌旁，把分院帽、镶着红宝石的银剑，以及里德尔那本日记的残骸，一样一样都放在桌上。

随后，他开始把事情原原本本地讲给他们听。他讲了大约有一刻钟，大家听得十分专心，房间里鸦雀无声。他讲到，他总是听见那个游魂般的声音，赫敏费尽心思，终于发现他听见的是一条蛇怪潜伏在水管里的声音；他还讲到，他和罗恩曾经跟随蜘蛛进入禁林，阿拉戈克告诉他们蛇怪的最后一个牺牲品是在什么地方遇害的，于是他便猜到，哭泣的桃金娘就是那个受害者，而密室的入口很可能就在她的盥洗室里……

"很好，"他停顿下来时，麦格教授鼓励他继续往下说，"这么说你们发现了入口在哪里——我还得补充一句，你们一路上违反了一百多条校规——可是你们究竟是怎么从那儿死里逃生的呢，波特？"

于是哈利继续往下说，他因为不停地讲话，嗓子都沙哑了。他告诉他们，福克斯怎样及时赶到，分院帽怎样赠给他宝剑。可是接着，他的声音变得迟疑了。他前面一直避免提到里德尔的日记——提到金妮。此刻，金妮正站在那里，把头靠在韦斯莱夫人的肩膀上，眼泪仍然默默地顺着面颊滚落。如果他们把她开除了怎么办呢？哈利紧张地思索着。里德尔的日记已经失灵了……他们怎么能够证明，那些事情都是里德尔强迫她做的呢？

哈利本能地把目光投向了邓布利多，只见校长淡淡地微笑着，火光在他半月形的眼镜片上飞快地一闪。

"我最感兴趣的是，"邓布利多温和地说，"伏地魔是用什么办法迷惑金妮的，因为据我的消息来源显示，他目前正躲在阿尔巴尼亚的森林里呢。"

哈利松了一口气——大大地、如释重负地松了一口气，感到浑身一阵轻松，心里热乎乎的。

"什—什么？"韦斯莱夫人用惊愕的声音说，"神秘人？迷惑了金妮？可是金妮不是……金妮没有……是吗？"

"都是这个日记本在作祟，"哈利赶紧说道，一边抓起那本日记，拿给邓布利多看，"是里德尔十六岁的时候写的。"

邓布利多从哈利手里接过日记本，目光从他长长的歪扭的鼻子上射下来，专注地凝视着那些湿乎乎的、被烧焦的纸页。

"真了不起，"他轻声地说，"不用说，他大概可以说是霍格沃茨有史以来最出色的学生。"他转过身，面对着韦斯莱夫妇，他们俩都显得十分困惑。

"很少有人知道伏地魔以前曾叫汤姆·里德尔。五十年前，在霍格沃茨，我亲自教过他。他离开学校后就失踪了……周游四方，足迹遍及天涯海角……在黑魔法的泥潭中越陷越深，和巫师界最邪恶的家伙混迹在一起，经过许多次危险的魔法变形，最后作为伏地魔重新出现，人们已经很难再认出他来。几乎没有一个人把伏地魔同曾在这里念过书的那个聪明、英俊的男生学生会主席联系起来。"

"可是金妮，"韦斯莱夫人问，"我们的金妮和——和他有什么关系？"

"他的日—日记本！"金妮抽泣着说，"我一直在—在上面写字，整整一年，他不断地给我写—写回话——"

"金妮！"韦斯莱先生惊得目瞪口呆，说道，"我难道没有教过你吗？我一直怎么跟你说的？永远不要相信任何能够独立思考的东西，除非你看清了它把头脑藏在什么地方。你为什么不把日记本拿给我或你妈妈看看？像那样一个可疑的东西，显然充满了黑魔法！"

"我—我不知道，"金妮仍在伤心地哭泣，"我在妈妈给我的一本书里发现的。我—我以为有人把它夹在那里，忘记了……"

"韦斯莱小姐应该立刻到校医院去，"邓布利多不由分说地插嘴道，"这对她来说是一场痛苦的折磨。学校不会给她什么惩罚的。许多比她年长、比她足智多谋的巫师都被伏地魔蒙蔽了。"他大步走到门边，把门打开了，"卧床休息，或许还应该再喝上一大杯热气腾腾的巧克力奶，我一向觉得那对改善我的心情很有好处。"他说，一边低头慈祥地冲金妮眨眨眼睛，"你会发现庞弗雷女士还没有睡觉。她刚才在分发曼德拉草药剂——我敢说，蛇怪的受害者们随时都可能醒过来。"

"这么说，赫敏也没事了！"罗恩高兴地说。

"没有造成任何持久性的伤害。"邓布利多说。

韦斯莱夫人把金妮领了出去，韦斯莱先生跟在后面，仍然是一副受了很大打击的样子。

“你知道吗，米勒娃，”邓布利多教授若有所思地对麦格教授说，“我认为，发生了这些事情，很值得开个宴会庆祝庆祝的。我能否请你去通知一下厨房呢？”

“行，”麦格教授干脆地说，也动身向门口走去，“波特和韦斯莱就交给你处理了，是吗？”

“当然。”邓布利多说。

她走了，哈利和罗恩不安地盯着邓布利多。麦格教授刚才的话到底是什么意思？处理他们？他们该不会——该不会——受到惩罚吧？

“我记得我似乎对你们俩说过，如果再违反校规，我就不得不把你们开除了。”邓布利多说。

罗恩惊恐地张大了嘴巴。

“这就说明，即使是我们中间最优秀的人，有时候也只能说话不算话了。”邓布利多笑眯眯地继续说道，“你们俩都获得了对学校的特殊贡献奖，还有——让我想想——对了，你们每人为格兰芬多赢得了二百分。”

罗恩的脸顿时变成了鲜艳的粉红色，就像洛哈特送给大家的情人节鲜花，他的嘴巴也闭上了。

“可是对于这一番惊心动魄的冒险经历，我们中间有一个人却始终保持着惊人的沉默。”邓布利多又说道，“你为何这么谦虚啊，吉德罗？”

哈利惊得一跳。他把洛哈特完全忘到了脑后。他转过身，看见洛哈特站在房间的一角，脸上仍然带着那种暧昧的笑容。当邓布利多向他提问时，洛哈特东张西望地看邓布利多在跟谁说话。

“邓布利多教授，”罗恩赶紧说道，“在下面的密室里发生了一起事故。洛哈特教授——”

“怎么，我是教授？”洛哈特微微有些吃惊地说，“天哪，我还以为自己不会有多大出息呢！”

“他想施一个遗忘咒，结果魔杖向后发射了。”罗恩小声地对邓布利多解释道。

“我的天哪，”邓布利多说，摇了摇头，长长的、银白色的胡须微微颤动着，“吉德罗，你被自己的剑捅了一下？”

“剑？”洛哈特迷惑地说，“我没有剑哪。那个男孩倒是有剑，”他指着哈利，“他会借给你一把的。”

“劳驾，你能不能把洛哈特教授也送到医院去？”邓布利多对罗恩说，“我想跟哈利再谈几句……”

洛哈特迈着轻快的步子走了出去。罗恩关门时，回头好奇地看了邓布利多和哈利一眼。

邓布利多走向炉火边的一把椅子。

“坐下吧，哈利。”他说。哈利坐了下来，感到心里紧张得难以形容。

“首先，哈利，我要谢谢你，”邓布利多说，眼睛里又闪烁着光芒，“你在下面的密室里一定对我表现出了绝对的忠诚。只有这种忠诚，才能把福克斯召唤到你的身边。”

凤凰已经扑棱棱地飞到了邓布利多的膝头，他轻轻地抚摸着它。哈利在邓布利多的注视下，不自然地笑了笑。

“这么说你遇见了汤姆·里德尔，”邓布利多若有所思地说，“我可以想象，他最感兴趣的就是你……”

突然，一件一直困扰着哈利的事从他嘴里脱口而出。

“邓布利多教授……里德尔说我很像他。有一些奇特的相似之处，他说……”

“他是这么说的？”邓布利多问，银色浓眉下的眼睛沉思地望着哈利，“你是怎么想的呢，哈利？”

“我才不像他呢！”哈利说，他本来不想用这么大的声音说话的，“我的意思是说，我——我在格兰芬多，我是……”

可是他沉默了，一丝疑虑又在他脑海里重新冒了出来。

“教授，”过了片刻，他又说道，“分院帽对我说——我在斯莱特林会很优秀。有一段时间，大家都以为我是斯莱特林的继承人……因为我会蛇佬腔……”

"哈利,你会蛇佬腔,"邓布利多平静地说,"是因为伏地魔会蛇佬腔。他是萨拉查·斯莱特林的最后一个继承人。如果我没有弄错的话,他在给你留下伤疤的那天晚上,把他自己的一些法力也转移到了你的身上。他不是有意这么做的,我可以肯定……"

"伏地魔把他自己的一部分转移到了*我*的身上?"哈利惊讶得目瞪口呆。

"显然是这样的。"

"这么说我*应该*在斯莱特林的,"哈利绝望地盯着邓布利多的脸,说道,"分院帽可能在我身上看到了斯莱特林的一些本领,它就……"

"把你放在了格兰芬多。"邓布利多不紧不慢地说,"听我说,哈利。你碰巧具有萨拉查·斯莱特林在精心挑选学生时特别看重的许多素质。他自己的一些罕见天赋,蛇佬腔……足智多谋……意志坚强……还有某种对法律条规的藐视。"他说,银白色的胡须又在微微颤抖,"可是分院帽把你放在了格兰芬多,你知道为什么会这样吗?好好想想。"

"它之所以把我放在格兰芬多,"哈利用一种心灰意冷的口气说,"是因为我提出不去斯莱特林……"

"*正是这样*,"邓布利多说,脸上又露出了笑容,"这就使你和汤姆·里德尔大不一样了。哈利,表现我们真正自我的是我们的选择,选择比我们的能力重要得多。"哈利一动不动地坐在椅子上,完全呆住了。"哈利,如果你还需要证据,确信自己真的属于格兰芬多,我建议你再仔细看看这个。"

邓布利多探身从麦格教授的书桌上拿起那把血迹斑斑的银剑,递给了哈利。哈利茫然地把它翻过来,红宝石在火光的映照下闪亮夺目。接着,他看见了,就在靠近剑柄的地方刻着一个名字。

戈德里克·格兰芬多

"只有真正的格兰芬多人,才能把它从帽子里抽出来,哈利。"邓布利多简单地说。

一时间，两人谁也没有说话。然后，邓布利多拉开麦格教授书桌的一只抽屉，拿出一支羽毛笔和一瓶墨水。

"哈利，你现在需要的是吃点东西，好好睡一觉。我建议你下去参加宴会，我呢，在这里给阿兹卡班写一封信——应该让我们的猎场看守回来了。我还要起草一份招聘广告，登在《预言家日报》上，"他若有所思地说，"我们又需要一位新的老师来教黑魔法防御术课了。天哪，这门课的老师消耗得真快，是不是？"

哈利站起身，向门口走去。他刚握住门把手，门突然被猛力撞开，嘭地弹在后面的墙上。

卢修斯·马尔福站在那里，神情怒不可遏。那战战兢兢被他夹在他胳膊底下的，正是多比，身上到处都缠着绷带。

"晚上好，卢修斯。"邓布利多和颜悦色地说。

马尔福一头冲进房间，差点把哈利撞了个跟头。多比惊慌失措地跟在后面，弯腰曲背，盯着主人长袍背后的接缝，脸上挂着绝望无助的恐惧。

"好啊！"卢修斯·马尔福冷冰冰的眼睛盯住邓布利多，说道，"你回来了。董事会暂停了你的职务，可是你仍然自作主张地回到了霍格沃茨。"

"噢，是这样的，卢修斯，"邓布利多平静地微笑着，说道，"今天，另外的十一位董事都和我取得了联系。说句实话，当时猫头鹰接二连三地飞来，就好像下了一场冰雹。他们听说亚瑟·韦斯莱的女儿被害死了，都希望我立刻赶到这里。他们似乎认为，弄了半天，还是我最适合担任这份工作。他们还告诉了我一些奇怪的故事。他们有些人似乎认为，你曾经威胁说，如果他们不同意暂停我的职务，你就要诅咒他们的家人。"

马尔福先生的脸比平时更加苍白了，但眼睛里仍然喷着怒火。

"那么——你有没有阻止那些攻击事件呢？"他讥讽地问，"你有没有抓住凶手呢？"

"我们抓住了。"邓布利多微笑着回答他。

"哦？"马尔福先生厉声地问，"是谁？"

"还是上次的那个人，卢修斯，"邓布利多说，"不过，伏地魔这次是通过另一个人活动的。凭借他的日记。”

他举起那个中间贯穿着一个大洞的小黑本子，密切地注视着马尔福先生的反应。而哈利却望着多比。

那个家养小精灵的行为非常古怪。两只网球一般大的眼睛一边富有深意地盯着哈利，一边不停地指指那本日记，又指指马尔福先生，然后狠狠地用拳头敲打自己的脑袋。

“原来是这样……”马尔福先生慢慢地对邓布利多说。

“一个巧妙的计划。”邓布利多语调平和地说，仍然逼视着马尔福先生的眼睛，“如果这位哈利，”——马尔福先生用严厉的目光飞快地瞪了哈利一下——“和他的朋友罗恩没有发现这本日记，哎呀——金妮·韦斯莱可能就要背黑锅了。谁也没有办法证明她不是按自己的意志行动的……”

马尔福一言不发，脸上突然像是罩了一层假面具。

“想象一下吧，”邓布利多继续说，“那样会出现什么情况……韦斯莱一家是最有名望的纯血统巫师家族之一。想象一下吧，如果人们发现亚瑟·韦斯莱的亲生女儿在攻击和谋害麻瓜出身的人，这对韦斯莱和他的《麻瓜保护法》会产生什么影响。幸好这本日记被发现了，里德尔的记忆也从上面被抹去了。不然的话，谁知道会造成什么后果呢……”

马尔福先生强迫自己开口说话了。

“真是万幸。”他很不自然地说。

缩在他身后的多比，仍然很古怪地先指指那本日记，又指指卢修斯·马尔福，随即拼命地捶打自己的脑袋。

哈利突然明白了。他朝多比点了点头，于是多比退缩到墙角，又狠狠地揪着自己的耳朵作为惩罚。

“你不想知道金妮是怎么得到这本日记的吗，马尔福先生？”哈利问。

卢修斯·马尔福朝他转过身来。

“我凭什么知道那个愚蠢的小姑娘是怎么得到它的？”他说。

“因为是你给她的，”哈利说，“在丽痕书店，你捡起她的变形课本，偷偷地把日记本塞在里面，是不是？”

他看见马尔福苍白的双手攥成了拳头，随即又松开了。

“有证据吗?”他嘶哑着声音说。

“哦，谁也没有办法提供证据了，”邓布利多笑眯眯地看着哈利，说道，“现在里德尔已经从本子里消失了。另外，卢修斯，我要给你一句忠告，不要再散发伏地魔学生时代的旧东西了。如果又有这些东西落到无辜者手里，至少亚瑟·韦斯莱肯定能查明它们是从你那儿流出来的……”

卢修斯·马尔福又呆立了片刻，哈利清清楚楚地看见他的右手抽动了一下，似乎想去掏他的魔杖。然而他克制住了自己，转身对他的家养小精灵说：

“我们走吧，多比!”

他拧开门，家养小精灵慌忙跑了过来，马尔福先生一脚把他踢出门去。他们可以听见多比痛苦的尖叫声沿着走廊一路传来。哈利站在那里，苦苦地思索了片刻。然后，他有了主意。

“邓布利多教授，”他匆匆忙忙地说，“请问，我能把这本日记还给马尔福先生吗?”

“当然可以，哈利，”邓布利多平静地说，“不过可得快一点儿。别忘了还有宴会呢。”

哈利一把抓过日记本，冲出了办公室。他听见多比痛苦的惨叫声绕过拐角，越来越远了。

哈利一边心里怀疑这个计划能不能行得通，一边飞快地脱掉一只鞋，扯下黏糊糊的臭袜子，把日记本塞了进去。然后，他沿着黑暗的走廊飞奔。

就在那两个人要下楼梯时，他追上了他们。

“马尔福先生，”他喘着气说，一个踉跄，刹住脚步，“我有一样东西要给你。”

他把那只臭烘烘的袜子硬塞进了卢修斯·马尔福手里。

“这是什——”

马尔福先生扯掉日记本上的袜子，扔到一边，怒气冲冲地看了看被毁坏的日记本，又看了看哈利。

“哈利·波特，总有一天，你会遭到和你父母同样的下场，”他轻声说，“他们当年就是爱管闲事的傻瓜。”

他转身要走。

“快来，多比。听见没有，快点儿！”

可是多比没有动弹。他高高地举起哈利那只黏糊糊的臭袜子，激动地看着它，就好像那是一件无价之宝。

“主人给了多比一只袜子，”家养小精灵惊讶地说，“主人把袜子给了多比。”

“什么？”马尔福先生恼火地说，“你说什么？”

“多比得到了一只袜子，”多比不敢相信地说，“是主人扔的，多比接住了，多比——多比自由了。”

卢修斯·马尔福呆呆地站在那里，瞪着家养小精灵。然后他突然向哈利扑去。

“你害得我失去了我的家仆，小子！”

可是多比喊道：“不许你伤害哈利·波特！”

只听啪的一声巨响，马尔福先生向后倒去。他跌跌撞撞、一步三级地冲下楼梯，最后狼狈地瘫倒在下边的平台上。他挣扎着站起来，脸色铁青，抽出了魔杖，可是多比举起了一根修长的、很有威慑力的手指。

“你可以走了，”他指着下边的马尔福先生，凶狠地说，“永远不许你碰哈利·波特。你现在可以走了。”

卢修斯·马尔福没有别的办法。他怒气冲冲地瞪了他们俩最后一眼，用斗篷裹住身体，匆匆地消失了。

“哈利·波特解放了多比！”小精灵用刺耳的尖声说，抬头望着哈利，月光从最近的一扇窗户洒进来，映照着他圆鼓鼓的眼睛，“哈利·波特使多比获得了自由！”

“我没做什么，多比。”哈利咧着嘴笑了，说道，“只要你答应我，别再试图来保护我了。”

小精灵丑陋的棕红色脸上突然绽开了一个灿烂的微笑，露出满口的牙齿。

“我只有一个问题，多比，”当多比用颤抖的手穿上哈利的袜子时，哈利说，“你曾经告诉过我，这一切都与那个连名字都不能提的人无关，记得吗？可是——”

“这是一个暗示，先生，”多比的眼睛睁得更大了，就好像这是不言而喻的似的，“多比在给你一个暗示。黑魔头在他更名改姓之前，是可以提名字的，他的名字可以随便使用，明白了吗？”

“明白了。”哈利勉强地说，“好吧，我得走了。他们在开宴会呢，我的朋友赫敏也该苏醒过来了……”

多比伸出双臂，抱住哈利的腰，紧紧地搂了他一下。

“哈利·波特比多比原先知道的还要伟大！”他啜泣着说，“别了，哈利·波特！”

随着最后一声爆响，多比消失了。

哈利曾经参加过霍格沃茨的几次宴会，但从来没有一次像今天这样奇妙。大家都穿着睡衣，庆祝活动持续了整整一晚。令人难忘的情景太多了：赫敏向他跑来，尖叫着“你解出来了！你解出来了！”；贾斯廷匆匆地从赫奇帕奇的餐桌上赶过来，攥着他的手，没完没了地道歉，说当初不该怀疑他；海格在凌晨三点半的时候出现了，用力拍打着哈利和罗恩的肩膀，拍得他们吃不住劲，跌倒在装甜食的盘子上；他和罗恩获得的那四百分，使格兰芬多在学院杯中卫冕成功；麦格教授站起来告诉他们，学校为了款待大家，决定取消考试（“哦，不！”赫敏说）；邓布利多宣布，很不幸，洛哈特教授下学期不能回来了，因为他需要出去找回他的记忆，大家听到这个消息，爆发出一片欢呼，有几位老师也在叫好。在这么多激动人心的事情中，哈利真不知道哪一件最精彩、最美妙。

“真遗憾，”罗恩给自己拿了一块果酱炸面圈，说道，“我倒是越来越喜欢洛哈特了。”

夏季学期剩下来的那段日子，是在一片耀眼的阳光中度过的。霍格沃茨恢复了正常，只有几个小小的变化：黑魔法防御术的课程取消了（“反正我们在这方面已经有了大量的实践。”罗恩对闷闷不乐的赫敏说），卢修斯·马尔福被开除出了学校董事会。德拉科再也不在学校里趾高气扬地到处走来走去，就好像他是这里的主人似的。相反，他现在整天阴沉着脸，似乎心里充满了怨恨。另一方面，金妮·韦斯莱又恢复了活泼开朗的性格。

一转眼，他们就要乘霍格沃茨特快列车回家了。哈利、罗恩、赫敏、弗雷德、乔治和金妮单独占了一个包厢。他们充分利用放假前允许使用魔法的最后几个小时。玩了噼啪爆炸牌，燃放了弗雷德和乔治的最后几支费力拔烟火，还互相练习了用魔法解除对方的武器。这一套魔法，哈利现在做起来已经很熟练了。

列车快要到达国王十字车站时，哈利突然想起了什么。

“金妮——那天你看见珀西在做什么，他不许你告诉任何人？”

“噢，你问那个呀，”金妮咯咯笑着说，“是这样——珀西交了一个女朋友。”

弗雷德把一摞书掉在了乔治头上。

“什么？”

“是拉文克劳的级长，叫佩内洛·克里瓦特。”金妮说，“去年暑假，珀西就是给她写了那么多信。珀西一直在学校的各个地方跟她秘密约会。一天，我撞见他们在一间空教室里接吻。当佩内洛——你们知道——遭到袭击后，珀西难过极了。你们不会取笑他吧，会吗？”她不安地问。

“做梦也不会这么想。”弗雷德说，不过看他那副高兴的样子，就好像他的生日提前到来了。

“绝对不会。”乔治回答，一边偷偷地笑着。

霍格沃茨特快列车渐渐放慢速度，终于停住了。

哈利抽出他的羽毛笔和一张羊皮纸，转向罗恩和赫敏。

“这叫电话号码。”他对罗恩说，把号码草草地写了两遍，然后把羊皮纸一撕为二，分别递给他们两人，“去年夏天，我对你爸爸说过怎么用电话，他会明白的。往德思礼家给我打电话，好吗？整整两个月只跟达力说话，我可受不了……”

“你姨妈和姨父听了你今年做的这些事情之后，”赫敏说，这时他们已下了火车，加入拥挤的人流，慢慢向那道被施了魔法的隔墙走去，“肯定会为你感到骄傲的，是吗？”

“骄傲？”哈利说，“难道你糊涂了吗？如果他们听说我好多次差点死掉，却居然死里逃生了，肯定会气坏了的……”

然后，他们一起通过出口处，返回了麻瓜世界。